U0906263

水晶般晶莹闪亮的唇印

尚笑 著

天津出版传媒集团
天津人民出版社

图书在版编目（CIP）数据

水晶般晶莹闪亮的唇印 / 尚笑著 . — 天津：天津人民出版社，2020.1
ISBN 978-7-201-15559-3

Ⅰ . ①水… Ⅱ . ①尚… Ⅲ . ①长篇小说—中国—当代 Ⅳ . ① I247.5

中国版本图书馆 CIP 数据核字（2019）第 280573 号

水晶般晶莹闪亮的唇印

SHUIJING BAN JINGYING SHANLIANG DE CHUNYIN

尚　笑　著

出　　版　天津人民出版社
出 版 人　刘　庆
地　　址　天津市和平区西康路 35 号康岳大厦
邮政编码　300051
邮购电话　（022）23332469
网　　址　http://www.tjrmcbs.com
电子信箱　reader@tjrmcbs.com

责任编辑　谢仁林
封面设计　田崎景子

制版印刷　天津雅泽印刷有限公司
经　　销　新华书店
开　　本　880 毫米 ×1230 毫米　1/32
印　　张　8.75
字　　数　226 千字
版　　次　2020 年 1 月第 1 版　2020 年 1 月第 1 次印刷
定　　价：49.80 元

A KISS TO REMEMBER YOU BY

作者序

Author's Preface

我的爱情没有失败　我失败的只是叫作婚姻的东西

第一本书《在清醒与麻木之间》出版之后，我确实得意了一阵子，到处跟人家说我有了一本自己写的小说，于是周围朋友接连发来千奇百怪的祝福语，甚至还有读者写来邮件倾诉感想，我也每天都极其认真而又庄重地给大家发出回信，并乐此不疲。但某一天深夜两点左右，当我习惯性的一个人坐在台灯下，对着实体书封面端详了二十分钟之后，这种虚妄的自我满足便被一个我早该意识到的问题所击沉：有那么多事情可做，我何苦要写小说呢？这个问题要追溯到大约二十年前，那时候我生活的世界里堆满了声音。

1999 年至 2000 年左右，“新裤子乐队”正搞得风生水起，演出频率与排练密度颇高，间隙还夹杂着花样百出的采访与宣传，曝光度不输给当时的港台艺人。短时间内我见了太多的人，也喝了太多的酒，青春这种廉价玩意被我随意泼洒在不知名的地方以及不认识的人身上，其间虽然视线逐渐模糊，但大脑在荷尔蒙的驱动下依然飞快旋转，偶尔会觉得自己好像飞速滚下山坡的石子，一边翻滚着一边发出情绪饱满的尖叫，最后跌进一片虚无的深渊。于是在某一天之内的某个普通的时间节点，终于有什么东西在耳边轰然坍塌，混乱也戛然而止，回到家我再没有心思听音乐，也没有心思琢磨之后的采访要穿什么衣服，我只想对着墙壁发呆，或把自己关在房间里沉默着看书到天亮。我坚定地认为，从这一刻开始，我所需要的只有绝对的安静。而时间久了，便觉得外面的世界不再精彩，甚至对其宿命性的存在颇感滑稽，认为唯有小说里的世界才是终极的真实。所以，那年夏天的某个深夜，我第一次拿起笔，并十分端正地坐在桌子前，郑重其事地在从母亲那里要来的便宜信纸上，写下了人生中第一个真正属于自己的小说题目——《水晶般晶莹闪亮的唇印》。

是的，这其实是我写下的第一篇小说。但首先出版的，却是完全计划外的另一本书，命运这个东西……算了，凭借吾等凡人的能力看来终究是无法评论了。

总之，这是一部当时只有大约两万字的短篇小说，或者说只是个我臆想出来的假象现实。其他人当然不会觉得它是真的，但在我看来它就是真的，不存在可以辩驳的余地。我明明看到了那些……被他人称为幻象的场景，也听到了那些时有时无的窃窃私语，我既没喝酒也没飞起来，我只是坐在那儿不断盯视着皱巴巴的信纸而已。可整整一星期后，随着这个两万字的故事逐渐靠近尾声，我却失去了跟随男主人公“侍者”一起走向终点的力气，幻象与窃窃私语莫名的不翼而飞，只剩我一人孤零零地回到桌子前，对着信纸们发出沉重的诅咒与叹息。最后我不得不告诉自己，这个故事的结尾还存在于某个我够不到的地方，再努力也是徒劳，便只好任凭它被自己的无能披上了迷雾般的外衣。但我不甘心。

如果你刚好已经厌倦了现实生活，并在不意间闯入了这个依靠臆想所驱动的新世界，那么恭喜你，被称为创作欲的那朵恶毒的小花花已经在你身体里悄悄绽开了。从此时此刻开始，这朵小花花就将是你的主人，它将夺取你无数的时间以及不断下降的视力，可谁在乎呢?

于是在这个短篇失败后，我又在信纸上飞快写下了另一个名字——《泡泡》，而那时我也不知道自己为什么会写下这两个字，命运的小把戏再次光临，我也再次中招。在我开始描述第一个场景的时候，还不知道泡泡究竟代表什么，可当我需要一个主人公的时候，泡泡便成了她的名字。

我看着她走过我臆想出来的场景，说了些话，买了点东西，随后转身离开，并哭了一会，最终消失在一个并不存在的夏日凌晨沉闷的空气里。《泡泡》总长度不到一万字，姑且算是个完整故事，但缺陷在于它并不具备任何意义，只是我的喃喃自语驱动着叫作泡泡的女孩在某条街上转了一会儿，直至她摆脱我的束缚自行消失。

那么下一个问题，我到底想要表达什么呢?

后来我去了日本，用了八年时间在东京这座超级城市里不断游走，不断质疑自己的未来，然后又回到北京。一个人去，一个人回来，没带走也没留下任何东西，如同一场波澜壮阔的白日梦。等我写完并出版了《在清醒与麻木之间》，好歹有了一点点掌控自己写作欲望的能力时，我才终于找到了答案，二十年前我想要表达的，其实是孤独。

被自己浪费的青春时光，无处表述的痛苦与忧郁，渴望爱情，拳头里攥着空气想要对全世界宣泄的愤怒，对现实生活的妥协，七扭八歪的梦想，诸如此类，还有什么呢？其实孤独这个词平时并不太被常用，取而代之的是自我怀疑或者自我厌恶之类的情绪更为复杂的表现，等自己已经对那些负面情绪产生了抗体，往往才终于意识到什么是孤独。大约两年或三年前，我再次意识到孤独，具体缘由不再赘述，只是当我强烈地想要再次表达它的时候，我自然想起了之前写下的这两个故事，想起里面的两个主人公，侍者与泡泡。他们依然分别存在于两个其实并不存在的世界，如同今天的我一样在迷雾中慢慢徘徊。

于是我打开电脑启动 word，对着一片空白抽了很久的烟，随后鼓起勇气再次写下《水晶般晶莹闪亮的唇印》这个名字，并在这个全新的故事中，我微笑着让侍者与泡泡相遇了。顺便还送给他们一只猫。

谢谢大家。

2019 年 9 月 19 日
东京 涩谷

目录

Chapter 1

有时间的话给你讲个故事

有时间么？

大神一个人坐在夕阳中，让身体暴露在温暖的带些腐味的金色阳光里，两只手老实地放在腿上盯着窗外，努力回想关于燕子的事情。

就在刚才，大约一分钟之前，窗外急匆匆地飞过几只燕子。也许它们的窝就在这间咖啡馆的窗檐下也说不定，好久没见到燕子了，它们究竟为什么飞来这边呢？大神想。虽然只是一瞬间，但刚刚的确有三只大小几乎相同的燕子急速飞了过去，它们掠过电线、树梢和金色夕阳柔软的边缘，在大神视野里闪现了大约一秒钟的时间，便不见了踪影。大神微微张着嘴，眼睛望向窗外，耳边响着音乐，燕子的事情先放在一边，他觉得如果自己就这么呆坐下去，一定会随着桌上的阴影渐渐融化在咖啡杯的另一侧。

此时咖啡馆里正放着一首叫作*Five Hundred Miles*的民谣，歌名是大神从侍者那里问来的，这首歌让他莫名生出某种安心感，又或者说是拿不定主意，再或者是两种情绪混在一起。虽然他还做不出什么像样的决定，可还是觉得这首歌听起来，有种把某个并不重要的东西忘在家里，之后又在一个并不重要的时刻突然想起来的心情，可那到底是什么呢？此时的咖啡馆已经铺满了夕阳的金色余晖，十几张桌子一面是金色，另一面则安静地隐没在阴影里。窗外光景暗淡而模糊，带着些颓废的浪漫气息，已经有些看不清了。算了，还是想想燕子吧，它们究竟为什么飞来这边呢？

把时间退回至一小时之前。

“我怀孕了。”大神的女友坐在他对面说。她看起来不高兴也不消沉，只是平淡地说出了一件事而已，语气中还稍稍掺杂着些困意。

“见鬼……”大神说。

大神只用一个词就赢得了女友一巴掌，打在他左脸颊比较靠前的位置。更确切地说，是打在左脸颊和鼻尖以及嘴角三个部分正中间的位置。之后女友镇定地站起来离开，只剩下大神一个人面无表情地坐在夕阳金色的阳光里。侍者一定也听见了巴掌的声音，但他只是抬手扶扶眼镜，继续躲在吧台后面的安全区里摆弄酒瓶，任凭大神独自呆坐了一小时，听音乐，看燕子，喝光了自己的咖啡，又喝光了女友的咖啡。而此时店里并无其他客人。

大神暂时还不想离开，因为他不知道离开后应该怎么办。该给女友打个电话，追加一些说明或问候？在既成事实面前解释也许只是徒劳，但至少应该表示一下关心之类的。但他预感女友并不会接他电话，一直以来女友都是心情不好了便自行消失，过几天又像池塘里的青蛙公主一样突然冒出来。不过这次也许不太一样，大神想。挨嘴巴的时候，大神从女友眼睛里读出的信息并不是愤怒，而是某种类似兴奋或者兴趣盎然的东西，甚至可以说在那一瞬间女友的心情好得不得了，这就让大神很迷惑了。而就在这时候，店里开始放起*Five Hundred Miles*，让大神将安心感与拿不定主意两种情绪莫名其妙地混合在一起。究竟该怎么办？他摸摸电话，安心感占了上风，于是他并没有拨出去，突然又拿不定主意，于是又摸摸电话，如此重复了十几次，最后他自己感到厌烦了，便不再摸电话，干脆把两只手放在腿上专心看窗外，这才发现了燕子。

所以，它们究竟为什么飞来这边呢？

不不不，燕子就是燕子，大神发现自己突然开始琢磨起另一个更加现实的，也更加严肃的问题——我究竟爱不爱自己的女友？想到这里，大神觉得自己的处境竟然变得相当可怕，仿佛随夕阳逐渐改变方向的并不是咖啡杯的阴影，而是游荡于马里亚纳海沟最深处黑暗中的丑陋鱼类。随着太阳西沉，室内光线渐渐变暗，大神则认为自己就要带着这个可怕的问题沉进那条可怕的海沟中了。我究竟爱不爱自己的女友？他把这句话在心里默念了几十遍，不觉之间两只手紧紧攥成拳头，用力按在绷紧的大腿肌肉上，而这个一般性疑问句的真正意义开始在他脑袋里分崩离析，变成一个个意义并不十分明确的独立文字，继而文字又变成细小的黑鱼，不断啄刻着他纤细敏感的神经。

“热水还是冰水？您恐怕也不会很快离开吧？”侍者的声音突然从上方传来。

“什么？”大神猛地抬起头，发现侍者已经离开吧台，此时正手里端着两个银色水壶站在他旁边。

“您还好么？刚才那巴掌打得不轻吧。热水还是冰水？冰水好些？不喝的话还能敷一下脸。我可以抽烟么？现在也没有其他客人，您要是抽烟的话也可以抽，这里没问题的，抽的话我去拿烟灰缸，我们一块儿抽，好不好？”

“对，可以抽一根。谢谢。哦，要冰水吧，口渴了，并不是要敷脸。”

听大神说完，侍者给大神的咖啡杯里倒进满满一杯冰水，同时嘴角上扬笑了笑，大神分不清他这是出于礼貌还是出于藐视。倒完水，侍者端着两把银色水壶悠闲地走回吧台，找出一个干净烟灰缸再度走回来，坐在一小时前大神女友坐过的椅子上。随后他略带不屑一顾地把大神女友用过的杯子推到一旁，两只胳膊撑着桌面给自己点起一支烟，深深吸进一口，然后眯着眼睛示意大神也来一支。大神点点头，伸手从侍者烟盒里取出烟点上。两个互不相识的男人就这么面对面坐着开始抽烟，一个表情凝重，一个无精打采。没人说话，时间渐渐变得稀释，淡蓝色的烟雾环绕在两人之间，慢慢升至头顶，最后消失在光照不到的接近房顶的空间里，奇妙的气氛开始蔓延。

说实话，侍者满不在乎的坦荡让大神有点儿紧张，空荡荡的咖啡馆里，两个互不相识的男人面对面默默地抽烟这种事令大神不是很自在，他不太能直视侍者的眼睛，哪怕是下巴，所以他的目光一直飘来飘去，一会儿落在桌面上，一会儿落在远处吧台里某个不知名的酒瓶上。音乐还在继续，燕子不再飞过窗前，几根电线在夕阳最后的余晖中晃动着，外面刮起了风。是要下雨了吧，大神想，也许我应该在下雨前回家去？这家伙坐在我对面一句话也不说到底什么意思？这太尴尬了，我真不应该答应他就这么冒失地坐在一起抽烟，也许下雨这件事可以让我摆脱他？

“你是干什么的？”正在大神胡思乱想的时候，侍者突然问起他来。

“哦，啊，我在一家公司里做个小职员，行政人事之类的，无聊的工作，不值一提。”大神被这个问题吓了一跳，不不，是被侍者突然发问这件事本身吓了一跳。竟然一下子说了这么多，真后悔，大神想。

“的确是挺无聊。”侍者倒也心直口快，但这句话听起来更像是他的自言自语。

“对，对……”侍者直白的评论倒是令大神的紧张有所缓和。这家伙也许是个容易说话的人。

“你在这里很久了？”这次换大神来发问。

“不太久，不过这家店就是我开的，怎么说我也算个小老板，不用低三下四地去伺候那些一无是处还高高在上的混账玩意儿，你说是不是？我应该立个牌子，这种人不得入内之类的，不能让他们在我这里也神气活现的，你说是不是？”说完侍者下意识地环顾了一下四周，仿佛是为了确认这家店真是他开的，之后随手把烟头弹到大神身后很远的地方，烟灰缸明明就在眼前，不过大神并未就此发表任何评论。但自己究竟应该把烟掐在烟灰缸里，还是也像侍者一样弹出去？大神犹豫不定。

“所以刚才那是你老婆？那一巴掌真够用力的，都有回音了，你没听到？”侍者继续说。

“不是老婆，是女朋友，女朋友。”大神有点不知所措，回音？

“真够厉害的，直接打脸啊，我可惹不起这种女孩，你没少挨欺负吧？日子可还过得下去？你还爱她？”

马里亚纳海沟最深处游荡的丑陋鱼类再次浮现出来，大神紧张地喝了口水。那些鱼何以生得那么丑呢？多晒晒太阳也许能变得更友善些，至少从外观上，若是沉到那种地方即使不被海水淹死、不被水压挤扁，光是突然间看到它们的脸就要吓死了。想到脸，女友的样子浮现出来，继而是那个看似心情好得不得了的眼神。我的天啊。

“爱……”大神说。侍者摇了摇头，递过烟灰缸，大神如卸重负般地叹了口气，迅速把即将自行熄灭的尴尬烟头戳进烟灰缸里。

“嘿，干吗勉强自己，真爱吗？”

“爱！”大神用力地说。

电话响起。大神看看手机，女友打来的。

“喂？亲爱的，对不起！刚才我不是那个意思，我还没有说完，我的意思是……”

大神接电话的时候，侍者挑起眉毛好奇地看着他，一只手在桌子上有节奏地敲着，另一只手插在裤兜里。

“什么？不不，绝对不用的，我是说挺好的，喂？喂？”

“女朋友？” 侍者停止了敲击桌面的动作。

“是的，女朋友，她说要和我分手了，她要把孩子生下来自己带，并不需要我……”

“她还说？”

“她还说，她已经不爱我了。”大神说完低下头，一团浓重的忧郁自上而下迅速汇聚在他头顶周围，就像按下马桶冲水开关后水流急速旋转着汇聚到排水口。

“哈哈哈，真带劲儿。所以，现在你还爱她吗？喜欢她吗？我想你们的关系并不太合适用爱来形容啊，你们交往多久了？一夜情？一个月？一年？”

“大约四个月，又好像是三个月……不过这其实不重要，我们一开始的时候感觉很好，非常好，她可爱的时候非常可爱……”

“啊！？你可真会说，可爱的时候非常可爱，哈哈哈哈。”侍者大笑着打断大神的话。

“是，有时候她也会发脾气或者突然消失几天，然后又会可爱地回到我这里。”

“我的天，你会不会觉得很孤独？”

“为什么？”

“你只想看到她可爱的一面不是吗？她发脾气的时候你在干什么？她消失的时候你去哪儿？其实你只想让她一直可爱地待在你的视线里，一旦她并不可爱了，你的眼睛还会继续注视她么？你会不会去刻意想些别的，从而在精神上屏蔽那个不可爱的她？或者关于她的消失，你会不会也觉得终于松了口气，接下来只需要等她再度可爱地回到自己面前就好了？嗯？你这个孤独的家伙。”

“你是想要说明一些哲学问题吗，还是其他的什么？”

“世界上所有的问题都是哲学问题。”

大神慢慢把头转向窗户，他真希望能有几只燕子再来拯救自己紧绷的神经，蝙蝠也行。

“我能再抽支烟吗？”

“是精神上的需要还是物质上的需要？”侍者说完递给大神一支烟。

“什么？”

“是你认为自己需要放松一下大脑，还是认为自己身体需要些尼古丁？”

“我不想抽了。”但大神已经接过了烟，他又纠结了。因为他要点烟就需要再向侍者借打火机，可他已经说了不想抽，他实际上已经接过了烟，并且他真的想抽，无论是因为什么。侍者狡黠地看着大神，过了大约十秒钟才递出打火机，大神如卸重负般叹了口气。

“所以你会不会觉得很孤独？即使是和她在一起，你也总是担心下一秒钟她又会变得不可爱了，对不对？这是个很简单的问题。你还爱她吗？”

“你问我爱不爱她，什么是爱？”

侍者沉默了几秒钟，站起身向吧台走了几步，手扶在吧台上又沉默了几秒钟，加起来大约半分钟。之后他慢慢走回大神坐着的地方，但这次他没有坐下，只是望着大神的眼睛。

“这是个很古典的问题。爱，是个诅咒。哦不，是个……类似诅咒的什么，那个词，啊……怎么说来着，咒语……类似的东西，接近了，嗯……是个标签，不对。哦，爱是种标记，好像气味的东西，即使看不到对方，但仍能影响你的精神、你的记忆甚至你的行动。对，爱是种标记。”

“你是说，爱就好像狗到处撒尿留下的气味？”大神一脸惊诧。

“哈哈哈，是的！不过你这个比喻真是太欠了，我的朋友，但大概意思就是那样的。”

大神紧皱眉头缓缓舒了口气。他盯着桌上的杯子，十分仔细地把烟头掐进烟灰缸，并保证没有留下任何一个火星后才抬起头，发现侍者正出神地看着窗外。大神也扭过头去看，但外面并没有什么，玻璃上只映射出他和侍者的影子。

此时外面已经完全黑下来，黑到即使燕子再飞出来也看不到的程度，一个人影也没有，仿佛世界上只剩下大神和侍者两个人。大神觉得有点诡异，说不上来的奇妙气氛笼罩在这间宽敞的咖啡馆里，一只杯子，一块污点，一片影子，都看似海市蜃楼般虚幻。这些东西在大神眼底微微晃动出重叠的影子，时而清晰，时而又如同被笼罩在一片小小的淡黄色迷雾里。大神晃了晃头，使劲眨眨眼，但情况并没有好转，空气似乎变得稀薄起来，有点儿难以忍受，他很想再来杯咖啡。

“有时间的话给你讲个故事。有时间吗？刚刚黑下来，还不晚，况且你刚刚又被女朋友抛弃了，所以我认为你的精神暂时处于间歇性随机游荡状态，对吗？愿意听的话我可以再给你来杯咖啡，免费，我这有的任何东西都可以。完全免费。”侍者突然说。

“啊……那再来杯咖啡好了。”大神努力集中起精神说。

“好极了。”侍者说完走向吧台，鼓捣了一会儿便端着两杯咖啡走回来，一杯留给自己，一杯递给大神，之后坐回大神女友坐过的地方。

“那时候应该是个夏天……”坐稳后，侍者开始慢慢说起来。

“等等，等等，你叫什么？我们甚至都不知道对方叫什么？”大神说。

“哦，这不重要，反正我也打算用第一人称讲，叫什么不重要。你知道是我就可以了，我。我就叫我。”

“嗯……也不无道理，那好吧……”大神无可奈何地说，继而抿了一口咖啡。那是叫作“我”的侍者端来的咖啡。

Chapter 2

大学对面护栏上一名险些
跌进深渊的少女

那时候应该是个夏天，确切来讲是大学三年级暑假开始的前几天，我刚满二十岁，每天都热得要死。蝉隐没在树叶里发出尖锐刺耳的叫声，太阳则灼烤着大学里的水塘，喷泉甚至热得喷不出水来，或者也有其他原因，总之那家伙突兀地摆在校门口，大理石边缘被烤得滚烫。因为空调故障，同宿舍的家伙每天都各自跑出去乘凉，不是躲进带中央空调的自习教室，就是跑去附近电影院，只有我躺在汗津津的被单上看书。看可怜的托马斯沃尔夫，看烟鬼马尔克斯老爷，看诡异又感动的余华，看痴情的菲茨杰拉德。但并不是因为喜欢看书，我总是看不到十页便困意浓重，最多翻到二十页便睡过去，至今很多书页上还留着皱褶，不是我的汗水就是我的口水，反正每隔几页就能发现一处被打湿的地方，所以并不是真的喜欢看，只是完全的无所事事。另外，我的专业是文学系。

等等，这是不是很矛盾？文学系的家伙竟然不爱看书？这当然一点儿也不矛盾，文学系的家伙不一定爱看书。我宿舍里的家伙们大多只是喜欢装成爱看书的样子，这样就可以情有可原地摆出一副矫情与娇贵的文学脸。书就像他们手里的盾牌，用来抵挡面对空气中流淌着的恶意与无力感，还可以帮助他们认识眼镜片折射出白色刃器般骇人光亮的文学少女，互相交换喜爱的书是世界上最危险也是最高明的泡妞手段。或者只是单纯因为不看书在系里就很没面子，反正其原因林林总总不一而足。而我混进文学系，是因为高中毕业后想去图书馆工作，那时候我的梦想是成为图书管理员，这和小时候的记忆有关。小时候父亲总带我逛书店，因为他爱看书，非常爱看书，家里的书一批又一批被母亲清理掉，父亲则沉默着一批又一批买回来，所以也许——我只是猜测——他也想把我培养成爱看书的孩子。不过事实上我倒是没有成为爱看书的孩子，却意外成了喜欢纸张发出的那种特有的印刷品味以及淡淡霉味的孩子，我认为书味是所有非天然味道中最好闻的一种，带有些说不出的神秘感。是的……书味一定连接着夏日傍晚的骤雨，连接着动物园的春天，连接着像胡萝卜一样直立的云，连接着黑漆漆却又亮闪闪的宇宙，并且没有理由。所以，我在意的往往不是书的内容，而是书究竟从何而来。

小的时候，我当然还不具备印刷制作以及大量生产的概念，书对我来说是凭空冒出来的魔法一样的产物。例如，字典，远处某人打个响指或者咳嗽一声，我在幼儿园里学到的字母就被一个个整齐排列到纸上去了，类似这样的感觉。又因为每本书的内容都不尽相同，所以世界上一定有各种各样产生书的魔法，幼小的我坚定着这个想法。于是在父亲看书的时候，我也会随便拿出一本书，学着父亲的样子努力阅读，当然那上面至少百分之七十的字我都不认得。谁知道呢，反正那种小小的困惑与骄傲混合出来的快感，就在不断翻书的动作中养成了。于是翻书变成了我的癖好，又随着认识的字越来越多，读书则变成了我的习惯。而可以大量长时间接触书的地方就是图书馆，那么成为图书管理员一定是全世界最好的工作。

直到我考上大学，某个混蛋发明出电子书，突然我就不再喜欢看书了，我甚至觉得如此运用科技是邪恶的。因为电子书会发出邪恶的光，字的显现也不再需要魔法，只需要WiFi和充电器。而当我又知道在图书馆工作并不需要文学系文凭时，大学毕业后去图书馆工作的美妙梦想和无限憧憬，就像嘴里的泡泡糖一样在我脸上迎风破灭了。啪！我彻底失去了上大学的理由和动力。但无论如何我却改不了闻书味的癖好，所以睡着时脸上经常盖着书，所以并不是爱看书。

哦，说回这个故事。

因为彻底失去了对大学的兴趣，我几乎每日都窝在宿舍里闻着书味睡觉，或者一个人出去散步，有时看电影，有时围着学校外墙漫无目的地走路。不想出去的时候，就对着宿舍里的墙壁和窗外树叶发呆。有一段时间我甚至开始认真计划起退学，因为留在大学也是浪费时间，不过当然没那么简单。父亲说退学可以，但要把前三年的学费交回家里，然后出去自谋生路，答应这个条件就可以。面对父亲开出的条件，我足智多谋地笑了笑，又滚回了宿舍。

接下来的时间嘛，我只好每天继续目光呆滞地从宿舍硬邦邦的床上醒来，面无表情地摄入一日三餐，最后在宿舍熄灯时间第一个老实翻上床，并神经质地快速昏睡过去。多久没和别人讲过笑话了？多久没欺负过文学少女了？还有什么事情能让我提起精神来？我日渐浑浊的眼球里再也闪现不出期待或者欲望，只想在彻底无聊死之前能混到大学毕业，然后……然后也不知道还能怎么样，也许只能继续板着一副死人脸去面试工作了。哦，最好是不用说话的工作，即使我张开嘴似乎也没有什么想说的，当然也不要太费体力，因为出汗是件很麻烦的事情，应该颁布一条法律，所有出汗的行为都是犯罪，所有导致别人出汗的家伙都应该关起来。是的。然后……我不能总说然后，总说然后的人至少是还有机会的人，还有下一步可以走，他们的未来也许比塔克拉玛干的太阳还要明亮。而我的然后之后就没有其他然后了。有时候绝望来得就这么简单，在绝望面前没有然后。明天，还有明天，人们都这样安慰自己，殊不知这个明天，就足以把他们送进坟墓。屠格涅夫老爷爷说：是是是，每一个明天都只能让我继续枯萎下去，直到真的进了坟墓。

但事情的转机来自某个依旧百无聊赖的夜晚，哦，不是转机，或许应该说，是个奇迹。

对，那还真是个百无聊赖的夜晚。宿舍停电，同屋的家伙全部跑出去不知道干什么，只剩我一个人躺在汗津津的床单上，打开所有窗户，瞪着隐没在混沌黑暗中的天花板。其实我并不是很能看清楚天花板，我能看到的大约只有一片混沌。总之我就那么躺着，睁着眼，像个活死人一样微妙地喘气，并无法阻止水分从身体里不断流失，流到床单上，再渗到床板里，等着被蒸发，剩下恶臭的盐。甚至我的书都变成和我一样的味道。当我觉得自己就快要虚脱的时候，我挣扎着起身看时间，将近四点，好极了，注定失眠。于是我翻身下床，去浴室洗了把脸，用毛巾在身上随便擦了几下，趁着慢悠悠、温吞吞的夜风，终于感觉到一点点凉意，不过也是瞬间即逝而已。黑暗中我照了照镜子，看不到表情，只有一团模糊的灰色影子。我低下头，用力闭上眼睛，一阵晕眩之后无数种声音混杂在一起，充斥了整个脑袋，它们集体高潮般变得越来越尖细，最后演化成一道难以忍受的耳鸣。这时候，我的身体自主行动起来。

无意识地套上背心和一条宽大的运动短裤，穿着拖鞋奔下楼，用最快的速度跑到学校外面，面对空荡荡的马路和一粒粒发光肿瘤般的路灯，我使劲呼吸，同时点起烟，故意要把肺撑炸一般大口吸着，不过只吸了半根，比在浴室里更猛烈的晕眩制止了我，我半弯下腰，眼睛里漾出泪水，把烟扔到路边，挣扎着走向一段街边护栏，这才没有倒下来。休息了一阵子，我重新站直身体，考虑着是回宿舍还是走一走，这时候不远处的灯光吸引了我，那是间便利店，我们经常去那买啤酒。不管怎么说可以先去那转一圈看看，喝几瓶冰凉的啤酒对睡眠有帮助也说不定，我想。于是我迈开步子，随意闯过冷清的马路走向便利店。

便利店值夜班的两个家伙我认识，因为我在这买过的啤酒几乎可以铺满整个操场。

"嘛呢？出来抽根烟怎么样？"进门后我向店里面喊着，凌晨时间一个客人也没有。

"哦！"一个声音从货架旁边无数大大小小的纸箱子后面传来，那些箱子堆得比我还高，也许有十万个。说话的是一个矮个子，正在整理新上的货。

"只有你一个人吗？你不开点音乐听？"我走向他，又点起支烟。

"是啊，就我一个人，今天轮班，那哥们还没来，要早上才过来。"说着话，矮个子从箱子堆后面探出头，顺手扔给我一个空瓶，我拧开瓶盖向里面弹了些烟灰。

"原来如此，你们俩不是一起上夜班吗？"

"老板不想多花钱，说夜里只要一个人就够了。"

"见鬼。"

“对，真见鬼。”矮个子说，说完又钻进箱子堆。我在店里转了转，走向装满饮料的冰柜，犹豫了一下拿出三瓶冰镇啤酒，对矮个子说：“我拿到外面喝，你弄完了也出来喝点。”

“去吧，去吧。”矮个子依然被埋在纸箱子堆里，眯着眼睛看过去以为是其中一只箱子在回答我。白色日光灯把店里照得雪亮，晃眼得要命，一夜未睡的我几乎要致盲了。

走到外面，我坐上马路边的护栏，先开了一瓶啤酒，剩下的暂时放在地上，之后仰起头对着瓶子不假思索地灌了几大口下去，还真感觉到一些凉意，不过也许是精神作用。热的话为什么不进店里？我想。无人的便利店或者说只有店员的便利店，总会让人觉得有些悲凉，难道不是吗？我又想。店员好像统领猴子大军的将军，对着空气用眼神不断发出莫须有的晦涩指令，商品们则寂寥地列队站好，远远观望多少有些力不从心的店员，却又实在无可奈何。毕竟卖不出去也不是它们的错。无人的便利店简直就是一座浓缩了现代工业文明的迷你墓地，快速消费和大量生产的势头在这里戛然而止，站在店里仿佛都能听到极远之地有陌生巨大机器在轰鸣，城堡一样雄伟壮丽的厂房在二十四小时运转，难道就是为了把这些东西送到一个没人光顾的地方？不是这样吗？总之我这么觉得。

因为太热，很快我就喝光了第一瓶啤酒，我把瓶子用力扔到街对面，什么声音都没听到，也许是扔到隔离带草地上了。回头望向店里，矮个子依然和箱子滚成一团。天快亮了，我打了个哈欠，眼泪流下来，龌龊之极，远处高楼后面的天空正在渐渐变成暗淡的湖蓝色，再过一会儿太阳就出来了。我弯下腰又捡起一瓶啤酒，打算快速喝下去，然后剩下一瓶拿回宿舍。正在我捡啤酒的时候，一阵拖沓的走路声引起我的注意，谁会在这时候走来便利店？难道是宿舍里的家伙？我向左面看，街道依旧沉闷寂寥，唯一在动的只有红绿灯尴尬地变换着颜色。我向右面看，一个女孩向这边走来。她个子不高，半长的头发刚好能披在肩上，头发帘遮住眼睛，以至于她整个脸都隐没在头发帘的阴影当中，她上身穿一件松垮垮的白T恤，印着小熊，下身是不知道什么材质的黑色短裤和黑球鞋。

我一直盯着她走到我身后，等她顺势拐进便利店，我继续回头盯着她。矮个子听到有人进来，并分辨出那不是我，终于从箱子中间站起身皱着眉头走向柜台。女孩在店里随便转了转，一会儿去柜台看看小赠品，一会儿去冰箱那边看看冰激凌，一会儿又看看外面，貌似是在看我。借着灯光我多少能更加清楚地看到她，但因为头发帘的存在最多也不过半张脸，所以没什么可形容的，普通的不能算是漂亮但也不难看的到处都有的很温和的样子，也许是个学生，我只能这么形容她。最终，徘徊了大约五分钟后，她决定买两支冰激凌。矮个子面无表情地给女孩结账，女孩面无表情地看着收银台。我很想走过去把这画面用手机拍下来，然后起名叫……矮个子和对他完全不感兴趣的漂亮妞之类的。一边想着我又灌了几口啤酒，气温在渐渐升高。

女孩买完冰激凌后走出店门，在我完全没有预料的情况下继续走向我，从店门到我这里不过三米远，所以她只用了大约两秒钟就站在我身后了，而且没有要离开的意思。我手里拿着啤酒瓶子，嘴上还叼着烟，并不知道该用什么表情去应对这突如其来的状况。

“我犯下了一个人能犯下的最糟糕的罪行。”女孩说，也许是在和我说，因为头发帘的缘故我真的不确定她在看哪里。

“你偷了矮个子的冰激凌？”我也不确定她想说什么。

“矮个子？”

“就是那个给你结账的店员，收你钱那个。我们都叫他矮个子，你来之前他在和一堆纸箱子战斗着，某种意义上来说你拯救了他，拯救了他一小会儿。”

“哦。”女孩听我说完回头向店里看了看。

“所以你干吗了？”我问她。

“我过得不快乐。”女孩说。

“那是博尔赫斯说的……这么热的天气，又是这个时间，你想跟我聊博尔赫斯？”

“不，只想找个人随便说点什么。”

“我？”我手里拿着啤酒瓶，把即将燃尽的烟头随手扔在脚下。

“你看起来很友善，或者说无害，只是有点随便，而且你不应该乱扔这个烟头。”说完女孩指指我脚下。

“好吧……”我很想打个哈欠，不过眼下正有女孩跟自己说话，所以无论如何都忍了忍。女孩看我没了下文，便转到我旁边，犹豫了一下，不过最终还是像我一样坐上了护栏。坐稳后，她递给我一支冰激凌。

“谢谢。”我说。说完接过冰激凌。

“就是给你买的，不用客气，所以我才买了两支。”

“那么……你过来的时候就打算和我说话了？”

“不，是在店里转悠的时候决定的。本来我想和那个……矮个子聊聊，不过他似乎不太爱说话，而且一脸烦躁，没准会被骂一顿。”

“不会不会，那家伙人很好，只是累了而已。这个时间你一个人出来转悠会不会很危险？”

“不会吧，也许不会，而且现实也未必就有那么危险。有时候比起现实中的危险，我们都难免会有一不小心就跌进无底深渊的时候，所以在那之前，想要摆脱自我毁灭的诱惑就需要出来走走。”

“都难免会有一不小心就跌进无底深渊的时候……不过如果世人皆如此的话，那么无底深渊这种东西好像也就没那么可怕了。比如，我们都难免会有一不小心就咬住自己舌头的时候，之类的。”

“你倒是挺乐观？”

“不乐观又能怎样，难道真的一头跌下去不成？我不是也和你一样跑到外面，一个人坐在凌晨的护栏上抽烟喝啤酒？不过冰激凌这个主意我倒没想过，夏日凌晨的冰激凌，很不错。话说无底深渊是个什么？”说着我舔了一口有点融化的冰激凌顶端，啤酒和烟的苦涩被浓郁的奶油味与甜味冲淡。

“无底深渊嘛，就是无底深渊喽。最近你过得也不太妙？这种时候就应该吃些甜的，巧克力啊冰激凌什么的。”女孩也舔了舔冰激凌。

“那巧克力冰激凌如何？”

“不怎么样。”

“好吧……你叫什么？”

“泡泡，叫我泡泡就好。”

“泡泡？听起来根本就是个乱起的名字嘛。”

“名字这东西叫什么都是一样，无非是个符号，有没有都并无大碍，你不觉得？”

“这倒是，比如里面那个家伙，我们都叫他矮个子，谁也没认真问过他名字，他自己也没想过要澄清，就这么一直叫下来似乎也没什么不妥，总之能对应其存在就好。”

“能对应其存在就好……这么听起来好随便啊，也许，还是起个正式点的名字比较好。如果担心有一天自己会被别人忘掉的话。”泡泡说。

“迟早有一天我们都会被别人忘掉，无论你的名字是什么。再坚硬的岩石都会被风吹散，被海水冲成碎渣，最终成为沙漠，此后人们就只记得新来的沙漠，却没人记得岩石。不过泡泡就挺好。”我说。

“……说到底，你干吗一个人坐在这？”泡泡问我。

“太热，睡不着，宿舍里的家伙都跑到外面享乐去了，孤单的我并不能很好地一个人待在宿舍里继续孤单下去，只好跑出来与凌晨的护栏为伴。”

“这么看来还真得感谢护栏们呢。你是这附近的？”

我点点头，又点起支烟抽了一口，然后指了指对面的大学校门。

“原来是这样啊……孤零零的大学生活，也真是凄惨，这时间要跑出来和护栏玩。”泡泡饶有兴味地说。

“你也比我强不了多少吧，干吗不在家待着？”

“因为我险些跌进无底深渊啊，刚才不是说过了。所以为了拯救自己只好跑出来转转，没想到发现了你。”

被她这么说我苦笑了一下，好像自己是被人扔在路边草丛里的猫咪玩具，正在肚子饿得咕咕叫的时候，被碰巧路过的泡泡一脚踢了出来。

“你也是这附近的？”

“对哦，就住在边上。”说着话，泡泡用手指了指不远处几座高层住宅楼。天色渐渐变亮，把楼表面染成暗淡的金色，有点晃眼的太阳夹在两栋楼之间，好像一颗颜色奇异的巨大珍珠缓缓升上去。不觉之间街上开始出现三三两两的行人，表情呆滞地昂首走在依旧是灰色的大街上，偶尔有些家伙也会瞟向我和泡泡这边，但发现我们也在盯着他们，便马上把头扭开了。凌晨五点坐在街边护栏上喝啤酒、吃冰激凌的年轻男女，怎么说都算不上是正常角色。

“太阳从你家升起来了。”我说。

“是啊，新的一天就要开始了，但深渊依然存在。不过看你这样子，即使掉进无底深渊，也比无处可去要好些，是不是，孤独的大学生？”泡泡说，说完她跳下护栏顺便伸了个懒腰。

“护栏也有护栏的乐趣，只是很少有人去认真体会而已。”说完我一口干了手里的啤酒也跳下来，“要回家了？”

“不一定。”

“我进店里给你弄些早饭吃。”我这么打算着说。

“等等。”泡泡见我准备转身离开，忽然跳到我面前，近到我都能闻到她身上淡淡的汗味。

“抱一下。”泡泡说。

“嗯？”

“先抱一下。”还没等我做出任何反应，泡泡说完立刻使劲抱住我，双手用力缠在我身上，头顶险些磕到我下巴。

“喂喂喂，抱一下就抱一下，差点磕到了。”被泡泡抱住的我也只好顺势抱下去。她的身体很柔软，甚至柔软得有点虚弱。

“怎么样，感觉好些了？”泡泡问我。

“什么好些了？”我努力配合着泡泡的动作，被她这样问起来一时不知道该怎么回答。

“孤独的时候，就需要有人来抱一抱，哪怕只是抱一下也好，但是很重要呢。打破孤独的方法唯有奋力拉近我们之间的距离。”泡泡把头埋在我肩上慢慢说道，“这样就不会担心掉进深渊了。”最后这句话的声音小而又小。

“星期二？……星期二的凌晨五点，我在大学对面的护栏边上解救了一名险些跌进深渊的文学少女。”

“也可以这么说。”泡泡点点头，在我耳边轻轻地说。

“打破孤独的方法唯有奋力拉近我们之间的距离，金子般的语言。但这之后我们怎么办？”我不自觉地闭上眼睛，声音也跟着低下来。

“继续，继续。”泡泡说完笑起来，并从我肩上抬起头。这时候我才终于看清了她的样子，乱糟糟的头发帘，精巧的鼻尖，周围还散布着一些花哨的小雀斑，半睁的眼睛则好像午间的猫，慵懒而又神采奕奕。

“不怕我是坏人？”我问。

“不怕，这个问题刚刚说过了。你只要这样抱着不动就好。”泡泡说，之后再次把头埋在我肩上。

一来我认为我没办法顺利挣脱泡泡的拥抱，就算我努力扭来扭去，按照这个姿势她只会抓得更紧，二来谁又会拒绝一个可爱女孩的拥抱呢。无风夏日的凌晨五点，太阳渐渐升高即将再次灼烤大地，我则在其显露出热烈的凶暴本性之前，吃了泡泡的冰激凌并将她拥进怀里，不不，是她自己撞进怀里。不过总之，我这时候的确能感觉到类似魔法般的波动在身边流淌盘旋，虽然我对魔法这种东西一无所知。但这种幸福的违和感从何而来？两瓶啤酒还不足以使我这么容易就变得飘飘然，所以这力量一定来自泡泡的身体，以及她在我耳边低声说话时的轻微气息。我闭上眼，任凭莫名其妙的幸福包裹住身体，同时再将自己的感受传达给怀中的泡泡，而泡泡似乎也能察觉到我所体会到的。一点点的，只有一点点的，她用力把我抱得更紧，似乎真的就要跌进无底深渊了，而我仿佛是她唯一能抓住的依靠。

大约经过五分钟的时间，我慢慢睁开眼，街上已经比五分钟之前明亮不少，太阳升得很快，泡泡也终于不再紧绷着胳膊。慢慢放松后她不再抱紧我，而是将胳膊从我身后抽出来轻轻放在我腰上，我两手扶着她的肩。

“可有些作用？”泡泡问我。

“感觉好极了，真不可思议，你说得对，唯有奋力拉近我们之间的距离，物理上的距离。这么突如其来的……拥抱，我还是第一次。”

“那以后要多抱抱才好。这样就能顺利入睡了？”

“也许吧，应该是可以的。”

“彼此彼此。”

“那我们下一步该怎么办？”

“你不是说要去弄些早饭吃吗？”

“哦对，矮个子会做一种很拿手的三明治，不是用面包而是用馒头。我去让他弄两个。”

“馒头……”

“不喜欢？”

“不不，去弄吧。”泡泡眼睛直勾勾地望着我说。

“你等着。”说完我转身走去店里。

走进店门，矮个子已经收拾完所有纸箱子，正在柜台里胡乱按着计算器，看我走进来他马上跑到柜台外面。

“嘿！女朋友？新女朋友？怎么不一起进来？”

“并不是女朋友。”我说。

“那干吗在店门口一直抱着？”

“这个嘛……”我一时回答不上来，本来事情就有点复杂，而我还沉浸在那阵奇妙幸福感的回味当中，并且一夜未睡脑子也实在有点转得不够快。我还未想出该怎么回答矮个子，门口有人进来，是高个子，就是另一个在这里上班的家伙，看来是到了他接班的时间。

“咦？你怎么在这呢，不睡觉么你？”高个子看我站在店里显然有点惊讶。

“睡不着，太热了。”我说。

“是啊，有妞儿抱着怎么不热。”矮个子说。

“什么？门口那个？”高个子瞪大眼睛回头望着外面，我也望过去，泡泡正把我扔掉的烟头塞进啤酒瓶里。

“不是你们想象的那样啦，我先借个厕所。”说着我向员工卫生间走去，留下矮个子和高个子继续评论站在店外的泡泡。

走进员工卫生间，我用冷水狠狠洗脸，然后看着镜子中多少有些狼狈的自己。眼睛有点肿起来，神色涣散，不知道为什么眉头紧锁，并且愚蠢地半张着嘴。这该是一副怎样的表情呢？我似乎是在质疑镜子中的自己，洗过脸后刚刚的幸福感不翼而飞，我开始有点怀疑那些对话和拥抱，它们是不是真的？也许是我开始困了，有点神志不清了，不过……那不可能是假的，至少矮个子可以证明他在店里看到的一切。我还真是傻，这时候还质疑些什么呢？也许是一个人待在宿舍里的时间长了，让我渐渐对那种本应该令人愉悦的感觉迟钝了，甚至觉得那是带有欺骗性的。难道我就应该一个人继续在宿舍床上对着天花板发呆，直到瞪出更多裂缝和发霉的斑点来？不不不，我宁愿寄宿在便利店门口的护栏上，也不想每天在宿舍里和自己的被子一起发霉。

洗过脸并重新肯定过自我存在的意义后，我深呼吸了一次，拉开卫生间的门走回店里，矮个子和高个子正在柜台后面清点什么。我走过去手扶柜台正要和矮个子说话，他却先开口了："你的妞儿不见了哦，并且我们都没发现去哪儿了。"

"什么？"我一时没反应过来，继而迅速扭头望向店外，叫作泡泡的女孩果然不见了。我马上奔出去，奔到护栏边，啤酒瓶还在地上放着，烟头也被清理干净了，只是泡泡不见踪影。我四下张望，在街上逐渐变得忙碌的人流中也没有发现她，之后便匆忙返回店里。

"喂，谁也没看到她朝哪个方向走了？"我质问那两个家伙。

"并没有哦。"矮个子说。高个子对我摇了摇头。

"见鬼。"我低声骂了一句，又回到街上。

再次靠向护栏，头有些微疼，几滴汗流下来，碰巧又流进眼睛里，我只好紧闭起眼睛就那么靠着，心里想着泡泡。这家伙莫名其妙地出现，又莫名其妙地离开，留下一团暧昧的疑惑在我心里上下翻滚，仿佛是扣在杯子里的烟。我慢慢花时间思考着该如何终结这种自我尴尬的状态，可绞尽脑汁后，唯一能让我解脱的办法似乎只有去寻找泡泡，哪怕只是迈出寻找的步子也好，虽然结果不得而知，但至少得先行动起来。于是我睁开眼，集中精神捋了一下思绪。

泡泡出现的时候是从右边来的，对，的确是右边，那么我也应该往右边走才对？我下意识地迈开步子，抬起头，盯着她曾经指给我看的那几栋住宅楼。那是个小区，我以前去过一次，是去干吗了？记忆正因困倦而变得七零八落。嗯……好像是去找一个健身房，因为在街上看到广告便随意走过去的，不过因为没找到，所以对那边的印象并不深刻，如果那时候多转转就好了，那样的话现在就能派上用场，该死。我这么想着，继续挪动脚步。我记得小区入口应该有家银行，银行旁边就是保安岗亭，也许问问保安能有线索，可毕竟泡泡并不是有显著特征的女孩，我再怎么说明也许都是徒劳，该死，我又想。泡泡一定不是真的名字，我要是知道真名就好了，泡泡？简直开玩笑，哪有人会叫这种名字……

“喂！喂！你去哪儿？”矮个子的声音从后面传来，我回过头，看见他正朝我这边相当努力但却十分缓慢地跑过来。我停下脚步，皱着眉等他过来，阳光已经开始变得有些刺眼了，加上浓重的困意，矮个子在我眼里好像被一圈模糊的彩虹包围着。

“那个妞儿，你的妞儿留下个纸条。”矮个子追上我说，接着随手递给我一张有折叠痕迹的格子纸。

“这是她留下的？”我接过格子纸一边打开一边问。

“对对，她把纸条压在收银台上的印章下面了，我们都没注意，刚刚看见的，打开一看是留给你的。反正肯定不是给我们的。”

我低头阅读格子纸上面的字：

强劲的想象产生泡泡。

想着我，孤独的大学生。

强劲的想象产生泡泡……乱改句子也得有个限度，这岂不是成了漫画。

“是给你的吧，孤独的大学生？哈哈哈。”矮个子得意地笑起来，沙哑的声音混合着疲惫与困意，看样子他是费了好大力气才笑出来的。

“是，这下好了……”我说。有一点点绝望和失落，还有一点点不甘心。

“什么好了？”

“没事，回去睡觉了，我困得要死，不解释了。”

“没劲。这几天还过来？”

“我？”

“是啊，现在晚上就一个人值班了，没事过来聊天啊。”

“……看情况。”嘴上这么说，可我心里却想着，若再来是不是还能遇到泡泡呢？如果真能遇到也未尝不可，反正上午的课全部用来睡觉也没什么，不过每天把时间花在这上面，只有彻头彻尾的笨蛋才会去做吧。但是……如果真能遇见她？她家就在这附近，说不定什么时候就会来买东西，整夜不睡还跑到外面闲逛的家伙平时总也不会睡得太早，似乎有机会？

可事实上未来的一个星期，都只有我一个人整夜坐在便利店前面的护栏上，抽烟喝啤酒，偶尔吃冰激凌。泡泡终究还是消失了。

Chapter 3

温水中逐渐崩塌的方糖

i

泡泡事件过去后，无法再忍受宿舍生活的我决定换个地方住，是不是必须要有个人空间其实没什么所谓，但越是待在文学系这些家伙中间越是格外孤独起来，与这些家伙漫无边际地瞎扯，以及不停应付无聊话题越来越令人疲惫不堪。于是托父亲朋友的关系，我以十分低廉的价格住进离学校坐公交车五站远的一处独居，面积不过二十平方米，除了一张书桌、一个柜子、一台冰箱，外加一张床之外别无他物，虽然简陋但对我来说却是难得的清净之所。我把自己的书全部搬过来码进柜子，衣服则放在书与书之间的缝隙里，因为我本来也没什么衣物，之后又搞了台电脑，这就是全部了。宿舍的家伙们对我的离开表示十分震惊，他们从未想到会有人从这间拥挤的宿舍中途退场，所以搞得都很兴奋，甚至我还没把自己东西搬完，我的床就被其他人上蹿下跳着塞满了杂物。

开始一个人生活了，我也终于能随意安排自己的时间，想看书的时候尽可以随手翻阅，不用再捂着被子开手电，想溜出去散心也不至于再轻手轻脚怕吵了别人，不过大多数时间我还是以安静地睡觉为主，这样清幽的日子在宿舍里可是很难想象的。便利店那边偶尔会去一趟，但也只是偶尔，去员工休息室跟矮个子和高个子聊聊天，或者在他们值班的时间里一起偷偷喝几瓶啤酒。

“你真应该多回来看看。”这是矮个子见到我最爱说的话。

“回来干吗？”这是我经常反问他的话。

“你不在很寂寞啊，虽然其他人还是会经常来买东西，可能聊天的人实在不多，你过来还能帮我们分担一下无聊，或者帮我搬搬箱子也可以啊。现在每天晚上我都自己站在柜台边上犯困，真想横躺在上边睡觉啊。”

“那你就躺啊，反正没人来。”

“那要是万一，我说万一啊，你那个女孩又来了呢？”

“不不不，首先，那个不是我的女孩，其次，她不会来了。”

“何以见得？”

“我搬走以后，不对，那天晚上以后你们有再见过她吗？”

“那确实是没有。”

“我就知道。”

我们之间的对话大抵如此。而自从搬出学校后，宿舍倒是一次也没有回去过。

暑假快结束的时候，我在网上找到一份兼职，内容是校对一些篇幅很长的文章，政治经济医疗教育娱乐等题材不一而足，手写稿的话还要打进电脑里编辑成文档。收入不算多，但因为我是文学系的，于是面试那天只是随便聊了几句，公司方面就很爽快地答应了。有了工作，我的生活状态从不怎么出门变成了彻底不出门，每日就在家鼓捣那些文章，不是看着缭乱的手写字体挠头，就是查阅字典检视我不认识的奇特生字。方便面成了我最为日常的食物，咖啡和烟则代替了水和空气。衣柜里的书几乎不再翻了，连身上的衣服都想不起来换。空调电脑二十四小时运转，电费跟着持续高升，如同永不满足的食欲怪物一般拼命啃噬我弱小的钱包。

四年级开学后我也不怎么在学校露脸了，一来学分基本拿到没有后顾之忧，二来手头的工作也忙得不亦乐乎。公司那边觉得我既然是文学系毕业的，所以处理起文字工作理应得心应手，便不断发来新的文章让我整理编辑，我倒也没有辜负他们，总能按时把需要的东西交上去，并且评价还不错。即使是急件，熬几个通宵也能完美搞定，这对我获得好评是很有利的，但代价是工作越积越多。有时候我都忘了自己还是学生，大学的存在淡泊如散落于书桌的烟灰，偶尔意识到了，也不过是随手一划任其自行消失。毕竟在学校也没交到几个所谓的知心好友，即使不去恐怕也没人惦记我，与他们的交情还不如与便利店的高矮个子二人组来得亲密。搞到这般境地，实在是连我自己都觉得无话可说了。

不过话虽如此，从相当现实的角度来说，我依然是个在籍学生，一天都不去是不可能的。比如乏味的校内招聘会，我也会去远远观望着寻找些机会，心里知道不抱希望，但至少还是需要有所行动。又比如考研说明会，因为我没有最终决定毕业后要干什么，除了找工作，继续深造的可能性也不是没有，所以闲极无聊的时候也会去看看。虽然父母并不干涉我的选择，每次都说我自己的命运自己把握就好，但在我看来这些都不是命运中非决定不可的事情，只是形式上的出路而已，远远谈不上把握命运。但把握命运究竟代表什么，我却拿不出实质性的答案。也许命运的实质只有经过时间的过滤方能证明，对于还没有发生的事情，总说不上这就是命运之类的，都不过是预判与猜测而已，甚至是赌博，像我这种没什么远大抱负的家伙，还是不要去试图盲目控制那些莫须有的事情了。待事情真发生了，命运这种东西自然会被验证。

“十一”长假结束后下了几场雨，天气忽冷忽热让人有点不耐烦。下雨天我更是懒得出门，有时候晚饭只用嗑瓜子替代了，校对工作也因此进展很快。不下雨的时候我会出门散散步，算是抛开工作活动身体放松大脑。不过说是散步，也就是到附近超市采购食品而已，全程不过半小时，去的时候抽一根烟，回来的时候再抽一根烟，往返共十分钟路程。在超市里面晃来晃去的时间也不长，经常吃的东西不超过十种，基本都是拿了就走，因为店员那副拼命推销商品的嘴脸怎么都不喜欢，话说起来就没完没了，一味点头赞同只会徒增厌烦，所以干脆不说话，伸手取货后迅速溜之大吉才是正道。

某一天我中午醒来，随便吃了个味道不值一提的面包，不值一提到什么程度呢？吃完之后我竟然没有意识到自己刚吃了个面包，就是这么的不值一提，之后便出门去学校，准备参加一次招聘会。因为宿舍的家伙发来短信，说这次参加的企业数量不少，必定会有所收获，我虽然半信半疑，不过还是去了，况且今天天气的确很好。

走进举办招聘会的礼堂，发现已经有不少人到场，讲台上布置着一幅很大的投影幕布，一些穿西服的家伙搬着桌子椅子跑来跑去，学生们则在座位上叽叽喳喳乱成一片。我挤过几群正在闲聊的人找到一个角落，把烟和手机掏出来扔在桌上坐下，环顾四周并没发现几个认识的，文学科的家伙居然一个都没来，那又何苦联系我呢，难道是开玩笑？简直莫名其妙。不过也好，省得寒暄了。无聊地坐了一会儿，我打了几个哈欠，便从书包里掏出电脑，开始用校对中的文章打发时间。

大约过了半小时，招聘会宣布开始。一个教务处老师走上台，啰唆了一阵子现场规则，语调很轻快，时不时还幽默一下，引起了某些同学咯咯咯的笑声，唯其内容空洞得一塌糊涂。之后换上某企业负责人，这家伙穿着廉价的西服，光头，看起来有五十多岁，特点是嗓门很大，一开口就对着麦克风和我们拼命喊叫，巨大音墙在这个已经足够大的空间里四处乱撞，塞满每一个细小角落，简直让人窒息。只听完他的自我介绍我就要崩溃了，真不知道这有什么必要，于是我掏出耳机开始听音乐，并继续着手头工作。最后总能领到宣传资料的，到时候再看也不迟，我想，听这样的家伙讲话不知道要被杀死多少脑细胞。就这样我边听音乐边工作，偶尔抬头看看台上的人，换个环境工作效率居然有所提升，这让我很满意。

换到第五家企业上场的时候，我还是随便抬了下头，看到台上又出现一名中年男。怎么都是中年男呢？这让我如何有兴趣去关注你的企业呢？哎，我摇摇头准备继续工作。就在我低头的时候，无意间余光瞟到在我右前方，就在离我大约五米远的地方，泡泡一只手托着脸颊，另一只手正在偷偷向我这边挥舞着，脸上的表情传达出一道明显信息：你终于注意到我了。并且，她的头发是银白色的。

那一瞬间我的表情是僵住的，盯了她大约三十秒我才最终认定，这就是那日凌晨与我在护栏边相互拥抱的女孩。除了那副慵懒表情依然像是午间的猫，银白色的头发格外引人注目，相比之下她身上穿的紫色棒球外套都没有那么格格不入了。

我刚才怎么没注意到她？刚溜进来的？一边想着我也犹豫地向她挥

手，示意她坐过来，因为她夹在几个明显局促不安的眼镜男之间，而我这里是个角落，两边都没人。泡泡马上点点头，弓着身子站起来，用仿佛是在战壕中躲避炮弹那样的劲头快速向我这边移动，最后简直像要扑在我身上般重重坐在我旁边。

“你的头发怎么了？”

“你在写什么？”

我俩同时说。

“……”泡泡皱起眉。

“我的天呐，你的头发怎么了？”我又问了一遍。

“这是个伪装，怎么样，好看？”说完泡泡使劲晃了晃脑袋，由于力道过大，几根银白色的假发甚至掉了下来。

“伪装什么？你居然就这样进来了？”

“是啊，这是为了让别人认不出我。”

“我还真是没认出你。”

“有时候伪装可以带来勇气和智慧，也是一种安全措施。让自己觉得，虽然我存在于这里，但别人都不会轻易发现我存在于这里。明白？”

“老实说，不是很明白。”

“戴上试试？”

“算了……话说，你来这干吗？”

“找你啊。”

“你知道我今天会来？”

“不知道，这是命运。我去便利店找了矮个子，他说今天天气好，也许你会来，让我来碰碰运气。”

“矮个子……他说得不错，天气好的时候我会出来。你……好几个月过去了，我以为再也见不到你了。”

“可有好好想着我？”

“有啊。强劲的想象产生泡泡嘛，你这不是出现了。”

我说完泡泡笑起来，咯咯咯的声音引来前排一个女学生的不满，她回头对我们做出安静的手势，我对她怒目而视将她瞪回去，不过只是装装样子。

“我们出去。”我对泡泡说，泡泡使劲点点头。

出了学校，我们走向马路对面的便利店，也是第一次见面的地方。今天是矮个子值白班。

“嘿，你看谁来了。”进了店门我招呼着，依然没有客人。

“哦哦哦，上午她还来了一趟。”矮个子在柜台后面和我打招呼。

“我去拿两瓶啤酒。”

“去吧去吧。”矮个子兴奋地说，不停地对我眨眼睛。我懒得理他，快速从冰柜里取了啤酒，之后便领着泡泡走去外面，依然靠在护栏上。

“庆祝一下让我能再次见到你。”我说，之后举起啤酒瓶子和泡泡碰了一下。在清爽的秋风中，连这种廉价啤酒瓶碰在一起的声音都格外悦耳。

“听说你搬走了？”泡泡喝了口啤酒说。

“是，不住宿舍了，每天无所事事难受得要死，这次换成一个人住了，清净，能专心做点事。”

“一个人住不寂寞？”

“还好，我找了份兼职，每天不紧不慢地在家工作，没事就来学校露个脸，也算充实。你怎么样？”

“我还那样。”

“还那样是哪样？话说你的事情我什么都不知道，这次出现，莫非是又要不小心跌进无底深渊了？”

“嗯……差不多的状况。需要被拯救啊，所以来见见你这个孤独的大学生。”说完话，泡泡猛灌了几口啤酒。

“孤独的大学生一次次奋力拯救即将跌进无底深渊的少女，简直可以发展成纯爱漫画。”

“有何不可呢？”

“也对，需要时尽管来就好。”

“话说你工作找得怎么样？那个招聘会还真是厉害，大企业不少，应该有机会吧。”

“没有的事，一来都不是对胃口的工作，金融业啊制造业啊都是些搞不明白的东西，二来我只顾做自己的事基本没有听，那些中年男到底为什么而来完全一无所知。”

“也是哦，你是文学系的，跟那些东西完全不是一个分类。但你完全不计划未来？”

“未来这种东西太虚无缥缈，远不如眼下的事情来得实在。人啊，想多了就容易生出无意义的事端来。”

“的确是，想法基本一致。”泡泡举起瓶子说。

“干杯。”我点点头说，说完我也举起瓶子灌了口啤酒。

“下午还回学校？”泡泡把瓶口含在嘴里问，闷声闷气的声音好像是从脚下排水井里发出来的。

“当然不回了，本来也没什么去的必要。”

“我们去玩？”

“赞成！但首先要填饱肚子，你吃饭了？”

“亏你说得出，这都几点了！不过我还真没吃。”

“走吧，现在我也是有收入的人了，请你吃饭。”我拍拍书包里的电脑说。

“去你家，我给你做饭吃。”

“会做饭？”我的确有点惊讶。

“做饭并不需要技术经验什么的，只看这里。”泡泡拍拍自己脑袋说。

“那是什么？”

“想象力。”

下午三点左右，阳光明媚得一塌糊涂，我很后悔没有戴墨镜出来，泡泡也这么认为；我说我讨厌阳光，恨不得永远阴天永远拉着窗帘，泡泡也这么认为；尤其是一直暴露在太阳下，即使气温不高，比如，今天就很凉爽，不过依然会头疼，甚至烦躁，泡泡也这么认为。

离开便利店后，我们一起说笑着走去公交站，等了很久才终于等来一辆车，这期间一直都在抱怨太阳晒久了这件事，甚至上了车我们还在继续谈论。

“应该给太阳公公穿件衣服挡一挡。”

“应该给太阳公公的脸糊上层纱窗儿。”

我们说。

下了车我们直奔超市，但直到推起购物车依然没有决定吃什么。泡泡问我爱吃什么，我很干脆地回答：“肉”。泡泡又咯咯咯笑了半天，这家伙的笑点还真是低。不过纯肉料理对于泡泡来说有困难，不是不会做，是吃不下，她认为只有肉的正餐是难以接受的，因为无法想象油脂在胃里凝固成一团的样子。我劝她只要喝点啤酒就好了，但确是反效果，她说那样油脂会飘在凉啤酒上面。好吧好吧，越说越难以接受了，说得连我都有点不想吃更多的肉了。等我们没头没脑地逛了十分钟后，泡泡终于决定今日菜单是番茄酱和牛肉丸子的意大利面，再做一盆鸡蛋蔬菜沙拉，配红酒，饭后用巨大橙子和开心果做零食，这样营养均衡又可以吃到大肉，只需把牛肉丸子做大些即可。我深表同意。那么，什么是巨大橙子？我问泡泡。

她答曰，凡是她单手无法很好攥住的橙子都统称为巨大橙子。原来如此。

决定了菜单，在我的带领下采购很顺利，大约二十分钟就搞了足足两大袋子食物，毕竟这周围只有这么一家像样的超市，我又是这里的常客，对于食材摆放的位置算是轻车熟路。而整个采购过程中，泡泡依然顶着一头银白色假发，从远处看起来很像一枚行走的白蘑菇，不少人都在擦身而过的时候回头观望她，她倒也不在乎。

采购完毕，我们拎着食物袋子一边抽烟一边慢慢走向我家，抽烟的间隙还喝了两罐罐装咖啡。无论是谁来看，恐怕都会认为我们是一对标准的年轻情侣，互相毫无防备地说笑，各自拎着装满食物的袋子，步伐一致，胳膊时而碰在一起，即使被说成是年轻的新婚夫妇也许都不为过。和一个长久拥抱过的女孩并肩走在街上，即使我对她的事情一无所知，但这样的充实感的确很久都未曾体验到了。上一次有这样的感觉到底是什么时候？忘记了，过于久远，以至于……就算我记得，也许在那些高中生的儿戏中，又是在荷尔蒙全力迸发的年纪，根本没有要去体会此般心境的意识吧。而正当我全力享受这美妙时光的时候，恍惚中嘴里竟然一瞬间生出冰激凌的味道。那日凌晨泡泡请我吃过冰激凌，不过我们究竟吃了什么口味？我却一点儿也想不起来了。这记忆并没有那么遥远，不过是相隔数月而已，但的确消失了。本想问一下泡泡，那天我们吃了什么口味的冰激凌？沉寂了一下我却没说出口，也许她会责怪我没有记性，这么快就忘记啦之类的。那都没什么，我更担心这样的小事情会让某些东西失去平衡，而生活常常就是因为小事情才会慢慢变得分崩离析，宛如温水中逐渐崩塌的方糖。不过也许是我想多了。泡泡看出了我的踌躇，问我在想什么，我只好继续用晒太阳的事情搪塞了过去。

Chapter 4

年轻而美丽的仙女

嗖地降临在一则平淡无奇的故事里

回到家，我把采购来的食物拎去厨房，一样样分拣开。泡泡则径直走进屋里，一脱下那件紫色的棒球外套，就开始这里看看、那里弄弄，忙着对我的生活进行一轮又一轮的苛刻评论。我从厨房里不时瞟她几眼，好像一条因为换了新水缸而不停上下游走的金鱼。

“喂！你这桌子多久没擦过啦？”

“咖啡杯子也很久没刷了吧？”

“好多酒瓶子诶，要不要帮你扔掉？”

“有谁会把这么多书和衣服一起塞进衣柜啊，怪人！”

诸如此类。

听她在那边自说自话——确切地说是在向我发问，不过就当她是自说自话吧——我苦笑着低下头假装没听见，继续整理手下的东西。生肉和调味料摆在一起，蔬菜和水果摆在一起，意大利面暂时收起来，又准备了一锅清水，最后打开红酒。当我拿着红酒瓶子走回屋里，发现泡泡正跪坐在衣柜前，一本正经地刨开衣服们，皱起细小的眉头仔细确认里面的书。

“能看懂弗洛伊德？”泡泡一边打量我的衣柜内部一边说。

“看不懂。”我坐在床上仰头喝了口红酒。

“那怎么会有？买来后一次也没看过？”

“当然看了，所以才知道看不懂。不过无所谓，那是用来闻味道的。”

“我不想再问什么了……”

我微笑着摇了摇头。

“大江健三郎是谁……好看吗？”泡泡果然还是继续问了。

“好看，《日常生活的冒险》值得推荐。”

“是什么样的故事？”泡泡听我这么说，从一团衣物中间小心翼翼把那本书取出来开始翻看。

“嗯……简单说是作者回忆了一个叫作斋木犀吉的家伙，在搞了很多莫名其妙的事情后，用原书的话讲大概是，尝试了所有冒险的事，结果却没成就任何一件事，之后在一个遥远的国度上吊自杀了。不过又没有人能证实他真的自杀了，也许又跑到别的地方冒险去了。”

“可爱的家伙。”泡泡说。

“的确是。”我又喝了口红酒。

看过大江健三郎，泡泡又翻出杰克·伦敦的《马丁·伊登》。

“这个如何？”

“你还真是会挑，拿出来的都是主角死掉的故事。”

“哇，快告诉我。”

“嗯，这个马丁本来是个穷水手，因为爱上了上流社会的漂亮小姐姐，于是开始发奋努力去取得成功，有点并不是门当户对但依然勇往直前的意思，可他又无法认同上流社会那套虚伪玩意儿。结果可想而知，漂亮小姐姐觉得自己跟他本来就不是一路人，而他又不肯变成漂亮小姐姐希望他变成的那种人，他们就分开了。但后来他成名了，变成了知名作家，可以算是上流社会的人了，于是漂亮小姐姐又回来找他，这让他觉得很……嗯……”

“破灭？”

“对对，很破灭，后来他跳海自杀了。”

“可怜的家伙。”泡泡评价说。

“也不能完全算是可怜……”

“这是什么？看名字好厉害。”我还没说完，泡泡又拿出本《一个神经衰弱者的二十一天》。

“这个就复杂了。”说着我点起烟，“我喜欢这个，是因为书里有很多省略号，写书这家伙实在是用了很多省略号。你能理解么，看到很多省略号时那种很爽的感觉。”

“我去做饭。”泡泡放下书说。

摆脱了我的衣柜兼书柜，泡泡站起来伸了个懒腰，从我手里夺去红酒瓶子猛灌了一口，却噎得直捂脸。干吗不用杯子？她理所当然地问我，同时走去厨房。“因为没有啊！”我喊道。我确实没有能用来喝这东西的杯子，我家里只有个硕大的咖啡杯，且只有一个，其他连看起来好似杯子的物品都没有。这么说我也是第一次注意到，我为什么没有其他杯子呢？

泡泡做饭的时间里，我从书包里取出电脑和其他乱七八糟的东西在书桌上摆好，之后琢磨要不要工作一会儿，不过厨房里叮叮当当的声音不绝于耳，我决定过去看看。待我走进厨房，发现泡泡已经做好了肉丸子，正在炒意大利面用的酱汁，而面已经煮好在一旁放着。

“速度好快！”我说。

“这很简单啦，平时不做？”泡泡说话时还专心搅拌着酱汁。

“平时都吃方便面。”

“嘿，看来我需要时不时过来给你改善伙食。”

“那真是谢天谢地了。”

聊天的工夫里泡泡炒好了意大利面，切了巨大橙子，又从冰箱里拿出不知什么时候搞好的沙拉，我一边感叹着，一边帮她把这些全部运到书桌上。因为没有多余杯子，我们吃饭的时候便交换着瓶子喝红酒，这让泡泡很开心，她从没这样喝过红酒。简直是在宣泄对红酒的愤怒，她这样形容。“希望我们不要被葡萄的怨灵所诅咒！”[①]我说。

吃过饭，我收拾好厨房，之后回到房间和泡泡一起坐在地板上抽烟。电脑里放着Chet Baker，是泡泡挑的，她懂一些爵士乐，我一窍不通，但是感觉很好，至少缓和了我家里完全不适合招待女孩的尴尬气氛。听着音乐抽着烟，我们聊小说，聊我的学校，聊我的独居生活，甚至聊了爱情，不是我与泡泡的爱情，而是关于爱情本身，以及其他许多泡泡愿意听的、愿意说的。但我唯独没有机会去碰触泡泡的事情，她完全不透露。其间我曾小心地试探过一次，只有一次，而且话题岔得很开，七拐八拐绕了很多圈子后才敢碰触那么一小下，如同夏日午夜蛰伏在房间里的蚊子。但我笨拙的努力马上就被泡泡识破，她像我一样七拐八拐绕了很多圈子后又把话题岔开了。于是我表示放弃，出于对她的礼貌也好或是尊重也好，我不再去试图挖掘她的故事，任凭她在我这间破

① 崔西·西克曼、玛格莉特·魏丝著:《龙枪编年史》，朱学恒译，译林出版社，2012年。

烂小屋里开心地用瓶子喝红酒、听音乐，不带有任何保留地将我所拥有的一切完全开放给她，这对我来说也是某种意义上的幸福。何必非要去探知她的过去呢？她突然出现在我生活里，又突然消失，又再次出现，我能肯定的是，她需要我这一存在，虽然我说不出任何合理的解释，也拿不出一点点强有力的证据，但我从她眼睛中似乎可以探寻出这样的感情。她坐在我面前大声笑着，顶着一头奇妙的银白色假发，在我看来简直如同梦境般的存在，就像年轻而美丽的仙女嗖地降临在一则平淡无奇的故事里，瞬间就将这故事变成了永世被人传诵的美好童话。但仙女不会毫无缘由地降临，一定是的，也许我永远不会知道她的故事，我唯一能确定的是，她的降临，正使我枯燥无味的生活变得美好。也许这就是泡泡的目的，虽然我不明白她为什么会选中我，也无法体察到她对我所抱有的任何具体诉求。

将近七点的时候，天色开始变暗，窗外街道渐渐被淡蓝色阴影所渲染。我和泡泡喝光了红酒，也聊得累了，就躺在地板上放松身体，一盏台灯在墙上打出我们重叠在一起的影子，好像遥远的山峦。听了大约半小时音乐，泡泡坐起来拉住我的手提议出去走走，我问她去哪儿，她说有一家还不错的酒吧，老板是她朋友，一个和蔼的大叔，可以去那看看。店里还经常有乐队过来演出，民谣爵士布鲁斯不一而足，运气好赶上有名的家伙过来做现场那就赚了。我觉得这提议够意思，我们刚刚吃完既不是午饭也不是晚饭的一餐，正需要出去走走，到了晚上没准还能有胃口再吃一顿。既然如此我们也不再犹豫，随便收拾了一下手边的东西，就迎着夜色走了出去。

这个时间下班高峰期还没结束，街上塞满了人与车，汇集成一片兵荒马乱的壮观景象，他们无一不行色匆匆正拼命赶往哪里。我皱着眉头努力挤过返家者的洪流，走在泡泡前面为她开路。偶尔回头看一眼，她的银白色假发在车灯与路灯的照耀下发出闪烁不定的反光，如同一只游离在人海中的银色水母，上上下下不太坚定地漂移着。艰难前行至某个不那么拥挤的十字路口，我们伸手拦下一辆出租车钻进去，泡泡说出地址，之后便疲惫地缩进后座，我则一直盯着车窗外闪过的乏味景色。

如同我们好不容易穿过人群，出租车也在车流里举步维艰，十分钟过去后我有点昏昏欲睡，歪头看泡泡，她早已经闭上眼睛。不知道是什么让她感觉疲劳，也许是穿梭于人群中的不耐烦，不过我也有些头疼，司机则沉默着手把方向盘，无可奈何地慢慢向前移动。见泡泡没有说话的兴致，我再次把头转向车窗外，这时泡泡却把手搭在我手上，我回头看过去，她依然闭着眼睛缩在座位里。我没有说话，只是轻轻回应着她，将她的手稳稳攥住，然后继续观望车窗外陈旧连环画般的乏味街景。

“累了，给我点能量。”过了一会儿泡泡微弱的声音传来。

“必要的话可以抱抱。”我轻声回应道。

但泡泡摇了摇头，看来这次只牵手就好。

几乎花了预想的两倍时间车才行驶到目的地，付过钱后我们从车里挤出来，下车后的泡泡看起来又恢复了精力。她放开我的手，指着不远处一座亮着灯的建筑物说：“就在那里，看到了吗，有霓虹灯牌子的地方，在那里的二楼。”我使劲看了看，又使劲点了点头。

推开门走进酒吧，里面并没有几个人，不过现在时间尚早，还不到八点，店内除了服务员只有几个乐手，在窄小的舞台上懒洋洋地调试设备。我和泡泡直奔吧台。

“胡子叔在吗？”泡泡趴在吧台上向里面的侍者问道，我则随手拉过一个烟灰缸点上烟。侍者那时候正在漫不经心地擦拭十几个扎啤杯，见泡泡搭话，他面无表情地摇了摇头，泡泡也摇了摇头，不知道是在肯定侍者的答案，还是在否定侍者的态度。

“胡子叔还没来，我们先坐着吧。”泡泡对我说。

“看来目前也只能如此了。今晚这是什么乐队？”我盯着舞台说。

“我看看啊……”说着泡泡拿起手边的一张宣传单，“这个乐队叫夸夸其谈，泡泡并没有听说过。”

“名字起得不错，就是不知道音乐怎么样，晚上再见证吧。你想喝什么？”

“泡泡想继续喝红酒。你呢？”

“我要威士忌好了，需要一些有劲的来提提神。怎么就突然开始用自己名字说话了。”说完我向面无表情的侍者点了红酒和双份加冰的威士忌。

“哈哈哈。”泡泡笑起来，“逗你玩呢，让你精神点。”

“我很好啊，在车里一直不说话的可是你哦。”

“我那是累了，街上人太多。身边同一时间超过五个人，我就会消耗很大的体力，去同时处理那些人发出来的……干扰。”

“干扰？”

“我也说不好，总之那些人永远都在做完全互不相干的事情，看着他们乱成一团就跟着着急，但又没办法走过去让他们停下来，所以注意力不断被别人分散，完全集中不起来，这样就很容易累了。”

“那你在这看演出不会累吗？”

“好一些，至少大多数人都是出于同一目的来的，有统一的目标，这就好得多，我也属于他们之间的一分子，就不用老是去关心其他人在干什么了。”

“听你这么说……似乎也有点道理。”

“你知道吗，在商场啊车站啊路口啊等这样的地方，不知不觉就会消耗很大精力去注意别人的行动，而那些都是不可预知的。当然不想去关注，但又没办法不关注，毕竟近在眼前嘛，想忽略也做不到，所以高度集中注意力的时候疲劳就自然会叠加起来。很辛苦。”

“嗯……”

说话的工夫里，侍者依然面无表情地将酒放在我们面前，我同样面无表情地摇了摇头。

“所以，基本上都是一个人生活喽？”我端起威士忌问道，接着张大口使劲灌下半杯，这种喝法对治疗头疼很有效，不过也可能只对我有效。

“是哦，几乎都是一个人。”泡泡抿了口红酒。

“你父母呢？出国了？”

“嘻嘻嘻。”泡泡笑了笑，然后突然发现了什么，瞪大眼睛向着门口喊，“胡子叔！”

顺着她的目光我也望向门口，一个五十岁上下的光头男走了过来，穿着大号纯白色T恤，深色裤子，脚上是一双橙色球鞋。此外，他下巴上留着修剪整齐的山羊胡，这就是胡子叔的由来吧。

“哦，泡泡来啦。男朋友？”光头男望向我。

“是奋力拯救即将跌进无底深渊的少女的孤独大学生！”泡泡说着朝我挤挤眼，我摇摇头笑着默认了。

“好好好，能拯救泡泡也不是一般人，你这杯我请了。”光头男笑着说，之后慢慢走向舞台上正在调音的乐队。我只来得及向他的背影点头致谢。

“原来你经常来这里。”我看着舞台说。

“是啊，胡子叔对我很好，经常给我调酒喝，别看他那大光头的样子，调酒可细心了，属于胆大心细的类型，而且对酒很了解，还曾经拿过一个什么世界调酒大赛的亚军呢。”

“嚯，厉害。”

“他真的很厉害，人又好，我一个人无聊的时候经常过来，渐渐混熟了，还在这工作了几个月。”

“看不出你是个能上班的家伙……”

“还好啦，通常就是坐在吧台里收钱，其他的苦活累活一概不用我上手。比如有的家伙吐了要清理啊，卫生间里奇怪的人倒下了要帮忙啊，这些麻烦事都是胡子叔亲自搞定。”

“干吗不让店员去？”

“胡子叔说，店员的任务是做好本职工作，这些杂事必须由他这个店里最闲的人来完成。其实他是心疼我们啦，不想让我们弄脏自己，也不想让我们惹麻烦。”

听泡泡说完我佩服地点了点头。这时候光头男似乎已经和舞台上的乐手们打过招呼，正走回吧台这边。

“泡泡，正好你在，过来帮个忙，算账的姑娘请假了。”光头男向泡泡招呼着。

“好嘞！”说完泡泡跳下椅子，一路小跑跟着光头男走去吧台里面。

剩我一人之后，我喝光了手里的威士忌，抬手招呼侍者，侍者默默走过来又给我倒了一杯，与我刚才点的酒一样。能看透人心的家伙。

这个时候酒吧里已经进了一些客人，三三两两围坐在桌边小声交谈着。不知道什么时候放起了背景音乐，声音很小但气氛营造得恰到好处，是我并不熟悉的曲子。我抿着酒，一个人愣愣看着酒吧里面的景物和人，泡泡离开后，眼前的事物急速变得陌生起来，一时间我仿佛失去了来这里的目的，也想不起来这里的初衷。乐手们偶尔演奏出一阵音乐声，与背景音乐不和谐地混在一起，又停下，更加夸大了那种不和谐感。收银台那边间歇性地传出咔啷咔啷的声音，泡泡已经开始工作了，不知道什么时候会结束，这期间将不会有人与我交流，我只能一个人坐在这里。深深吸了口气，我转身面向吧台，把杯子置于台面，透过杯子看着远处面无表情的侍者，被某种莫名的思绪牵引着，想起很久以前的一个女孩。

Chapter 5

打破孤独的方法唯有奋力拉近我们之间的距离

i

高中一年级的夏天，对，就在我们还完全不知道什么叫爱情，只将爱情当作一对一的生存游戏，直白吐露着各自的好意，以为这就是我们可以绝杀对方的武器，一旦有一方投降，另一方便拥有了全世界！就是那样的年龄。某天下课后，我和另一个女孩被老师留下做值日，我十分清晰地向女孩传达了一定要从拖地开始，女孩却反驳说要从擦黑板开始才对，说那样拖地时才不会留下粉末。我不服，便靠在黑板上说我不想先擦黑板，就要先拖地。女孩走过来拉我，我一转身反倒把她按在黑板上，女孩问我要干吗，同时眼睛里闪烁出一丝好奇的光，而我成功捕捉到了那一丝光，便说，我要征服你！当然是开玩笑的，面对一个平时几乎没什么交流的女孩，我甚至根本不明白所谓我要征服你的含义是什么，只是顺口说了一个高中男孩愚蠢的玩笑而已。女孩说你这个家伙简直神经病，声音里带有明显的紧张。接着她灵巧地从我身边挣脱开，拿起黑板擦去拼命擦黑板了，我只好无聊地在教室里溜达，准备等她擦完黑板就去拖地。那之后我们也没在教室里再搞什么其他把戏，另外先拖地还是先擦黑板这件事，对我来说倒完全是无所谓。

但对于平凡的人来说，很多重大事件的诱因，其实并不那么重大。

大约一小时后，等我们打扫完教室，一边讲着无聊的玩笑一边走出教学楼，才发现外边下起了稀稀拉拉的小雨。我们只好停在楼门口，互相指责着都是因为对方慢吞吞，才把简单的事情搞到现在，但除此之外我们又不知道该如何是好。女孩说现在时间已经不早，再过一会儿就要锁校门，不如趁雨势不大跑到学校旁边的商场去躲雨。我看了看天，现在雨量的确不是很大，也许刚刚开始下，若要找个能长久避雨的地方现在正是机会。于是赞同女孩的建议，紧接着迈步走进雨里，女孩也一样。我们的脚一起踏在湿漉漉的地面上，发出扑哧扑哧的声音，开始还觉得有趣，可没想到我们刚刚跑出校门，雨势突然变大，校门口又没有可以遮挡的地方，我们除了全力奔向商场外已经没有别的选择。结果就是，当我们跑到已经闭锁的商场门口时，我和女孩已经全身湿透，我抬头诅咒该死的大雨，女孩则将双臂紧抱在一起瑟瑟发抖。

面对这样的局面，我脱下上衣给她披上，结果女孩瞪大眼睛看着我。不用客气，我说。都湿到一起了啊！女孩大喊着。啊……这下完蛋了，我想。正想着，女孩突然伸开胳膊把我的上衣抖落在地上并紧紧抱住我，我一时不知道怎么反应，只是呆愣地说了句，你还好吧？女孩摇摇头，在我耳边呢喃着说："孤独的时候，就需要有人来抱一抱，哪怕只是抱一下也好。打破孤独的方法唯有奋力拉近我们之间的距离。"

下一个瞬间，我的思绪被强行拉回至现在，我手里正无意识地紧紧握住威士忌杯。打破孤独的方法唯有奋力拉近我们之间的距离……原来，那是泡泡。

侍者依然面无表情地站在吧台后面无所事事，店里客人也依然不是很多，乐队已经从舞台上消失。一首轻柔的爵士钢琴曲弥漫在店里，蒸发着烟与酒精的味道。我瞪着干涩的眼睛，不知道已经过了多久，只是呆望着店内某一个方向，之后有很少量的眼泪慢慢流下来。我说不清是种什么样的感情在撬动我的神经，数年前泡泡的那一句话，这时候凭空闪回到脑海里，在某个层面上完全震慑了我。脑海里几乎一片模糊，唯一清晰可见的画面是那个下雨的傍晚，我并没有理解泡泡的意思，没有去回抱她，而是将她推开了。

泡泡抱住我湿淋淋的身体，说完那句话后就开始更激烈地抖起来，我并没有理解她的意思，只是盯着掉在地上的外衣。雨势越来越大，远处的楼群隐没在沉甸甸的水汽中，街上除了我和泡泡外一个人影也没有，而那时她用力抱着我，我则尴尬得不知如何是好。僵持了没多久，我开始尝试挣脱开泡泡，低身捡起衣服，泡泡则带着马上就要哭出来的表情迅速扭过头，看着空荡荡的马路。

记忆过于遥远也过于模糊，好像没擦干净的黑板，好似记录过什么，并且是相当重要的什么，却已经无法拼凑出答案了。同样，我也记不清那之后我们到底说了什么，但我现在意识到，我伤了她的心。这么多年过去了，同样一句话泡泡已经对我说过两次。

“想什么呢，那么出神？”泡泡站在我身边说。

“啊……忙完了？”泡泡的突然出现害我险些栽下凳子。

“咦，你怎么哭了，是哭了吧？”

“哭了？怎么可能，我干吗要哭。”

“谁知道？想起某个女孩了吧这是。”

“原来是你……”

“哦？”

“原来我认识你！你在便利店前就认出我了？”我眼睛湿漉漉地望着泡泡，目睹她脸上瞬间闪过的惊诧，以及惊诧过后的呆板表情在我面前慢慢凝固。接着出乎意料的，她再一次突然紧紧地抱住我，继而毫不掩饰地使劲哭出来，我用余光看到侍者迅速把头扭向我们这边，光头男则在吧台后面沉默着点起烟。

“泡泡，为什么不告诉我？”这次我也主动拥抱了她，她的银白色假发蹭在我鼻尖上，仿佛正散发出雨水的味道，久远到难以捕捉。泡泡并没有回答我的问题，她拼命摇着头，越抱越紧。我已经不再哭了，只是用双臂回应着泡泡的拥抱，我第一次感到心脏的跳动因为一个女孩而变快。那之后很长时间，我们只是长久而僵硬地抱在一起。此刻我和泡泡都失去了用语言表达心情的能力。

不知什么时候，店里音乐换成了Beyond乐队的《情人》。当音乐进行过半，一只手搭在我肩膀上，我勉强回过头看到身后站着光头男。他在我肩上轻轻拍了拍，微微笑了笑便走去舞台。光头男走后泡泡抬起头，映着吧台的灯光，我看到她眼睛里仿佛正折射出全宇宙的亮光与颜色，缩在眼睛里的眼泪则将这些亮光与颜色折射进我的眼睛。我望着泡泡，她曾经的样子也同时在我脑海里完整拼凑出来。如果我们在便利店门口相遇那晚我能想起她，如果第二次见面，也就是今天她没有顶着奇怪的银白色假发，也许我能更快认出她，但无论如何她在昏暗的路灯下认出了我，她还记得我的样子，而我却没有。

“你终于想起是我了。”泡泡声音很轻地说。

“太意外了，竟然是你。这么多年过去了，你怎么……”

“因为那时候我就喜欢你啊，现在也是。”

“……”

“找了你好多年。”

“找了？”

“嗯，找了很多年，你跟班里的人联系不多，没有人知道你毕业后去干什么了，我问了好几个你的朋友，他们也说不出你是考大学了还是去工作了，没想到你却意外出现在我家附近，一个人坐在路边栏杆上喝啤酒。本想说句话就离开的，因为突然就发现你，我也不知道怎么办，不过那时候你看起来也没有女朋友，我就……留下来了。”说完泡泡微微笑着，脸颊上还挂着眼泪。

“现在我完全记起你了，你的样子没变，都怪这奇怪的假发。”我也笑着说。泡泡听我说完使劲摇摇头，再次抱紧我，我也用力拥抱着她，她的银白色假发再次散发出雨的味道。

乐队开始演出时酒吧里已经坐满了人，酒与烟的味道让空气充满奇妙的重力，还混杂着荷尔蒙的味道，昏暗的光线诱惑着每一个孤独的灵魂，大音量演奏的爵士乐则开始加剧这种诱惑，唯独诱惑的终点无人知晓。还好我找到了泡泡，泡泡也找到了我。我想。

乐队的音乐持续进行着，我和泡泡也一直在喝酒，我可能已经喝了一整瓶威士忌，泡泡的红酒也数不清有多少杯了。将近凌晨的时间，所有人都醉醺醺的，说话声音渐渐变大，笑得越发夸张，几乎每个人都跟着音乐高举起手臂，唯有面无表情的侍者与光头男镇静如初。

“我很好奇，泡泡，你为什么会喜欢我这样的家伙？毫无……特点，一点儿也不出众，甚至上学时跟你都没有过什么像样的交流。”我握着威士忌杯子看着舞台说。

“因为那天你把我按在黑板上，让我第一次离一个男孩那么近，那种感觉震撼了我。”

“我那是开玩笑吧。”

“嗯，但我不是。”

我下意识紧紧攥了攥酒杯。

“很小的时候，我的父母就离婚了，那之后再也没见过父亲，而母亲和我生活不过一年也离开了，把房子和家里一切都留给了我。但那时我还小，只能和姥姥一起住，直到上初中才搬回自己家，谁也不存在的只有我一个人的自己家。自己住以后也只有姥姥经常过来看我，每次给我做好三天的饭，之后过了三天再来。其他人都不再见面，我就那样一个人生活。那时候还不明白所谓孤独寂寞这样的东西，只是偶尔觉得心疼，有时疼得夜里哭出来，就打开家里所有的灯，电视也打开，弄出好大声音，那样会好一点点，只是心疼这件事会一直持续到早上。这很麻烦的，注意力完全不能集中，只能捂着胸口坐在沙发上勉强看电视过夜，因为那会吸引注意力，让我尽量不去理会心疼。可整夜不睡终究是不行的，第二天在学校整个人都昏沉沉的，幸好老师知道我的情况，并没有过分苛责我。后来，也许是姥姥把这件事告诉了母亲，母亲就开始给我寄钱，半年一次，那数额却足够我生活两年的，简直可笑。”说到这里泡泡又干了手里的红酒，我帮她倒上，给自己点起烟。

“直到上了高中，直到那天你把我按在黑板上，自从父母离开后，我第一次离一个人那么近，那么亲密，还是个男孩。那时候我简直紧张死了，但又觉得很快乐，觉得自己不再孤独了。虽然那时候我们根本没有正经说过几句话，但就是很快乐。”

“打破孤独的方法唯有奋力拉近我们之间的距离。”

“是的，现在你明白我的意思了？那时候我真的好孤独，但是我遇到了你，下雨的时候，在商场门口我迫不及待地抱住你，迫不及待地把这句话说给你听，我还很想说谢谢你，想吻你，给你我的初吻，但你却把我推开了啊。”泡泡说完把手贴在我脸颊上，我知道她并不是在责备我那天的行为，但我还是不自主地将目光垂向地面。

“那时候我就喜欢你了，一下子就喜欢了，可你好像并没有什么想法，后来我也就没再表示过什么，再后来我们就毕业了，各自考去不同的大学，而最终我都没有鼓起勇气跟你说这些事。我看着你从我的世界里消失了。”

“对不起。”我依然看着地面，没办法面对泡泡的目光。

“不是哦，这不是你的错，是我没有说出口。上大学后我还是一个人继续之前的日子，不过大二时姥姥告诉我，父亲去世了，胃癌晚期，死得很可怜也很寂寞，身边除了姥姥一个人也没有，母亲却依然没回来。那是个冬天，下着大雪，我自己去参加了父亲的葬礼，我看着那个熟悉又陌生的男人，完全没有任何伤心的感觉，所以父亲那边的亲戚都很讨厌我，不过也许是因为母亲没有来，他们就把对母亲的恨全部转嫁到我这里了吧。自然地，葬礼后我也再没见过他们中的任何一个人。可虽然我并不爱我父亲，但他的去世对我还是有些影响，那之后我意识到，除了不断寄钱但绝不露面的母亲，与我有直接关系的人又少了一个，我好伤心。你明白吗，不是因为父亲的死，而是我觉得更加孤独了，差点得了抑郁症。于是我退了学，干脆一个人在家，一个人喝咖啡吃饭听歌看电影洗澡睡觉，一个人做一切，这样倒是省心不少。但可怕的是，下定决心彻底一个人之后，孤独感反而消失了。不，不应该说消失，应该说换了个形态，孤独变成了冷漠。我拿着母亲的钱，住在只有我的大房子里，把所有人拒之门外，甚至包括照顾我的姥姥。那种对外界彻底冷漠的冰冷只有我可以触摸，而我知道，这冷漠终有一天会将我完全吞没掉，那时候我就再也无法面对其他人了，真的好害怕。也是那时候，我第一次险些跌进深渊。”泡泡说完用力攥住我的胳膊。

“没关系泡泡，每一段婚姻都不过是权宜之计，每一个烦恼都不过是异想天开！”听泡泡说完我大声嚷道，一口干掉手里的酒，之后把威士忌杯子重重摔在吧台上，似乎这样做就可以帮助泡泡摆脱掉什么，虽然这只是我一时冲动，却让泡泡开心地大笑起来。但这些声音都被舞台上爵士乐队的演奏淹没了，只有吧台后面的侍者瞟了我们一眼。

“是的，都是异想天开！你看，我近乎奇迹般的在家门口马路护栏上又找到你了！”泡泡说完笑得更起劲了，笑到眼泪都流出来。我则分不清她是否仍然在哭。

“对啊，无论如何，生活中总会有奇迹的嘛，只需耐心等待。”

“你知道吗，那天我去买东西，其实就是散步，远远看到你坐在护栏上，只看背影我就认出你了，我紧张死了，还躲在树后面看了半天。等我终于鼓起勇气走过去，却不知道该怎么和你说话，就溜进了便利店。在店里我一直想，该和你说什么呢？我已经好久没有和别人主动说话了，一时完全不知道该怎么打招呼，对方又是久别重逢的你。后来我想了很久，才决定给你买支冰激凌，然后当作陌生人去接近你，没想到很顺利。与其说是我表现得不错，不如说是你变得比以前更容易接近了。”

“以前的我很难接近吗？”

“对我来说啊，你初中的时候简直是个怪人，真没办法跟你说话。不过现在你似乎沉稳多了。”

“沉稳吗？也许是无聊吧，懒得说话而已。”

“是因为长大喽，渐渐长大，渐渐变得沉默，变得不再喜欢参与其中，而只是远远看着事态朝我们并不希望进行的方向发展。”

“然后呢？”

“然后就变得容易接近了。”

“这是变得容易接近吗？这只是变得一筹莫展却又束手无策而已吧。阿诺德·本涅特告诉我们，当你习惯于悲观时，它就会像乐观一样令人愉快。”

“怪人哦，消极死了。”

“你也是啊，一不小心就会险些跌进深渊嘛，而且还时不时就要跌一下。”

“不过深渊那东西是确实存在的，真的哦！有时候人啊，啪的一下子就会消失。比如我母亲。”

“希望你母亲不是跌进无底深渊了。”

“我并不知道。”泡泡说着话，表情突然严肃起来，我觉得应该转个话题了。

“说起来，你从什么时候开始叫起泡泡这名字了？”

“从初中开始就是啊，只是没告诉过别人，在他人面前依然假装着以前的名字，冒充着以前的我。你不觉得这名字很好听吗？”

“还不错。”

“嗯。我很喜欢这个名字，说不定哪一天就啪地消失了，泡泡嘛，就像我母亲一样。”

转话题宣告失败。

我们谈话的时间里，乐队表演不知道什么时候结束了，音乐换成了温暖而拘谨的爵士乐。半数客人已经带着醉意散去，另一半则一边继续喝酒，一边小声诉说着他们之间那些可爱的小秘密，昏暗的灯光映衬着那些小秘密，令它们渐渐汇聚成一层眩晕的隔膜，飘浮在酒吧的浑浊空气中。接近两点，我终于喝完一整瓶威士忌，泡泡喝下去的红酒则不知道是第几瓶了。

“要不要离开？”泡泡扭着身子坐在吧台前，好像是从很远的地方望着我。

“OK，不能再喝了，我们出去。”我同意泡泡的看法，真的不能再喝了。

“去我家。”泡泡说。我点点头。

我们站起身，走到吧台后面的光头男那里结账，光头男表情复杂地看了看我，接着笑了笑，说泡泡是朋友所以给七折，另外第一杯酒算送的，我向他道谢后付了账。泡泡红着眼睛和他说再见，光头男微笑着向她眨眨眼。

回到街上，我和泡泡沉默着走了一会儿，秋日晚风并没有使我们清醒多少，于是我们走了没多远便不约而同停下脚步，开始在路边寻找出租车。我望着空荡荡的大街，正在目力所及范围内拼命看向更远的地方，这时泡泡拉住我的手，我回头望向她，突然某种冲动令我觉得马上就会失去她，那种感觉从何而来我根本没办法描述，只是它瞬间就塞满我醉醺醺的脑袋，而明明就站在我眼前的泡泡好像正倒退着进入宇宙另一侧。

“泡泡？”我失声叫道。

“什么？”

我没有回答，只是把她拉到自己怀里，用我全部的真诚抱住她，泡泡也用力抱住我。

“奇迹。”我说。泡泡没有回答，只是在我肩膀上摇了摇头。

Chapter 6

我们就算是真正的恋人了吧

抵达泡泡家时已经是凌晨三点多，我辨别了一下方向，的确离我大学不远，也就是说离我们见面的便利店不远，但方向却完全相反。

乘电梯直达某栋住宅楼的十八层顶楼，泡泡领我走进她的家。虽然并不知道泡泡父母是做什么的，但这个家真的超级大，门厅里毫无疑问可以骑自行车转圈，就是那么大，而在这么大的客厅里，只有一张沙发和一个柜子，柜子上放着同样可以用超级大来形容的电视。当我正要感叹这件事，一只黑白相间的猫忽然从一边卧室溜出来，犹豫着漫步到我脚下，轻轻蹭着我的裤腿。

“这家伙叫什么？”我伸手摸摸它的头。

“威士忌。”泡泡说，说完她打开客厅边上一扇门，外面是一个超级大的露台。我看看猫，随后跟着泡泡走上露台，威士忌也蹿了出去。

闭上眼睛深吸了几口高处的空气，再睁开后我看到令人印象深刻的景象。一片延伸至天际线的暗紫色中，装饰着远处星星点点的亮光，那些亮光在广阔的黑暗中散发着接近于永恒的气息。月光则均匀地散于露台上每一个角落，轻轻拂去我与泡泡身上的暗紫色，带来更加温暖的、只有在远方的异域诗歌中才会出现的暗淡光辉。夜色终于开始变得温柔了。这里安静、湿润、柔软、芬芳，吸引着我的感官不断向上延伸，直达一片温暖的虚无，我沉迷于这种感觉，并近乎绝望地无法自拔。微热的夏日晚风吹过耳畔，呢喃着我听不懂的故事，类似催眠，让我有些晕眩。而等我意识到的时候，我竟然正在吻着泡泡，而泡泡也回应着我，我甚至不知道这是什么时候开始的。我们偶尔停下一瞬间，模糊涣散的目光闪过对方的脸颊与眼睛，还有嘴唇，然后继续接吻，并不激烈，但也并非试探性的，那是介于浓厚情欲与羞涩之间的动作。时间凝固在我们之间，只有风在身边旋转，不断撩动我还属于现实世界的最后一根神经。那个时刻，我的脑海中只有泡泡处在宇宙另一端的身影，以及散落在她周围的迷人光彩，那一定是泡泡的眼泪，我想，还有交织在一起的雨滴。它们在我潜意识里不断交替出现，最后幻化为一片灰白颜色的幻影。

等我好歹睁开眼睛，威士忌正蹲在一只矮凳子上注视着我们。

“这是什么时候开始的？”我搂着泡泡说。

“泡泡并不知道，但也许从很多年前，我们就应该开始了。”泡泡低声说，虽然处在黑暗中，只有月光为我们提供了一点点光线，但我依然可以看到泡泡脸上的红晕。我又轻轻吻了泡泡。

“要不要坐一会儿？”泡泡说。我点点头。

泡泡离开我的怀抱，回身摸了摸仍在注视我们的威士忌，之后折回客厅。我倚着露台护栏，眼前沉稳厚重的夜色令大脑逐渐清醒。于是我也走到威士忌那里，对它伸出手，威士忌友好地闻了闻，又舔了舔，便纵身跳下凳子跑回客厅了。威士忌进去后，泡泡搬着两把椅子回来。

我们面对面坐好，泡泡把脚搭在我腿上，看似疲惫地仰着头，脸上挂着淡淡的笑容。

“在想什么？”我看着对面的泡泡，拿出烟点上。

“没有啊，脑子空空的，好久没有这样了，这露台平时都不上的，总是我一个人上来也没意思。现在能放松下来好舒服。”

听泡泡这么说我也放松下来。我抽着烟歪头看看下面，竟然能看到便利店。

“不知道矮个子今天在干吗。”我看着下面说。

“啊，也许已经躺在柜台上睡着了吧。”

“哈哈哈。”

“我们应该一起去找他，吓唬他。”

“好啊，一会儿我们下去给他个惊喜，哈哈哈。”

泡泡高兴地起身拥向我，我把她轻轻搂在怀里。

“在那之前，泡泡，从现在开始，我们就算是真正的恋人了吧。”

“也许吧。但是，你希望这样吗？”

“当然了，这样我就不再是孤独的大学生了，你也不怕再跌进深渊了。”

“但如果深渊里有冰激凌，你愿意和我一起跌进去吗？”

泡泡这么说的时候，因为光线很暗所以我看不到她的表情，但我还是用力点点头，泡泡则一下子抱紧我。

“泡泡决定给你盖个章。”过了一会儿泡泡声音很轻地说。

“盖个章？”

“等一下哦。”泡泡说完站起身，摸了摸我的头再度返回客厅。我看着她的背影深吸了口烟，之后吐向暗紫色的天空。等泡泡的时间里，威士忌返回露台并跳上凳子，继续观察这边。这家伙总是摆出一副知道些什么的样子，我想。而且何苦叫什么威士忌呢，泡泡今天喝了一晚上红酒，并没有尝上哪怕一口威士忌。

大约二十分钟后泡泡回到露台，并且换了衣服，那是我在便利店门口与她相遇时的样子，印着小熊的白色T恤，短裤，以及黑球鞋。

“来吧，开始盖章，把上衣撩起来，快快。”泡泡走到我面前说。

“居然换了衣服。”我撩起衣服说。

“仪式感哦，这是上次遇到你时穿的。”

“我知道，可是啊……”

“快快。”泡泡笑着催促道。

不知道她要干些什么，但我还是乖乖把上衣撩起来，露出整个上半身。泡泡站在我面前，将垂在脸颊两侧的头发捋到耳后，深呼吸了一下，之后慢慢弯下身，在我心脏的位置轻吻下去。我闭上眼，手垂在身体两侧感受着泡泡的轻吻，脑袋变得有些麻木，看来酒精还未完全散去，而随着麻木感的扩散，我整个身体僵硬了一瞬间，是完全可以忽略不计的一瞬间，接着我又想起在商场门口躲雨的傍晚，继而雨的味道传来，还有泡泡的味道，还有冰激凌的味道。我仿佛还听见威士忌的叫声，那声音很微弱，却足以穿透天空，似乎能达到更远的地方。我试着整理思绪但并不成功，脑袋里混沌一片，恍惚中看到威士忌的眼睛正闪出机敏的光。

“OK啦！”泡泡的声音传来。

“哦，这样就好了？”我睁开眼，不知道过了多久。

“盖好了，就这样。”

“嗯……我能不能也给你盖一个？”

“讨厌……”

“这是什么？抹了口红？”我低头看着泡泡吻过的地方，一个浅浅的，说不出颜色的唇印留在我心脏的位置。

“对哦，不然怎么盖章啊，就是要留下标记啊。”

“原来如此哦。”

“傻瓜。”

“盖章仪式结束，泡泡困了，要不要进去躺下？”

“好，我也还有些晕，看来真是喝太多酒了。”

“对哦，我们可以躺在沙发上看电视，我经常躺在那里看着看着就睡着了。”

“支持！”我说。

看天色，再过一会儿就要天亮了，也许是光线的原因，空气有种说不出的污浊感。我和泡泡手拉手折回客厅，那时威士忌正趴在凳子上舔毛，见我们走动，也站起来伸了个懒腰，并抢在我们前面蹿了进去。回到客厅，泡泡转身关上露台门，便一下子躺倒在沙发上，看起来很疲惫，随后她拿出遥控器打开电视。某种橙汁广告跃然于屏幕，年轻美貌的少女手拿一颗橙子，装腔作势地对着我们眨眼，结果不知何故橙子发生了大爆炸，由于屏幕过大，我以为电视机都要爆开了，那音响效果也是可以，而大爆炸之后橙子就变成了橙汁，年轻美貌的少女则不知被嘣到哪里去了，莫名其妙。在下一个广告之前泡泡关掉了声音。

“干吗关声音？”

“好吵，会睡不着。”

“那干吗不关电视？”

“那样睡觉的时候就没有亮光了。”

“哦……”

我关上客厅的灯走回沙发，和泡泡挤了挤也俯身躺下。泡泡把头放在我胸前，用手轻轻抚摸着她刚刚给我盖章的地方，我用手拾起她一缕银白色假发，又放下，然后再拾起一缕。

“要记得我。”泡泡含糊地说。

“当然。”我说。

之后泡泡没了声音，手也停止了抚摸。这么快就睡着了，这家伙，我想，于是我也闭上眼睛。看来我比自己想象得要累，又因为喝了太多酒，这会儿眼皮沉重得要命，闭上眼睛的一瞬间仿佛天花板迎面砸下来，一秒钟便令我遁入绵软无底的黑暗。黑暗中，我仿佛能察觉到威士忌在四周走动，却没有声音，而自己的呼吸沉重且缓慢，每次吸入空气的同时也更加深了困意，每次呼出空气的同时又跟着流失了一些体力。渐渐地我的意识开始模糊，但依然轻握着泡泡的假发，它们很软，好像从某种绸缎中抽出的丝，不过被黑暗包围后我的手已经失去力气，所以丝的感受并没有持续很久，我就再也感觉不到它们了。我心中留下的最后一个问题是，那只黑白花的猫，何以叫作威士忌呢？但我已经无法再开口发出任何声音，叫作睡眠的家伙终于成功扯断了精神与肉体的连线，将我隔绝在一团安逸的黑暗中。

不知道睡了多久，当我挣扎着清醒过来，客厅中的光线刺眼到我以为自己要致盲了，半张着嘴缓了大约半分钟才勉强看清周围事物。泡泡不知何时离开了沙发，威士忌也不见踪影，卧室门开着，我身上多了条毯子，毯子上放着一张手机大小的纸条：

> 迷途漫漫，终有一归。
>
> 给你盖了章，所以你要记得我。
>
> 威士忌送给你，威士忌男。
>
> 泡泡

泡泡再度消失。

Chapter 7

你的主人跑丢了哦

泡泡……我想着，同时把纸条紧攥在手里，紧闭上眼睛适应了一下又睁开，才慢慢起身。屋里没有一点声音，倒是从楼下很远的地方传来汽车的鸣笛声，声音很大而且很长，也许是某处堵车了，某个烦躁的司机正在用喇叭发泄怒气。我拖着脚步走进卧室，一张双人床铺着粉色格子床单，既无枕头，也无被褥，威士忌正缩在上面睡成一团。淡蓝色联排衣柜立在床边，我想伸手拉开看看，却又觉得十分不光彩，于是作罢。退出卧室我走去厨房，刚进门就发现脚下放着手提式猫包，旁边是刷干净的食盆与水盆，看来泡泡是计划好一切才离开的。一只杯子放在灶台上，里面是适量的咖啡粉末，并且杯子旁边的电热水壶已经接满了水，我犹豫了一下慢慢按下开关。等水开的时间里，我再度走回卧室来到床边，威士忌似乎听见了我的脚步声，突然醒来打了个哈欠，之后起身踱步到我这里，蹭着我伸了个懒腰。摸摸威士忌的头，疲惫感袭来，微晕，也许是二日醉还在折磨我，于是我顺势坐在床上，犹豫片刻躺了下去，威士忌见状马上依偎在我旁边。我看着天花板深呼吸了一次，试着放松身体，用了几分钟时间尝试整理思绪。等我重新思量摆在眼前的现实时，才发觉手里依然紧紧攥着泡泡留给我的纸条：

迷途漫漫，终有一归。

给你盖了章，所以你要记得我。

威士忌送给你，威士忌男。

泡泡

我又看了一遍。迷途漫漫终有一归，这是米兰·昆德拉的句子，我暗自苦笑，终有一归究竟是大约什么时候呢？这是……我费了一些时间，想起这是泡泡第三次消失。第一次是高中毕业后分道扬镳，第二次是假装不认识的女孩子，第三次是作为我的恋人。恋人……也许是我自作多情吧。不过要说是一夜情，我们之间什么也没有发生，只是醉倒了各自睡去而已。那么既不是恋人也不是一夜情，我们之间发生的到底是什么呢？泡泡究竟又去了哪里？和第二次消失相比这次更正式些，所以……直觉告诉我，泡泡也许不会再出现了，而且我更加肯定，她是计划好了一切才决定出现在学校的。但又是为什么呢？为了……我突然想起泡泡吻在我胸前的唇印，于是掀起衣服翻看，可印记已经没有了，也许是蹭到衣服上，也许是蹭到沙发上，总之它随着泡泡一起消失了。我放下衣服看了看威士忌，这家伙正靠在我腿上舒服地伸展开四肢，两只眼睛一动不动盯着我看。“喂，你的主人跑丢了哦。”我对威士忌说，威士忌丝毫也不为其所动，说完我反倒忽然想起，自己忘了要泡泡的联系方式，手机号码聊天工具等一概皆无，我深深叹了口气，这口气若是能有重量，说不定可以砸穿地板掉到楼下去。太大意了，我想。而比大意来得更猛烈的，是绝望。也许我真的永远失去她了，我对自己重复着这句话，大约说了二十遍，也或许是二十万遍，真见鬼。而就在我对自己唠叨的时候，厨房传来咔嗒一声，水开了。

我无力地慢慢站起身，感觉头已经不那么晕，便迈开步子走向厨房，途中又传来一记咔嗒声。咦？走进厨房我研究了一下电水壶，并没看出什么不同，为何会有两声咔嗒呢？一般情况下难道不是只有一声么？一边思索着我一边拿起水壶，往杯子里倒进开水，随着水汽蒸腾出咖啡的香味，为何会有两声咔嗒的问题便不再困扰我了。我拿着咖啡折回客厅，坐在沙发上慢慢喝了几口，之后点上烟，脑袋多少变得正常起来。泡泡的消失无疑是策划好的，我越来越肯定这点，而我很想知道为什么。

慢慢喝掉咖啡，我在厨房刷了杯子，断了电水壶的电源，拿起猫包和食盆水盆回到卧室。我把猫包打开放在床上，威士忌马上跳跃着跑过来闻，这家伙还真是小心翼翼，不过在闻了大约一分钟并确认安全后，便闪身走了进去，我趁机将猫包关起来。

将威士忌和猫盆们拿到客厅，我很快环视了一次这里，最后目光落在沙发上，那上面还有人睡过的折痕。我摇了摇头，随后带着威士忌走出门。

秋日艳阳横扫街道，外面被白金色的光所包围，一切都看起来干燥乏味，几辆车停在路边，车身上的金属反光犹如锋利的光之利刃，肆无忌惮挥砍着一切勃发出生机的人与物。我站在街上好像草坪中被修剪过的草，精神萎靡，心不在焉，右手提着威士忌，左手拿着属于它的食盆水盆。尝试着慢慢走了几步，因为暂时还没有对泡泡数次消失之事理出个头绪，我心里也好大脑也好，对下一步怎么做都还没有个主意，唯有双腿自作主张地带我向前不停行走，等我意识到周遭事物的变化并抬起头，才发现自己和便利店之间已经不过数十米距离。看见便利店，我条件反射地回头望向身后远处高楼群，虽然现在知道了方位，但仍然无法判断出泡泡家的具体位置。不过，我似乎也没有机会再去第二次了，我想。于是我抬腿走向便利店，就算是当下没有主意的权宜之计好了。

走进店门我发现高个子，另外还有个女孩，女孩在给客人收钱，高个子脚下放着一箱冷冻食品，正站在冰柜那里手忙脚乱。

“哟，好久不见！”高个子听见有人走进来，一看是我马上大声打起招呼。

“是啊是啊好久不见，今天没和矮个子一起值班？”我说。说完我把装有威士忌的猫包放在门口角落里，朝冰柜那里走去。

“矮个子又到夜班去了，嫌白天工作忙，另外主要原因其实是，和女朋友吵架了。喏喏，那个妞儿。”高个子神神秘秘地说，说完朝我使眼色，看了看柜台里的女孩。

“这是矮个子的女朋友？矮个子有女朋友？昨天还没见过。”

“最近刚有的，昨天她上晚班，你可能错过了。这女孩来了不久，不知道怎么就和矮个子跑到一起去了，不过战争不断，昨天战争还升级了，傍晚那会吵得一团糟，矮个子今天就故意换了夜班，打不过就躲了。”高个子放低声音笑嘻嘻地说，“吃冰激凌么？请你一个，刚上的新货。”

“不吃。”我说。

“那算了，话说你怎么这个时间跑来了，今天上课？”

“倒是不上课，就是……有些事情要处理。”我支吾着说道。

“哦对了，听矮个子说昨天你的妞儿来了，那个泡泡，问他你在哪儿，矮个子说你有可能在学校，她就去学校找你了，可曾顺利见到？”

“见到，见到。诶对了，你们店里能养猫吗？”

“那肯定是不行，谁的猫？”

“养在休息室里也不行？”

“这得店长说了算，不过那人并不是很有爱心的类型哦，上次有人带狗进来还被他轰出去了，想在这养猫恐怕是没什么希望。”

“哦……那算了，没事了。”

“谁的猫？”

“……我的。”

“你有猫？干吗不自己养？”

“说来话长。”

“有事情哦。”高个子脸上浮现出很愉快的表情。

“没事情。那我走啦。”说完我走向店门口，正巧碰到矮个子女友从对面货架走来，两人擦身而过，女孩用力白了我一眼。

“下次什么时候出现？”高个子在我身后喊道。我跟他隔空摆摆手没有回答。

走出便利店后我来到马路边，伸手拦了辆出租车，坐上去才想起自己还没有决定去哪儿，司机一脸小心地从倒车镜看着我，不过也许是在看威士忌也说不定。这会儿威士忌倒是很老实，待在猫包里一动不动，也没有叫。我手拍着猫包想了想，说出自家地址。

回到家，刚把威士忌从猫包里解放出来，这家伙就迅速钻到桌子下面去了。我收好猫包，用一只盆装了清水，小心谨慎地摆在桌子下面，心想晚点再出门买吃的吧。水摆好后威士忌警惕地看着我，我学猫叫了两声，威士忌依然缩在角落里不肯出来。我表示放弃，之后脱下衣服径直走去床边，翻身躺下长长出了口气。从昨天下午到现在，事情太多，发展得也太快，凌晨时刚多了个女友，醒来却又剩自己一人。哦不，多了只猫，也算有得有失，我苦笑着想。泡泡究竟为什么离开，离开后又去了哪儿，甚至连家都不要了？好歹说一声的话我自然不会阻拦，何苦做得这么绝对呢？这些疑问纠缠住我的思维，不断挑拨我脆弱的神经。大约半个小时，我对着天花板拼命回忆昨天下午至凌晨间的种种细节，想搞清楚事实，结果那些疑问虽在我空洞的脑袋里不断弹跳折射，但最终也只是逐个消失而已。我闭上眼睛，准备集中精神做出更强力的推理，可却抵挡不住困意睡了过去，再醒来时已经是傍晚。

因为睡前没有开灯，待我睁开眼睛屋里漆黑一片，但还是能借着路灯光，看见威士忌正趴在我两腿中间全力瞪着眼睛，表情仿佛是在和外星进行灵魂出窍般的通信仪式，不过见我睁眼醒来，就转身跳到床下去了。我起来洗了脸，坐在桌前连续抽了两根烟，又使劲摇了摇头，想感知一下大脑是否在正常转动，结果还算好，除了阵阵微痛以外，大脑依然没有停止转动，只是其内部已经变得错综复杂、凌乱不堪，犹如被恼羞成怒的牛头人砸烂的迷宫。

休息了一会儿，我穿上衣服来到家附近超市，随便给自己买了些晚饭，又在店员的介绍下给威士忌买了时下比较流行的猫粮，是不是真流行不得而知，总比没有强。继而又想起需要猫厕所，但超市毕竟没有此类东西，只好先买了猫砂，打算回家找个纸箱凑合了。购物完毕，我拎着东西往回走，正巧和昨天走同样的路，不禁回想起昨天还曾和泡泡像一对真正的情侣那样，肩并肩走过这里，可仅仅过了一天，我又变成一个人。想着这件事漫不经心地走路，越发觉得伤感，于是我加快脚步，想尽快摆脱这种旧棉絮般纠缠不清的情绪，结果却适得其反，不但没有让自己振作起来，途中还险些被自行车撞到，实在无话可说。

回家以后我先给威士忌搞好猫厕所，置于阳台，然后又弄了吃的，和水盆并列摆在一起。见到食物的威士忌大声叫着从桌子下面奔向食盆，一边嘟囔着我听不懂的牢骚一边大口咀嚼，看来饿得不轻。在威士忌狼吞虎咽的时候我顺便观察了一下，是只公猫，嗯，也算对得起威士忌这个莫名其妙的名字，若是母猫的话……想了两秒钟我便宣告放弃。而等我坐回椅子里轮到自己吃饭了，却发现自己没什么胃口。我把晚饭郑重其事地置于桌面，其实也不过几个包子、一袋小菜和一大瓶果汁，我先喝了果汁，然后吃了两个包子，便对吃饭失去了兴趣。很想抽烟，于是点上一支，抽了烟又想喝咖啡，于是去煮开水。走去厨房用电水壶烧上水，我就站在那里抽着烟等水开，直到咔嗒声响。一声，泡泡家的水壶却是两声。想到这里，莫名的怒火由下而上蹿至大脑，把原本就一片荒芜的内核烧成了一团漆黑。我手扶琉璃台在心中暗暗用力，将这一瞬间的怒气忍了下去，毕竟就是团无名火，来得快，去得也快。但就在这一瞬间，我却想出了也许能找到泡泡的方法。

我拿出手机找到一个家伙的电话，犹豫了一下后缓缓按下通话键。这家伙是我的高中同班同学，叫吴为，所以也就是泡泡的同班同学。高中时代的生活乏味到接近绝望，我几乎没什么朋友，目前能联系到的只有他一人，而就这一人，也许能知道泡泡的下落也说不定，比如……手机号码之类，试试运气。我拨出电话，铃响六声之后对方接起。

“知道你会打来。”电话接通后吴为说。

“……为什么？”我一头雾水，只有反问。本来好久不见还想适度寒暄几句，却被对方一句“知道你会打来”生生憋了回去。

“是不是要问泡泡的事情？”

“所以她联系你了？”

“的确是。”

“说了什么？”

“什么都说了。”

“……”无名火起。

“出来聊聊吧，我不告诉你你也不会甘心，再说也好久不见了。各自考上大学后便再没有联系了吧。”

“可以，最近有时间？”我忽略了他后面这句话，隐隐有些头疼。

“有，今天晚上就行，你应该也可以吧，感觉到了，嘿嘿，看来我们都不是很忙。”

“现在就去。”

“好，记得高中旁边那个商场？去那里吧，正门见。然后去旁边的咖啡厅，能抽烟。”

“可以。那么，大约一小时后？”

“没问题，你多穿点，说不定会聊到很晚，天气凉。嘿嘿。”

“嘿嘿。”最后我也学他干笑了两声便挂断电话。何苦要去那个商场呢。

Chapter 8

愛情是要把自己献给她

坐车来到高中母校门口，我皱起眉头抽着烟，呈四十五度角昂头仰望着一栋大约十五层楼高的雄伟建筑，夜色中只有几扇窗户亮着昏暗的光，其余则如同暗示着某种阴谋般嵌在深深的黑暗里。四个巨大的有些过分的镀金字屹立在入口之上，用隶书写着某某大厦，且与入口规模比起来比例完全失衡，突如其来的压迫感有些令人生畏，真担心这样的家伙会在大风天里一下子轰然倒塌。原来母校变成了这个样子，我想着。由于大厦的诞生，我与泡泡为躲雨跑过的校门已经不见踪影，记忆中那几栋旧教学楼看来也随着大厦崛起而灰飞烟灭。很好，本以为按现在这般心境回到母校多少都会有些纠结，结果面对被彻底抹杀的过去倒也觉得痛快。抽完烟，我把烟头扔在大厦前面狠狠踩灭，快步走向吴为指定的集合地点，那个令我有些伤感的商场正门。

我到的时候吴为已经等在那里，精神干练的短发下面，一副高中时并不存在的黑框眼镜架在鼻子上，身上是一件长及膝盖的黑色风衣，好像悬疑小说里那种外表斯文内在却实为恶劣的夜猫子型私家侦探。按说他与我年龄相仿，现在也应该是大学生，不过看起来倒是一副饱经社会蹂躏从而显得十足狡黠的样子。

“好久不见。”我走过去打招呼。

“少见的家伙，高中聚会只参加过一次，之后怎么不出现了？嘿嘿。”说着吴为向我伸出右手，我也只好伸出自己的右手与他随便握了握。

“没那个兴致，嗯……学业比较忙。”我说。

“都忙都忙，可忙里偷个闲总还是可以的哦。”

“……泡泡呢？”

“走吧，咱们去咖啡馆说，这么久不见了我得请你喝一个，必须得喝一个！”

“也好。”

不过四年未见，此人却变得如此油嘴滑舌令人厌恶，实在是预料之外。

吴为说的咖啡馆就在商场隔壁，以前是个街心公园，种满了树和我叫不上名字的花花草草，那时候经常和同学跑去偷着抽烟聊天，所以那里承载着我对高中生活唯一的美好记忆，现在却被改造成到处都有的俗气咖啡厅。落地玻璃窗和贴满了廉价瓷砖的石灰外墙完全不搭；里面浓郁的东南亚风装饰则和整个门面都不搭；轮到杯子却采用了普通的咖啡杯与玻璃杯，忽然间又设计感尽失；音乐也是莫名其妙的东南亚民族风，当然东南亚民族风本身没什么不好，只是在这个有些别扭的装饰环境下，令其本来就不十分协调的整体气氛愈加夸张。坐在这里喝咖啡，俨然有种在错误时间出现在错误地点的不安感，不过事已至此，我和吴为已经落座于这家店最里面的角落，已经点了咖啡，也已经各自点起烟，就只能耐着性子坐下去。咖啡还没端上来，我就已经开始想要返回了。

“怎么样，这几年过得还好？你在咱们班简直就是谜一样的人物。”吴为说着话往前探出身，挺着胸叼着烟，胳膊支在桌子上，摆出一副上星期才见过似的熟络笑容，呼出的烟则直接喷到我脸上。我眯着眼往后坐了坐。

“普通大学生而已，上课，睡觉，吃饭，周而复始，偶尔打零工，找点不疼不痒的工作维持生活。”说完我也往他脸上喷了口烟，他却无动于衷。

“挺好挺好，嘿嘿。”吴为说。之后话题就停在这里，我默默地看着他，他挤眉弄眼在我对面装出放松的样子，却挤不出一句像样的话。好在这时候服务员端来咖啡，打破了我们之间的尴尬。

“所以，你想问泡泡的事情对吧。”喝了口咖啡吴为说。

我点点头。

“说来话长啊。”

“没关系，有的是时间，我也像你嘱咐的那样带了厚衣服。”我也喝口咖啡说。

“OK，那既然这样，直奔主题好了。”说着他撇撇嘴，把烟头使劲掐灭在烟灰缸里，“几年前泡泡喜欢你，你不喜欢她。现在她依然喜欢你，而你也喜欢她。但更重要的是，我也喜欢她，而且是几年前她喜欢你的时候我就喜欢她。”

我做出一副不置可否的表情，一边盯着吴为的眼睛，一边在烟灰缸里慢慢灭掉烟。

“所以，在她决定离开的时候，也许因为除了你以外只有我是她能相信的人，她才联络了我。因为她知道我喜欢她，她也猜测你一定会联络我。”吴为说，声音里的自满之情像空调散出的灰尘细菌一样弥漫在整间屋子里。

“嗯，也许。”我说。

“不过你有没有觉得我怪可怜的？”

“什么意思？”

“因为她不喜欢我，才对我说了实话。这样的实话却不能对你说，因为她喜欢你。有时候说实话会伤人。”

我咬了咬下嘴唇没说话。

“扯远了扯远了，还是说泡泡吧。”

“泡泡在哪儿？”

“泡泡这会儿……”吴为看了看手机，“应该正在登机。”

我皱了皱眉，深深吸了口气又慢慢吐出，压下了心里的怨气，以及膨胀在胸口的怒气。吴为似乎看出了我的心思，往后躲了躲。

“这也是泡泡交代你的？”我问。

“什么？”

“傍晚我们打电话的时候，交代你不要告诉我她还没有离开。”

“是，泡泡的确这么交代过我，很明显，她怕你去机场找她。”

“泡泡为什么离开？”

“唯独这件事没有告诉我。”

“她不是什么都说了？”

“是啊，和你重逢的事，依然喜欢你的事，你也终于喜欢她的事，要离开的事，还没起飞的事，这些都告诉我了，总之都是与我不相干的事。唯独关于她离开的理由谁都不知道。”说完吴为苦笑着摊开手，但眼睛里全是挑衅。

我瘫坐在椅子里默默点起烟，毫无目的地四下看了看，最后目光又回到吴为脸上。在我抽烟的时间里吴为没有说话，默默抿着咖啡，把多半张脸全都挡在杯子后面，只露出一副黑框眼镜，镜片上蒙着一层咖啡腾起的雾气。

“有没有可能，泡泡是去找她母亲了？”过了一会儿我问道。

“泡泡也跟你说过家里的事了？”

“是的。”

“嗯，关于她母亲，我觉得不会。她一直对母亲很排斥，尤其是父亲去世之后，她不仅仅对母亲排斥，对大多数复杂的人际关系都比较排斥。因为她喜欢你，所以才会对你敞开心扉吧。另外刚才也说过了，她知道我喜欢她，所以……谈不上敞开心扉，但至少有些事情的来龙去脉还是告诉我了。”

“她父母为什么离婚？”

“这就不知道了，个中原因想必只有她自己知道，而且那时候她还小，恐怕就算是知道，也是她姥姥告诉她的，是不是真相便无从判断。但无论如何这件事对她伤害都很大，从那之后她几乎质疑所有情感类的玩意儿，包括恋爱这种事，所以才把自己封闭起来。婚姻就更别提了，上学时她亲口对我说过，婚姻就是场灾难，因为父母离婚，感觉像是生活被撕裂了，无论是物质的还是精神的，她觉得自己一个人承担了来自父亲和母亲两个人的痛苦。”

我再度沉默下来，思索着泡泡和我说的那些话，也思索着吴为刚刚告诉我的。母亲失踪，父亲病逝，她把自己封闭起来一个人生活，但最后，脑袋里却闪现出雨夜的商场门口我将她推开的画面。我微微摇摇头，不不，泡泡并没有放弃，也没有绝望，无论是婚姻还是恋爱，只是她需要时间梳理情感来摆脱父母离婚的阴影。不过这当然是我的猜测，目前为止泡泡告诉我的以及告诉吴为的，说到底只是些细节片段和类似发泄般的个人感想。父母为什么离婚，她去了哪儿以及她离开的理由，我和吴为都没有任何线索。

“她不会没有理由就离开。”过了几分钟后我总结性地开口说，接着把抽完的烟轻轻灭掉，准备起身回家。

“如同不会没有理由就去恋爱。”吴为自认为幽默地接着说。

“那你为什么喜欢她？”对于吴为这句话虽然我半点也笑不出来，却勾起了我对他喜欢泡泡这件事的兴趣。

“是啊，刚才已经说了，所以也没必要隐瞒了。高一的时候我就喜欢泡泡，三年，直到毕业。三年的单相思，怎么样，有没有很浪漫？嘿嘿。”

“没有。”我说。

“好吧……那就只能说很悲惨了。”

“对。”我说。

“……至于喜欢她什么，时间太久了，那时的感觉早就面目全非，我们都太嫩啦。不过唯有一点我清楚地记得，她总是一个人坐在课桌后面发呆，又安静又漂亮，是那种……你想过去跟她拉拉手的感觉，理解？”

“不。”

“OK。总之她那样子很迷人，我觉得全班男生都应该喜欢她，不不，全年级的男生都应该喜欢她。可她呢，却偏偏喜欢你这么个怪家伙。所以你就知足吧，至少她还喜欢过你。”

“后来呢？”

“什么后来？”

“你的三年单相思，后来呢？”

“后来咱们毕业啦，全都不知去向啦，泡泡也不知去向啦。”

“你有没有找机会告诉过她这件事？”渐渐地我开始可怜起这家伙来。

“有啊，告诉过啊，但没有结果，没有回音，石沉大海，希望灭绝。结果毕业后我也没心思考大学，随便工作了几年就结婚了。”

“你结婚了？”我惊讶得差点碰翻面前的杯子，腿一伸还踢到了吴为的脚。

“是啊，寂寞嘛，寂寞这东西任凭你有再大的力气也招架不住，某一天突然降临，势不可挡，摧枯拉朽，一塌糊涂。所以我就莫名其妙地结婚了。”

“什么叫莫名其妙地结婚了？”我险些笑出来，“刚刚不是说……不会没有理由就去恋爱吗？”

“对啊，有理由啊，就是因为寂寞吗。高中的时候虽然是单相思，但至少泡泡还在面前，每天可以说说话，可以看着她，有存在感。你也知道，我本来就是个不起眼的小角色，能和泡泡一起上课、一起午休，运气好还能一起吃个午饭，对我来说就很不错啦。可毕业后呢？连个人影都没有，我想跟喜欢的人说说话，但是我喜欢的人离开了，电话倒是打过，可那号码也是从别人那里要来的。所以，当同一间办公室的女孩子表示喜欢我的时候，我马上就答应了。那句话怎么说来着？找不到自己喜欢的人，就找个喜欢自己的人。”

“佩服。”

“哎，惨淡经营着惨淡的人生而已。”

“喂喂，咱们刚二十出头啊，何来惨淡的人生。”

“不然还怎么样，泡泡喜欢你，你当然有的说啦。还是那句话，寂寞这东西任凭你有再大的力气也招架不住，那种时候，就好像……就好像……要跌进无底深渊啦！”

我用力闭起眼睛，深吸了口气。

“就是那种感觉，所以那时候好希望有人能拯救自己，又碰巧办公室的女孩子出现了。好哇，我获救啦，我要谢谢她！所以我努力工作，我希望有一天能养着她，让她在家享福，什么都不干，有钱花，住好房子，开好车，生个大儿子！女儿也行，随她姓都行！”

“呼……”我慢慢吐了口气，“那你可喜欢她？”

“不。”吴为说。

“不？这算什么？”

“我不喜欢她，刚才说啦，是她喜欢我啊。但是我爱她。”

“你不喜欢她，但是你爱她。”

“不明白？”

“不明白。”

“喜欢就像是偶然看到一株草，或者一朵花，或者一只小猫什么的，捧在手里舍不得放下，却又不知道拿来做什么，但那种兴奋，那种按捺不住的东西怂恿着你，就是放不下，既幸福又盲目。但爱情不是，爱情是理智的，是有绝对目的性的。爱情是要把自己献给她。”

将近十一点，我和吴为走出咖啡馆，外面不知道什么时候起了风，吴为裹紧风衣，我则只有件薄夹克。

“不是带了厚衣服？”吴为一边望着空荡荡的马路一边说。

“并没有。”我说。

“好吧，怪家伙。那今天就到此为止吧，很遗憾，并没得出什么结论，你想知道的我也不知道。嘿嘿。”

“算准了我会问那样的问题，也明知道没办法回答我，却还要引我出来，这是为什么？”

“寂寞啊，聊聊天。”

“不是结婚了吗？”

吴为用极短的时间微微叹了口气，要不是我正盯着他几乎察觉不到，接着他笑着摇了摇头，指了指马路另一端，便与我挥手告别了。我看着他裹在黑色风衣里渐渐远去，如同一团摇摆不定的影子漂流在无人的街上。

回到家，我先洗了个热水澡，好歹让自己暖和起来，又喝了热咖啡，还兑了大半杯牛奶。默默抽掉几支烟又喝完咖啡后，我移步床上，威士忌正躺在床尾处盯着房顶，我抬头看了看却并没有发现什么，它见我走来面无表情地打了个哈欠，连一点点要挪动的意思都没有。我翻身上床，用力伸了个懒腰，一只脚攒起来，另一只脚放在威士忌身上，它也并无意见。

两手枕在脑后，我盯着威士忌刚刚盯着的地方，脑袋里只有一件事，没有人知道泡泡离开的理由……没有人知道泡泡离开的理由。想到这我起身从桌上拿起手机，给吴为发了个短信：泡泡电话多少？之后继续躺回床上。这次我闭上眼睛，想象着泡泡和吴为说到的无底深渊。那究竟是个什么样的东西，好像宇宙黑洞似的玩意儿？还是一条宏大宽绰的巨型峡谷？或者只是一团黑暗？想着想着，渐渐地无底深渊这个概念开始在脑海里分崩离析，一瞬间呈现出无数种莫名的形态，下一个瞬间却又消失殆尽。深渊……无底深渊……我的反应越来越迟缓，我知道我即将昏睡过去，却又无力反抗困倦带来的压迫感，无奈只好放弃微弱的精神抵抗，任睡眠将我强行拖走。就在我还剩下最后一丝意识的时候，仿佛听见有个声音在离我很低很远的地方大声喊：“爱情是要把自己献给她，献给她！”

这期间桌上的手机并未发出任何提示音，吴为销声匿迹了。

Chapter 9

平凡的人更善于抵挡诱惑

戴眼镜的老师傅坐在我对面，拿着我的履历书看得十分专注，时不时嘴里还咕哝些什么，其内容不得而知，我眯起眼睛看着他的嘴动来动去，肚子低低叫了两声，却食欲全无。时间接近中午十一点。

我们相对而坐的这间办公室大约二十平方米，除了老师傅的办公桌和我们各自坐的椅子，还有一盆我叫不出名字的绿植，其他地方都被整齐码放的书柜占据。书柜里摆着几十种我未曾见过的字典、很厚的资料夹，以及名目繁多的其他书籍。这间办公室位于图书馆五层，也就是顶层，在一条看起来似乎没有尽头的昏暗走廊正中间，左边隔壁是男厕所，右边隔壁是一间门上只贴着二十八这个数字的屋子，其作用不详。其实当我一路走来，很多间屋子门上都只贴着数字，并无其他说明性装饰物，只有此时我与老师傅相对而坐的这间门上贴了三个黑字：馆长室。

“文学系毕业，又干过不少校对工作，是个认真仔细的人吧。看来你挺适合这里。”老馆长说。

“谢谢馆长。”我说。

“从面试到现在，基本上可以确定要你了，只是我担心啊，担心年轻人踏实不下心来，做不长久。图书馆是个，怎么说呢，挺寂寞的地方，没什么人光顾，冷冷清清，实话说，恐怕要有打发时间的技能才好在这里待下去。可会打发时间？”

“对我来说图书馆是顶好的地方，如果看书算打发时间的话，我想我没问题。”

“也是，爱看书，好吧，这地方说不定真适合你，那就下周一开始来上班吧。工作内容方面，人事的同事都交代过了？”

“交代过了。给借书的人登记，整理还回来的书，打扫书架，检查有没有书放错了地方。”

“对对，大概就是这些。会用电脑吧！”

“会。”

“很好，很好。”说完，老馆长又对着我的简历咕哝了一阵子。

我不再盯着他的嘴，而是转头望向书架上的书。

“可以了，你可以走了，记得下周一开始来上班。下周一。”老馆长低着头又强调了一遍时间，好像很担心我会忘掉。

“下周一。谢谢馆长。”我说。说完我起身走向门边，开门出去，退到昏暗的走廊，最后轻轻关上门。

这一年十一月的天气比预料中冷，月初还令人意外地下了场大雪，积雪散落在城市的边边角角，顽固得就是不肯化去。树叶早就落光了，人们也早就换上冬装，一个个都把自己撑得鼓起来，即使有太阳出来也不想多在街上停留，总是沉着脸、皱着眉，无一不呈高速移动状，好像稍微停下来就会被即刻冻死掉的样子。他们白天躲进办公楼，晚上钻进火锅店，如果不在这两个地方，就尽可能待在数不清的私家车里，让私家车排气管不断冒出白烟，生怕别人不知道躲在里边很暖和。像我这样脚下踩着积雪、抱紧双臂靠在街边护栏上抽烟的角色，一定会被当成绝顶傻瓜。

距离泡泡奇妙失踪已经过去一年多，夏天我随随便便毕了业，又懒得去找工作，便一直待在家里继续做兼职，整日沉浸在稿件与方便面的世界里。有时候实在懒得动就连方便面都省了，一大包瓜子也能顺利撑过一天。泡泡的事情确实令我低落了一阵子，不过随着秋天降临，时间洗刷了她的存在感，同时又给她披上神秘的外衣，令她在我心里逐渐变成一片迷幻的剪影。有段时间我经常会梦到她，梦里她总是戴着那顶奇怪的银白色假发，在我面前左右摇摆，映着不知何处而来的强光，那顶假发会变得越来越刺眼，我则常常因此而惊醒。再睡着后银白色假发不知去向，只能看见泡泡在我胸前留下的唇印，闪着水晶般晶莹闪亮的光，再之后泡泡也跟着消失了。如此周而复始，我明显感到精神状态因为睡眠太差而逐渐萎靡，就决定入冬前给自己做些打算，也许不再熬夜正常进食那样有规律的生活可以平复我的状态。于是我开始花时间整理心绪。

每天出去散步，让我认识了几只常在附近跑来跑去的狗；故意坐在人多的地方看书，比如咖啡馆或者快餐店；傍晚站在过街桥上，长久观望延绵至远方的车流直到天黑。诸如此类。同时我也思索着今后的安排，但排除掉多种完全不切实际的可能性后，又绕回考大学时的初衷，我去面试了几家图书馆。

前几家都不是很顺利，有的在招日常事务管理，有的在招设计，有的在招企划宣传，唯独没有在招图书管理。若是不能与书相伴，那我岂不就失去了在图书馆工作的意义？所以面试后我全部舍掉了。所幸后来碰到上午刚面试完的这家，不但工作内容对我来说接近完美，而且老馆长也表示同意录用，我便决定暂时来这里上班。面试这天是星期四，距离星期一还有整整一个周末，干点什么好呢？决定找工作之前我已经辞掉了兼职，所以目前来说基本无所事事。

钻出图书馆拐进一片商业区，我站在马路上看了会儿行人和车流，开始叼着烟漫无目的地散步。巨型购物中心们煞有介事地盘踞在街道两侧，但因为客人很少无不显露出疲态，仿佛卸掉了昔日辉煌、被丢在那里等待拆毁的荒废城堡，我慢慢溜达在它们中间，似乎也被其浓重的挫败感笼罩了。偶尔抬头看看悬浮的广告牌，耀眼的冬日阳光令我头晕目眩，看来是累了或者饿了，总之体力有些匮乏。啊，也许是太缺乏运动了，我想，于是便找个护栏靠在上面，想借着歇歇脚的机会，考虑如何度过这个周末。脚下积雪发出咯吱咯吱的声音，没过多久便化作一摊泥泞。

待我抽完烟，正在想该把烟头扔去哪里的时候母亲打来了电话。

“你干吗呢？”

“外边玩儿呢。”

“这么冷的天还不赶紧回家。”

“玩会儿就回去。”

“周末有事吗？”

“暂时没有，你们有安排？”

“你爸叫你去相亲。”

“相亲？我？”……我？相亲？

“是啊，你爸同事给介绍了个姑娘，说人不错，让你没事过去看看。”

“什么同事啊，哪来的姑娘，我爸怎么不跟我说啊。”

“你爸嫌麻烦。”

“我也嫌麻烦……不去。”

“去一次你又不少块肉，这么大了，天天外头瞎混。”

“没有啊，我刚找到工作了，图书管理员，星期一上班。”

“那正好！省得人家姑娘说你没工作！”

“你就不问问我工作的事吗？你儿子的工作和姑娘哪个重要啊！？”

“姑娘啊。”

“……”

“去吧，成不成都无所谓。去溜达溜达，别老在大街上待着，该收收心了你。”

“我今天出来面试的。”

“反正说好了去啊。”说完母亲挂掉电话。

我最后喂喂了几声，只有电话切断的嘟嘟声传来，母亲却并没有告诉我时间地点。莫名其妙。

坐车回到家附近，我拐进超市买了袋速冻饺子和一打啤酒，又拿了只烧鸡，出门后用手机听着加山雄三版的*My Way*慢慢地走回家。路上我精神涣散地看着天空，加山雄三时而低沉、时而高亢的歌声，正迅速催起远处一片浓重的灰云。

将近晚上八点，我坐在电脑前喝着啤酒，盯着一部不疼不痒的美国西部片看。电影里的牛仔们尖叫着骑马急速掠过小溪，溅起略显夸张的大片水花，又拐过山涧，然后突然集体拔枪对着片树林乱射。画面一转，出现一个戴着圆顶礼帽类似乡间绅士的家伙，正躲在灌木丛里举枪还击，可还没打几枪乡间绅士就被击毙了，牛仔们得以发出野蛮的欢呼声，并向天空鸣枪庆祝。我吃了个饺子，一边嚼一边又皱着眉撕下个鸡腿。这个死掉的家伙之前真的出现过？若不是重要登场人物牛仔们又何以欢呼呢？我并不知道自己错过了什么，不过说到底，这部片子本身到底在讲什么我都稀里糊涂。

吃过晚饭电影还没演完，但我还是中途将其关掉了，情节被我看得四分五裂，再看下去也是枉然。我准备换一部片子，这时手机有短信进来，是父亲。内容是明天相亲的时间和地点，还附了张照片。照片上一个长头发清纯姑娘站在某座……外国寺庙之类的建筑物前，面无表情，胳膊紧贴在身体两侧，看不出是高兴还是不高兴，整体氛围僵硬做作，而最关键的是我看不清这姑娘长相。这算什么照片？是在旅游？除此之外就没有别的了，父亲既没有打招呼，也没有半句叮嘱，更没有对这件事以及对这姑娘所做的任何说明，该有的实质性内容一样不少，其余则为零。我叹了口气，将手机丢回桌子上，站起来走到窗前打开窗户想换换空气，顺便点了支烟。深深吸进一口，我绷起嘴唇，将烟笔直吐向窗外的虚无，发现空气的味道有些不一样，探出身子观看，外边正在下雪。又下雪？

第二天中午起床我先去卫生间洗澡刮胡子，随后翻出干净的白色衬衫以及迷彩长裤，将它们置于床上预备着，上面沾满了书的味道。相亲用的衣服准备完毕，我站在窗前小口抿起咖啡，看着大势已去却依然流连于世间的小雪飘满天际。啊，随意任凭时间白白流逝，真是人生最快乐的事情，我想。所以我就那么看了将近两个小时雪，喝了两杯咖啡，抽了六根烟，直至雪停。相亲……我边将第六支烟的烟头捻进烟缸边琢磨，这种事情不用心也就罢了，稍微注意一下还真有点紧张，心脏竟然开始有些闷痛，这也太过分了，我想。

傍晚时分，我穿上挑选好的衣服，套上厚羽绒服和靴子，踩着松软的积雪走向车站。冷风吹在脸上好像冰凉的丝绸掠过面颊，不知为何心情沉闷得不得了，就当它是一次小小冒险好了，认识个新姑娘，聊聊天，然后回家愉快地度过这个周末。我这么打算着，但心脏的闷痛愈加严重，我甚至不得不在能避风的地方停下来，用手捂着胸口艰难保持呼吸。也许是因为这该死的低温，我想。就那么立在街上忍了一会儿，大约三分钟，闷痛逐渐消失，我又变回正常状态。莫名其妙，从前心脏不曾有过任何问题，这阵突如其来的闷痛该怎么解释？是因为要见姑娘所以紧张？完全不至于吧，那难道真的是因为低温？也许该去医院体检，我想。不过等我坐上车，这件事很快就被我抛诸脑后。

见面地点是闹市区一间相当有名且高级的西餐厅，我并不知道是谁决定要在这里，恐怕不是我父母，他们对这类东西完全不感兴趣，所以一定也不具备这样的知识。我比约定时间晚了十分钟，推门进去，一阵洋溢着高级感的，咖啡混合着食物又混合着人造香气的味道迎面扑来。服务员问我有没有定位，我说没有，接着四下张望，很快就发现角落里一个长头发女孩子在向我挥手。应该是她，于是我也礼貌性地挥挥手谨慎地走过去，服务员见我不是一个人，就带着标准营业性微笑闪身离开了。

“你好。”落座后我说。

“你好。”女孩子双手握着很大一杯咖啡说。

店里正放着Louis Armstrong的*What A Wonderful World*，映着外面的残雪，气氛搞得颇为非现实，即使大家都乘着杰克的魔豆攀上天空中的云朵都不会奇怪，暖色照明则让我觉得浑身暖洋洋。我脱下外套，尽量不那么愚蠢地在椅背上挂好，并环视了一下店里，伸手招来服务员，之后点上烟。等服务员的时间我快速打量着女孩，一件说不好材质的简单黑毛线衣，配一条深棕色薄围脖，漆黑长发散落于肩，那下面是一张精致的面孔。五官都没有特别之处，逐个观看甚至有些平庸，但将它们组合在一起却有种奇妙的技术感，仿佛随意碰触其一便会令整体坍塌的技术感。它们处于只有它们才懂得的完美平衡中，就是这样的精致。而女孩自身，无疑就是这种完美平衡的缔造者。

“嗯……你好。”我再次说。因为不知道相亲这种事情怎么应付，我也不知道话题该从哪里开始。

“你好。”女孩子也重复说，脸上浮现出羞怯与理解混合在一起的表情。

“你叫什么？”我问。

“金籽，我叫金籽。”

“金子？”

“不是子，是籽，米和子那个籽，不要读轻声。”叫作金籽的女孩拼命解释起来。这名字够厉害，想必在别的地方也经常搞出误会吧。

“哦哦哦明白了明白了，很好听的名字。”我说，气氛有些紧张，但真不是因为我。

“你的事情……听你父母说过了，准确说应该是你父母告诉了传话的人，传话的人又告诉我父母，再由我父母告诉我。嗯。”

“O……K……”我舔了舔嘴唇，认真点着头，并给了她一个表示对此话题相当感兴趣的微笑。这时候服务员拿来菜单，我马上示意将其交给金籽，但她摇摇头，指了指手中的咖啡。于是我也点了和她一样的东西。

“那么，你现在做什么？”服务员离开后金籽问我。

“我以前在家做一些校对的工作，文学科嘛，你知道，其实并没有什么可干的。但是下星期一开始要去图书馆上班，就是图书管理员那种。”

“哦哦，听起来很好的工作。可以免费看很多书？”金籽似乎有兴趣，还好话题能就此展开，谢天谢地。

“嗯，我想应该可以吧，仔细阅读并充分理解书中内容也算是管理工作的一部分嘛，个人意见。”

“哈哈。”金籽开心地笑起来。

“喜欢看书？”我问她。

“还算可以，算是喜欢吧。”金籽一边犹豫着一边说。

“看些什么？”

“啊，都是些杂志散文之类，肯定跟你这样文学科出来的不一样。”

“不不不，文学科没有什么特别的，不过是因为找不到打发时间的正确方法，只好去看书而已。”

“你不用这么谦虚的。”

“真的不是谦虚，真的不是。那你平时做什么？可有什么喜欢的事情？”

“嗯……说不好，平时基本上什么都不做吧，嗯，可以说什么都不做。”不知为什么，金籽说话的时候总是吞吞吐吐的。

“是真的什么都不做？总会弄些什么吧，看电影？逛街？”

“平时……最多的还是帮父亲管理公司，啊不过说是管理，也只是父亲不在的时候我代替他待在那里而已。”

“那很厉害。”看来不是一个世界的人啊，我想。

“那么……既然是相亲，你父母有没有说过我们……以后怎么办？”金籽这么说的时候，仿佛整个人连带周围空气一起颤动了一下。

“以后怎么办？那倒是没说，就是……第一次见面嘛，互相看看什么的。”

“哦，那么……你觉得见了以后，可以和我结婚吗？”

“……”这个瞬间让我有点搞不清楚应该是个什么局面。结婚？我只是想应付一下就回家啊，况且父母也都没提过结婚。

“啊……看来你父母并没有说明一些情况。”

“看来的确是没有。”

“真难办。”金籽看起来很困惑的样子。

“那你能否说明一下？马上就谈到结婚的话，这里面也许有些误会，或者说，啊……好像有个所有人都知道的秘密，而唯独我不知道。”

“是，真是不好意思，那我来说明一下吧。”

“好好好。”这时服务员拿来我的咖啡，并用相当完美流畅的动作将其置于桌面，我示意表示感谢以及微微的敬佩。

“其实呢……首先……我基本不会待在这里，我要马上回到父亲的公司，也就是说不会在这边停留很久，没有时间，所以在这边的时候，希望能尽快把结婚这件事商量好。这是我的条件。嗯。”

“你父亲公司在哪儿？着急的话我可以先送你回去，还是正事要紧。无论如何现在就定结婚这种事实在是……”

“我父亲公司在国外。”

“……”

“所以其实，我只是想来商量……不对，首先是我看了你的简历。”

“简历？”

“对，简历，发现你实在是个很……平凡……”

“我是很平凡啊，平凡到甚至有些看不到自己影子般的平凡。”

“不不，不是那个意思，不是说平凡不好，是我这边的问题。我是希望能找到一个很平凡的人，给他……安定的一生。所以看过你的简历后，我觉得你应该是我要找的那个人。”

“不明白。”

“嗯，的确是有些不好解释，又是第一次见面。实话说，因为我没有太多时间考虑结婚这种事情，所以我其实只想回国完成结婚这个法律上的东西……然后就离开……那么很自然我的丈夫，也就是你——也许是你……将会和我一起离开，然后我们生个孩子，再然后我们一起在国外生活。钱的问题你不用考虑，我父亲的公司，其实也算是我的公司，会打理那边的生活。不过当然了，如果你有你的原因也可以选择不去……那么我们的孩子就由我带走抚养，你只要待在这边就可以，你的生活以及你父母的生活，哦对了，我们结婚后你的父母就是我的父母……所以你和咱们父母的生活也都由我的公司来打理。另外你不需要工作，我会给你一笔钱，你只去做自己喜欢的事情就好，随便什么。但是不能犯罪，尤其是不能碰毒品，以及不能和我离婚。这就是所有的事情了。”金籽说完后好像很累的样子，她深深喘了口气，并喝下一大口咖啡，看来解释这些事情对她来讲相当痛苦。

“……某种程度上说，这是要把我买断的意思？还是不明白。”我说，说完摇摇头点起支烟，一边摇头一边点烟还真有些困难。虽然金籽说话的声音并不大，但我还是觉得邻桌的中年夫妇不停地用余光瞟向我们这边。犯罪？毒品？我越来越糊涂。

“也不能说买断，可以说算是种交换……你有没有什么条件？”

“啊……首先，我好像并不处在谈条件的立场。其次，以我的理解，你刚才说的那些相比结婚，其实更像是一门交易嘛。”

“难道你结过婚？你的简历并没有这些……”

“我……当然没有结过婚……”

“那你觉得结婚是什么？如果不是交易的话……”

“相爱以后生活在一起。简单说。”

“但从现实的角度来说，结婚就是资产重组，是交易。嗯。”

“嚯，那么不现实的角度呢？”

“……并没有吧……结婚即现实，是某种既定事实。两个人格各自独立的人在相关法律的约束下共同生活，盈利一起分享，亏损一起承担。倘若其中一个人走向成功，也就代表另一个人的成功；倘若其中一个人出了问题，另一个人则负责将生活继续下去；倘若两个人都出了问题，则一起走向毁灭，这是最坏的局面。当然也不排除两个人同时走向成功的可能性，只是概率比较小。无论如何这样都比一个人生活风险小些。”

“这么说的话，按你开出的条件，你岂不是亏了？”

“如何交易，完全取决于两个人的选择，对我来说如果能跳过……不必要的恋爱阶段直接促成结果，那便是效率最高最节省时间的办法，而我愿意为此付出相应的金钱，你将得到一生衣食无忧的保证，无论如何这都是双赢的局面。不觉得？”

“不觉得。”

“啊……难道这里面有什么破绽？”

“比如某天你破产了，这可不是闹着玩的。”

“哦，这件事……如果作为夫妻，在普遍意义上来讲，或是从法律层面来讲确实如你所说。但我会和你签合同，万一我破产，我们便自动终止婚姻，并保证所有的债务与你无关。另外你还将得到一笔保险金，之后也再无瓜葛。同样，如果你无法给我带来至少一个孩子……那么合同作废。”说出最后这几个字的时候，金籽的声音小到几乎听不见。

“不不不，虽然我没结过婚，但我预感，只是预感，婚姻远没有这么简单，也不是这么现实。比如你父母怎么结婚的？”

“这就是我父母的婚姻啊。”

“……”我此时的想法是，其实我已经没有任何想法了，这确实超出了我的理解范围，也一定超出了我父母的理解范围，传话人肯定没有讲清楚这次相亲的目的。我靠在椅背上长长出了口气，金籽坐在我对面依然是手握咖啡杯的姿势，说不上有什么变化，只是微微低下头，将半张脸都隐藏在长发的阴影里。我歪头看了一眼邻桌的中年夫妇，二人目光正好与我相对，见我突然看着他们，反应了足足两秒钟才各自快速扭过头去，努力装出若无其事的样子。此时外面已经完全黑下来，雪停了，没有雪花在空气中飞舞，视觉上颇有些不自然，仿佛时间也随之戛然而止。

“为什么选我？”慢慢抽过烟后我问金籽。

“实际上，除你之外我也看了很多简历……我和父亲一起看了很多简历。有的人很帅，有的人事业很成功，有的人财力并不输给我家，有的人在艺术造诣上算是天才，他们都是很优秀的人，唯独你不是。相比他们你什么都不具备，就像刚刚我说的，你是个平凡的人。”

“所以？”

“平凡的人更善于抵挡诱惑，而天生优秀的人总是想得太多。”

“原来如此。”我说。

金籽对我温柔地笑了笑。

Chapter 10

这里是叫作图书馆的荒野

i

回家路上，我坐在公交车里望着外面略显惨淡的街景，就平凡这一命题适度琢磨了一下，却并未得出什么像样的结论。其实金籽说得很客气，与其说我平凡，不如说我一无是处。小时候就习惯了不及别人出色，所以毫不起眼地默默读完了小学、初中，升上高中后更是懒于争强好胜，成绩则总是尽量保持在及格水平，丝毫也不出众，有些老师甚至并没有记住我的名字，等好歹考进大学，又白白送走了四年空洞的大学生活。书倒是读了不少，但若论傍身之计却一样也拿不出，毕业后的生活依然没有实质性进展。

同期之中有些同学挤进了一流公司，有些继承家业，买卖做得风生水起，最差也是奋力争取到某个说得过去的工作岗位，开始各自着手计划起漫长的人生。我却用了整整一年时间，只是在家对着电脑屏幕和天花板度日，对未来要发生什么几乎全无概念。就算找到一份图书馆的工作，也并没有想过要在这一方面取得什么成绩，说白了无非是喜欢图书馆的静谧与安然，喜欢闻书的味道，世上恐怕还没有仅靠闭上眼闻书味就能飞黄腾达的先例，就算以后会有，我也从自己身上看不到这样的潜质，也许那要归入特殊才能或是特异功能的范围了。比如只靠书的味道就能判断出哪里放着什么样的书，甚至还能进一步判断出其年份云云，好似神气活现的缉毒犬。而我充其量不过是闻了书的味道就能安然入睡而已，如果这也能算是某种特技的话，除了表演给自己看恐怕再无他用。想到这里我不禁在座位上低头笑了笑，简直有趣，我想，每日给自己表演闻书味就能睡觉的特技，似乎也不是每个人都能做到的……接着我想到金籽，像我这般绝望到近乎彻底的小角色，在她的世界里又如何能安然生存下去呢？虽然临走时我出于礼貌答应她新年过后再作答复，而金籽也欣然同意。

回到家，我脱去厚重棉衣换上舒服的穿着，之后做的第一件事就是给父亲打电话。

“金籽的事情，你们了解得详细么？今天相亲简直就是一出尴尬的电视剧。”

“知道的，了解得还算详细。”父亲一如既往的淡定。

“可知道她家里很有钱？而且人不在国内？”

“知道，她家在海外有不少资产，规模很大的资产，她也的确是常驻海外，偶尔才会因公事回来一次。这些朋友都交代得很清楚了。”

“那看来不是误会。”

“看你如何选择。”

“这么大了就不用给我上课了吧。”

“好自为之。”父亲说完挂了电话，威士忌正站在冰箱上冷冷地看着我。

星期一早晨天还没完全亮，我在闹钟的轰鸣声中几乎是挣扎着才从床上爬起来，简单洗漱后又像是逃离地震般奔出家，这才顺利赶上计划内的地铁，而到达图书馆五楼办公室的时间，只比规定打卡时间早了两分钟。对于长久生活不规律全无时间概念的我来说，早起上班打卡无疑是强行缩短寿命的折磨。究竟是哪个家伙发明了打卡机这种惨无人道的东西，人与人之间的信任呢？难道我们不应该互相信赖么？时间本就是很残酷的东西，我们不能比时间再残酷了。这世间真应该更柔软些、更迁就些，那样人们才会更幸福吧。心里这样想着，打卡后我慢悠悠下到一楼大厅，正好撞见老馆长悠闲地四处巡视。看见站在大厅里满脸困意的我，老馆长微微笑了笑，说要亲自带我在这里走上一圈，以熟悉工作环境。我本想客气地点点头，却晕眩着毕恭毕敬给老馆长鞠了个躬，简直一塌糊涂。

不过好在后来的事情还算顺利。我在老馆长的带领下慢慢地，或者说与老馆长同样悠闲地在馆里转了一圈，还在检索区鼓捣了一会儿电脑，并发现几本我比较中意的小说首版。老馆长表示我的主要工作区域就是管理阅览区，反正这种小图书馆来的人也不多，既然找到了自己爱看的书就去翻翻吧，正好整理书架。我问他工作时间读书算不算偷懒，老馆长一本正经地说：“仔细阅读并充分理解书中内容也算是管理工作的一部分。”我欣然同意。

于是我的首个工作日便在几本小说的故事中度过了，不，准确地说应该是十几本。除了喜欢的那些，我还跳跃着翻看了一些新版文学名著，包括《红与黑》《三剑客》《乱世佳人》等，情节梗概虽算不上烂熟于胸，却也能大致顺畅地讲出来。这些书无疑都是前人留下的名作佳作，但似乎过于泛滥，摆在城墙般高大雄伟的书架上落满浮尘，也不知道多久没有人光顾了，远远望去，整个经典名著区俨然先人才智的坟墓般庄严肃穆。而这些内容每年还在被持续大量生产出来，想想也是可怜。爱书的人也许能体会其内容所包含的重量感，但实在无法终日沉浸于此，平日里还是随手翻翻诸如星新一，或是雷蒙德·卡佛才更让人觉得轻松愉悦也说不定。

这样度过了第一天之后，下班后我坐上回程地铁，想着虽然今天悠闲地应付过去了，但待我熟悉了馆里的日常后，工作自然会产生质的变化。比如忙得不亦乐乎、站得两腿发软，或带着营业专用笑脸与客人交谈到口干舌燥之类。可事实上接下来的两个月我都是这么度过的。因为阅览区白天几乎看不到客人，除了偶尔有附近大爷过来翻报纸，或是看不出职业的家伙一整天闷在隔壁文献区查资料，其余能出现在视野里的只有几个百无聊赖的工作人员经常在馆内转来转去。其他区域更是可怜，整日只有太阳在地板上投下的影子算是唯一移动的东西。傍晚时客人会稍稍多一些，下班后他们来还书，不过接待他们又不在我的工作范围。与其说我是在工作，不如说只是换了个地方发呆。

终于，在第三个工作月即将结束之前，也就是二月份的时候，我决定针对此事开诚布地向老馆长反映一下，工作轻松固然好，但如此任凭时间流逝，简直可以称为某种荒诞仪式。比如有次我坐在阅览区沙发上看书睡着了，不但没有人过来叫醒我，醒来时我翻阅的那几本书竟被整齐地码在书桌上，不知这是此处的企业文化，还是某个家伙被好心的天使姐姐附体。待我下班返回办公室打卡，大家依然饱含善意地有说有笑互相道别，而之后整整一个星期我都觉得尴尬，旁人倒早就忘了，哭笑不得的始终唯我一人。在这片文化与知识的矩阵中，我放眼望去只有无比凄凉的一片荒芜，这跟我想象中辛苦但充实的图书馆生活完全是相反的另一个极端。

“书们存在于图书馆，自有其使命。”当某日我在阅览区沙发上发现了独自看报的老馆长，并向其反映我心中所想时，老馆长轻轻合上报纸，摘下眼镜，微笑着这样跟我说。

“那么……其使命又是什么呢？”我说。老馆长继续保持着微笑，拍拍身边位置示意我坐下。

“是啊，它们待在这里静待被别人发掘，再去赋予别人使命，也许这就是书们的使命吧。”

“但这样根本没办法盈利……”我小心翼翼地说，声音却弹跳着回荡在空洞的图书馆里，且大得出奇。我一脸惊恐瞪大眼睛。

“不用在意，的确这个时代已经没什么人愿意走进图书馆了，本来喜欢看书的人就不多，若是喜欢的书又必定会买来珍藏。想要查资料呢就都跑去上网，图书馆的存在感日渐稀薄，恐怕过不了多久便要关门啦。嘿嘿。”

“……”喂喂喂，我可是刚找到工作啊。

“不过还好，只要我在，上面总还会给些面子，不至于说撤销就撤销，傻子都能看出来，是要让我在这里退休啊。”老馆长说着用手指了指天花板。

“馆长在这里很久了？”

“四十多年啦，从刚开始工作到一步一步被提升为馆长。”

“那可以理解了。”

“你还年轻，想看书就随便看，不要在意那许多的客套和约束。能主动找我来谈的你是第一个，虽然看起来没什么干劲，倒是个有自己想法的人，这点比什么都重要。你看那些人，对我毕恭毕敬，执行起工作来也是一丝不苟，但大家都清楚，混到我走了，这工作也就没了，所以多拿一天工资是一天，没人为这个馆做打算。”

“我其实也没什么要打算的，只是……”

“有这心就够了，实际上你也做不了什么，大家都做不了什么。”

“有很多书还很新啊，再加上那么多少见的版本。”

“这就看你啦，好好保护它们。”老馆长说，说完站起来把报纸叠好交给我：“去吃午饭吧，我回办公室歇会儿。”

“好……”我接下报纸站起来，目送老馆长离开。他回过头的一刹那，整个人跟着转向阴影里，仿佛太阳沉入远处的山峦。听了老馆长的话，那天下午我一直沉浸在某种莫须有的伤感中，无论是出于对图书馆本身的结局感到遗憾，还是对老馆长的失落感到无助。总之，按我这毫无计划性的脑袋去看这问题，其规模都过于庞大了，我又如何能有办法去阻止一座图书馆的消失呢？

与老馆长谈话的同一天，晚上我回家后心情说不上是好是坏，但仍然闷头喝了半打啤酒，打算上网看看电影，同时计划着在毫无半点食欲的情况下是否应该弄些晚饭。可漫长的广告还未结束，手机就提示我有短信，来自金籽：

“这个周末可有时间？”

“可以的话想见上一面，快三个月过去了，期待你的最终答案。”

“如果不见，就代表你拒绝。”

我放下手机叹了口气，并没有马上回复，只是一边思索着一边继续看电影。零零碎碎的想法在脑子里一点点聚合拼凑，随着电影情节的展开，想法开始逐渐汇聚成图片，图片又连贯成影像。最终，虽然是断片式的，我却似乎在那些影像中预见了自己的未来。

在自己的未来中，我身处一片花海，正午的刺眼阳光统治着无数来自异国的奇异花朵，花朵之间还有细小的虫子飞舞，翅膀随着微风发出嚓嚓嚓的声音。我随着它们的身影环顾四周，看见不远处金籽坐在一张用料讲究、造型精美的木色小圆桌后面，手里拉着一个银发小女孩，小女孩正专心致志地吃一块蛋糕。金籽微笑着看着她，嘴里不时说些什么，但我无法听清，于是我迈步走向她们，虽然我还不知道这是什么地方。来到金籽身边，我看了看银发小女孩，她好像没有注意到我，仍在忙着对付蛋糕，金籽似乎也没有注意到我，脸上的微笑没有丝毫破绽和动摇。“金籽？”我说道。虽与我只有一步之遥，但金籽却没有做出任何反馈。“金籽？”我提高了一些音量，情况依然没有改善。我手扶桌边俯下身去，把脸贴近金籽又叫了一声，“金籽？”这时金籽才抬起头，仿佛看到陌生人般看着我。

“都是我的。”金籽淡淡地说，我不太肯定她那语气是要表达什么。

“什么？”

“都是我的，这些，都是我的。”

“这孩子是谁？”

“也是我的。这之前属于你的你已经尽数拿走了，平凡的人。今后你能得到的都在这里，但都是我的。”金籽继续说。

“我并没有……这是哪里？”

“这里是叫作图书馆的荒野。”

“？”我的疑问像湿滑的雾一般充斥着脑袋，我想试着捋清思路，但还没等我提出下一个问题，金籽和小女孩却在我眼前晃动着融化在阳光里，此时小女孩刚刚吃完了她那块蛋糕。她们消失后，一股强风从我背后吹来，带来一阵阵书页翻动的声音。我慢慢回过头，一个纸质的世界正随着莫名的狂风逐渐崩塌，剧烈飞舞，继而破碎不堪。

原来是梦。醒来后我低着头半躺在椅子里，被一阵说不出的挫折感所笼罩，金籽那句话回荡在我脑袋里：“这之前属于你的你已经尽数拿走了，平凡的人。今后你能得到的都在这里，但都是我的。”已经尽数拿走了？我根本一无所有嘛。而我今后能得到的一切都在那个……图书馆的荒野？我站起来慢慢走去卫生间，用冷水仔细洗了脸，又对着镜子发了大约三分钟呆，当我返回卧室想要就这个问题继续思考一下的时候，整个梦境已经从记忆中消失殆尽，我只记得金籽于梦中出现过，但其他全无头绪。想到金籽我拿起手机，的确是有个来自金籽的短信还没回复。

“可以。”又看了一遍短信内容后我回复她说。

Chapter 11

钱是一种很中立的东西

虽然体感依然有些冷，但春天的气味已经开始弥漫在空气中，再加上我与金籽约定见面的那个周末晴朗得一塌糊涂，所以有阳光照在身上倒也觉得温暖舒服。第二次见面，我与金籽已经不像第一次那般拘谨，尤其是金籽，这天她把长发束在脑后，戴了顶彩虹颜色的毛线帽，身上是一件长款黑色羊绒大衣，领子里塞着异国图案的棉质薄围巾，还化着精巧的淡妆，看起来似乎心情不错。我则依然是上次见面时的棉大衣，也戴了顶毛线帽。因为金籽决定的见面地点，是我家附近一间常去的咖啡厅露台，所以来之前她提醒我说，很想晒晒太阳，就定了室外的位置，还请务必保暖。

我按照约定时间来到咖啡厅并攀上三楼露台，发现金籽已经来了，正仰起头安静地坐在阳光里闭眼休息，宛若一座新添置的精美雕塑。

“你好。”我用感情表现上比较中立的语气和她打招呼。

“嗨。”金籽则显得比我更为放松。

“等很久了？”我勉强成功展示出自己的微笑。

“还好，刚点了热茶，你要喝什么？”

“热咖啡吧，热的黑咖啡就可以。”坐下后我点起烟说。

金籽叫来服务员，很客气地催了一下热茶，并帮我点了咖啡。

“工作可还顺利？”金籽说。

“还好吧，比较轻松的工作，只是有点无聊。”

“平时可以自由看书？”

“哦哦，这倒是被我说中了，的确可以自由看书。”

“那很好啊。”说着话金籽微微笑起来。

“至少眼下的日子还能过得去。”

“可有麻烦？”

“不不，麻烦倒没什么，可能是因为太休闲了自己反而有些慌张。”

“看书看到自己睡着了书都掉在地上，的确不像是在上班的人。”

“你怎么知道？”

“去侦察了。”金籽咯咯笑起来。

“正巧那天我在睡觉？”

“拍了照片。”说着金籽掏出手机，翻了一会儿摆出张照片给我看，果然是我半躺在阅览区沙发上睡觉，身上地下散落着图书馆的书。

“这可实在是……还请不要外传。”

“别紧张，当然不会外传，我只是自己留着看，你真是有意思。”

“……话说，虽然是我猜的，那些书是你捡起来的吧？”

“对啊，不会有别人捡吧，不过在那里还真是有些寂寞。不觉得寂寞？”

“你总是去偷偷拍照片的话可就不寂寞了……”

“啊，生气了？”

“没有没有，只是这么个说法，那里的确没什么人走动。”

“欢迎我去？”

“当然，没有不欢迎的理由嘛，想去的时候随时告诉我，至少在看书这件事上不至于发愁。”

“嗯，毕竟是图书馆。”

这时候店员端来茶与咖啡，放下后询问我要不要拿来牛奶与糖，我摇摇头。

“我们能这样谈话真好，不觉得好像真正的恋人？”服务员离开后金籽看着我说。

“有一点……不过也没什么啦……”金籽这话的用意很明显，但她又何苦非我不可呢。

“那么，考虑得如何？”

“真的非我不可吗？”

“是的。”

“只因为我是个平凡的人？一个上班时间倒在沙发上看书睡着的家伙？你家里人不可能同意吧。”

“他们当然也看过你的简历，尤其是父亲，他觉得你可以。”

“这样啊……不过这件事对我来说依然太过于荒诞……离奇？不正常？不敢相信？”

“不会，这在我的世界里很正常。”

“你的世界……”

“是，用金钱和交易衡量世间一切的世界。大部分价值观以及处世原则，当然也包括婚姻，都可以用金钱来交易，并通过交易来完成。”

“比如说，我想要这里最大的房子。”其实我并不太明白金籽所说的是什么，毕竟那是她的世界。

“比如说多大？”

“我没什么概念，只是想象着最大的那种，别墅之类的。”

“可以，地点任你选。”

“嗯……等等，别墅太一般了，与这件事不够匹配。”

“不够匹配？”

“其荒诞程度，或者说其荒谬程度不够匹配。”

金籽摆出十分好奇的笑脸看着我，但是没有说话，她在等我继续，可我自己把话题带到这里，却又不知道该如何进行下去。

“你想象的最大的房子能有多大？”我问金籽。

“没有想过，我生下来就住进了很大的房子，确切地说是一栋相当大的别墅，以至于我还没有去过其中所有的房间，也不知道如何去丈量它的面积。但这种事情是没有标准的，只要有钱，盖成多大都没关系对吗？尽可以搞个城堡回来，不过那又有什么意义呢？房子这种东西的确不足以衡量这件事的价值与意义。”

“也许吧。”

“但只要你想住，我会尽可能满足你。可还有别的要求？”

“暂时我也不知道。”

“好吧，至少这是个好的开始。你开始提条件了，也许你很快就要同意了。”

“哦不不不，刚才那只是举例而已，是比如说，只是比如，而不是我真的想要。”

“即使是真的想要也可以，完全可以直白地说出来。哦对了，你的父母已经同意了。”

“……什么？”

“上星期的事情，我的父母通过中间人向你父母确认过，你和父亲曾经就此事在电话里谈过一次，对吗？那时你父亲的意思是让你自己决定。”

“是有过这么一回，就在上次我们见面之后，但父亲的意思不代表同意，而是让我仔细考虑。”

“但是在和中间人确认的时候，你父亲表示了同意，他说剩下的全看你自己。”

“那好，那就谈我自己，一般情况下，在我的认知中都是先谈恋爱再商量结婚，并且这个与钱无关。”

“不用强调与钱无关，钱是一种很中立的东西，本身不带任何属性。况且你要是为了钱早就同意了，对吗？”

“……我并没有想过。”

“那么关于恋爱，如果你愿意，我们可以先结婚，生下孩子，然后再恋爱，当然是作为消遣，稍微调换一下顺序也没什么吧。而且，事实上我是有点喜欢你的。”金籽说这些话的时候相当平静，依然保持着微笑。

“喜欢我什么？”

“第一，并没有因为钱而想迅速拉近与我的关系，这点于我在的世界来说就已经很少见了。第二，你在图书馆沙发上看书看到睡着，实在是好可爱。”

“你的世界里没有人在图书馆看书看到睡着？”

“哈哈，不，我的世界里甚至连图书馆都并不存在，家里书房的存货就足够我看了，虽然我并不太喜欢看。”

“我实在无法想象你是怎么长大的。”

“如果让你选一个词来形容有钱人的生活，你会选哪个？”

“嗯……衣来伸手、饭来张口？酒池肉林？”

“听起来不怎么样……”

“富可敌国？挥金如土？腰缠万贯？有钱能使鬼推磨？”

“哈哈哈哈哈你能不能别这样乱说一气。”金籽听我说完笑得弯下腰。

“我又不是有钱人，实在想象不出那是个什么感觉。”我苦笑着喝了口咖啡。

“其实很简单，自由。尤其是财务自由，它能带来更多的人生选择，幸福指数则和你可支配的选择数量以及选择余地发生关系。”

“就是想吃什么吃什么，想去哪随时就走喽？任性到不计成本？”

“如果是打比方来说的话……大概可以这么形容。但不是不计成本，相反，成本是第一要考虑的，考虑如何能将性价比做到最高。”

“那么以这件事为例，你觉得性价比高在哪里？”

“高在可以省去恋爱的过程，与我喜欢的人直奔结果。恋爱过程中会发生太多不可控的意外，导致两个人在感情上最终走向失败，所以这样做风险最小，并且可以节省相当多的时间，这个很重要，也是这件事情当中性价比最高的地方。你知道吗，钱甚至可以买来时间。时间的宝贵在于其不可逆，最多只能用物理上的方法促成其有限度地延长或缩短，比如同样得了……肝硬化，然后你死掉了，你的时间轴就此画上句号，但我换了器官……哦，这个比喻太极端了。但不管怎么说，用钱来购买一定量的时间，是有钱人经常用来提升幸福指数的方法，拥有了时间便拥有了更多的选择空间。当然无论如何延长或缩短，都是相对于购买者而言的，与时间本身无关。”

“所以有了自由就会更幸福？哦，财务自由，毕竟可以买来时间。”

“某种意义上来说是的，但也要看你追求的是哪种自由。只身一人走进荒野，任凭时间白白流逝也是一种自由，对于当事人来说，有些时候选择离开，的确可以算是一种追求幸福的手段，但那毕竟不适用于大多数人。幸福的人都是相似的，不幸的人则各有各的不幸。”

“托尔斯泰可以睡懒觉不起床？托尔斯泰可以在自家客厅里骑自行车？托尔斯泰可以……”等一下，虽然话题并不完全由我来引导，但是不经意间，我却在这场谈话中发现了可以解决某件事情的某种可能性。

“可以什么？”

“可以买下一座图书馆？”

“那是你的自由。”金籽说。待她说完，一阵风从我背后吹过，迎面掀起金籽的头发，它们飞扬在她脸上，透过那些上下飞舞的神经质的发丝，有那么一瞬间我看到金籽的眼神在冬日最后的艳阳里变得如钻石般坚硬，又如大海般沉静。

Chapter 12

奔向谁都无法预料的未知

矮个子站在柜台后面，一如既往的精神萎靡。夕阳的余晖照不进这间便利店，因为吱吱作响的日光灯正狂妄地将其内部染得雪白，容不下夕阳的金色渲染这里。浪漫这东西在便利店里只稍稍露出一些微小的端倪，便会迅速被其高效的运作方式与合理到近乎不带任何感情色彩的人造陈列撕得粉碎，以至于每当我跨入便利店都有种特别肃穆的感觉，好像跨进了殡仪馆。

“哟，依然没客人，你们这店是不是快到头儿了。”我走向柜台跟矮个子打招呼。

“来啦，好久不见啊……”矮个子愣愣地盯着我说。

“你怎么了？”我问他，同时用眼睛扫着离我最近的货架，无意识地寻找新出的商品，或许是条件反射，也或许是便利店的魔法结界总促使我这么做。

“没劲！”矮个子突然挺直身子，昂头对着天花板大声说。

“啊哈哈哈哈哈哈，那就回家玩耍吧。”结果我并没有发现什么新玩意儿。

“哎……不聊这个了，活着而已，不死就行。你最近怎么样？”

“我还那样，可能要结婚了。”

矮个子听我说完微微侧了一下头，好像要认证我这个存在的确是我，眼神如同正盯着一个打不开的保险箱。

“干吗？结婚而已啊。大家都去结婚，结婚了估计就有劲了。”

“你确定你要结婚？和泡泡？”

“不不，泡泡……依然没有消息，就当她不存在吧。是另一个。”

“你身边女孩子不少哦，要重新认识你，崭新的你！”矮个子用一根手指，确切地说是用右手中指指着我说。

“别废话了，我说的是真的。”

“干吗想结婚了？”

“不是想，是用荒诞对付荒诞。”

“……并不明白。”矮个子眉毛皱在一起，说完用力靠在柜台里的微波炉上。于是我把金籽的事情慢慢讲给他，矮个子听完表情变得认真起来。

“既然如此，我支持你。”他两手交叉在胸前说。

“理由？”

“因为金籽说的没错，她那些道理行得通，有钱的话基本上所有问题都能迎刃而解。”矮个子说着打了个响指，“我在这时间长了，也见了形形色色好多人，有时候默默地听他们聊天，尤其是那些上了年纪的老哥哥。他们不停地抱怨人生这个、抱怨人生那个，其实说白了，那些家伙抱怨的终究还是婚姻。买不起钻戒啊买不起房子啊小孩没钱上学啊父母身体不好啊之类的，当他们生活中只剩下婚姻的时候，他们就错把婚姻当成了人生本身，因为他们只活在婚姻里，自己人生的一切都和婚姻发生关系，也难怪他们了。不过你这个好，从一开始就把问题全部解决掉。”

“爱情呢？”

“哈哈，不知道。不过我个人倒是觉得，结婚这事本身就和爱情没什么关系，结婚就是一大家子人裹在一起过日子，乱七八糟。”

“你不结婚？”

“暂时没想，懒得想，交个女朋友都闹得天翻地覆，还结婚？我的天。”

“算了，要不要喝个啤酒？”

“来来，来这边，监控看不见。”说着矮个子走到员工休息室门口，从冰柜中拿出两瓶啤酒，顺势靠在放啤酒的冰柜上，我也跟着走过去，靠在放饮料的冰柜上。二人各自打开啤酒互相碰了一下。

“为了结婚。”我说。

“为了和有钱人结婚。”矮个子说，我没有针对这句话做什么解释，之后我们一起喝了一大口。

“所以那个，荒诞对付荒诞是什么？”矮个子一边说一边掏出烟。

“就是整件事嘛，不觉得很荒诞？”

“荒什么诞，你们这些学文学的说话就是喜欢乱用词，分明就是很魔幻的一件事！”

“好好，魔幻，你爱怎么形容都行。其实我的意思是说，既然这件事本身就很……魔幻了，我要是玩就干脆玩得更过瘾些。”

“怎么说？”

“就是把这事变得更魔幻，她不是让我提条件吗，我就提一些让她想不到的……比如说……你能想到有钱以后怎么生活？”

“哈，我知道了，你过来其实就是想问我这个……不过这个好难啊，有钱了就买买买？哦对，我把这店买下来自己当老板怎么样？哦不，我要去开一家新的，然后再自己当老板！”

“这主意不错，就这么定了。”我说。

快步走出便利店，我站在门口用了大约二十秒左看看、右看看，然后我决定走向右边，至于为什么是右边我也说不好，只是心里突然有了冲动，好像有人暗中帮我下了这个决定，我则像个提线木偶般迈开步子，被动但又信心十足。走之前我回头望向店里，发现矮个子还站在冰柜前面愣愣地看着我。

已经是三月了，空气中洋溢着春天特有的味道，那味道不禁令我莫名其地感到某种满足，好像强力催化剂般强迫我的大脑飞快旋转，身体也跟着果断采取行动，虽然我连下一步会走成什么样都不知道，但还是盲目冲锋着一路疾走，奔向谁都无法预料的未知。路上我抽了大约五支烟，也喝光了手里的啤酒，为了找垃圾桶扔掉啤酒瓶我才终于停下脚步，而后来的事情就在没有任何预料的情况下发生了。站在垃圾桶前，我拿出手机鬼使神差般给金籽发了条短信：

第一，同意结婚。

第二，要买下一间便利店送朋友。

第三，我不会跟你去国外，但需要一个超大的家。至于有多大待定。

发过短信后我默默盯着已发送的内容，现实感迅速抽离我的身体，我拼命呼吸着，紧张到心脏险些从嘴里跳出来。事情就这么决定了？太疯狂了，我甚至无法辨识这条短信的真实度，我真的发了？虽然只是一条短信，但信息量已经超出了我的驾驭能力。我拿着手机环视眼前的街道，但又不知道该看向哪里，只有行人与汽车唐突凶猛地不断闯进视野，在里面乱成一团，之后又各自散去，空气被它们搅出粗野的线条冲撞着我的脑袋。

也许这个决定是错误的？父亲的话回响在脑子里：好自为之。父亲说。我可不确定这是好还是不好。自与金籽第二次见面以来，我承认自己的想法开始有了细微变化，既然我可以用金籽的钱完成一些我很想做却又无力做的事情，那结婚又有何不可呢？我想。反正我既不明白爱情是什么，也还未体验过婚姻这种东西，就当它是个小小冒险好了，正好用来击碎寡然无味的日常生活。当然，也许我这次挑错了时机，也挑错了对手，但其他人又何尝不是呢？参考我道听途说来的别人的婚姻，基本上都是场大冒险，没人知道那以后会发生什么，况且金籽看起来又不像个坏女孩，彬彬有礼也很温柔，虽然她说的话近乎一半我都理解不了，毕竟不是一个世界的人。不过还有种可能，万一她是个骗子，万一这是某种形式的诈骗，既骗了我父母也骗了我？这我也想过，可按照金籽说的，无论我提出什么条件都只有她单方面的付出，我无非就是和她生个孩子而已，自己又能损失什么？这时候我又想起在露台约会时金籽看我的眼神，那里面的确不带有任何欺诈与得意的色彩，只有坦诚与决绝，令我印象深刻。那我还犹豫什么呢？我甚至刚刚答应了矮个子要送给他一间便利店！我正想到这，一个陌生号码打进我手机，距离我发送短信间隔不到五分钟。

“您好？”我接起电话后说道。

“您好，我是金籽的律师。”

“……”律师？

“关于您给金籽女士的回复，她已经告诉我了，剩下的事情将由我与您对接。实话说也不是什么大事，一个是关于这桩婚姻的合同需要您过目并签字，另一件事是关于收购便利店，最后是您确实需要买一栋房子。不过当然，这都以您与金籽结婚为前提。”

“等等，您是金籽的律师？”

“是的。”对方说，声音很沉稳，不像是那种假装的角色，因为那沉稳中带有其对自己所述之内容完全彻底的自信。但我还是不信。

“怎么证明？”

“这样吧，反正我们总得见面，今天的电话只是和您打个招呼，如果过几天有时间的话我们当面详谈，如何？我也需要时间梳理一下合同，哦当然了，金籽女士也会在场。”

“嗯……后天，后天是周六，我不上班。”金籽也在场的话此人似乎可信。

“好的，那我们暂定下午两点，您看如何？就在我们办公室，地址我稍后以短信形式发送到您手机上。”

“好……吧？”我犹豫着说。

“那祝您生活愉快。再见。”电话挂断。干脆得好像生鸡蛋从琉璃台滚落地面，啪！的一声就只剩下无法挽回的既成事实，时间再无法逆转，其过往也跟着灰飞烟灭。

天快黑时我回到家，简单洗漱后搞了一大杯咖啡，一边喝一边坐在电脑桌前思索眼下事态的发展，其间威士忌跳上我膝盖，独自舔了会儿毛，便在我的抚摸下枕着爪子睡去了。今天的我在匆忙中也许已经做出了人生最重要的决定，我想。到目前为止的进展为，首先我答应了和金籽结婚，她的条件是我为她带来一个孩子，再之后如果我选择留下，她便带着我们的孩子离开，并会给我一大笔钱，以及另外持续支付我们全家的生活费。条件是我不许犯罪、不许吸毒、不许离婚。倘若她破产，那么婚姻也跟着宣告终止，我还会再得到一笔保险金。而如果我不能为其带来一个孩子，则合同作废，这就是全部。那么再看我的条件，继续留在这里生活，送给矮个子一间便利店，以及买个大房子。这件事怎么想都有些不着边际，普通人可会碰上这样的事？我觉得一定有，但其概率恐怕低之又低，如同某颗小小的陨石正巧穿过窗户掉进厨房水槽。而既然让我碰到了，就像我对矮个子说的，要玩就玩得更过瘾一些。至于能有多过瘾，就要看明天老馆长的反应了。

重新梳理过整件事，我好歹镇静下来。咖啡喝完了，威士忌却依然在我双腿上睡得香甜，于是我没有动，就让它继续睡吧，我想，希望它能梦到吃不尽的小鱼干在它身边自由生长，翠绿的青草像软垫子一样铺满大地，太阳则一年四季都洒下暖洋洋的光。

第二天一早我来到图书馆，打卡后照例在一楼大厅不紧不慢转了一圈，并预料之中地碰到老馆长在巡视。他背着手，神情悠闲自得，不知道听了我准备说的话他会有什么表示。

“馆长早。”我走上去说。

“哦哦，来啦，吃早饭了？”

“吃了吃了，馆长，可有时间跟您谈一谈？”

“这么快就想辞职了？”

“当然不是，但是差不多。”

听我说完，老馆长眯起眼睛看看我，又看看大厅，最后将一根手指伸到我面前，指了指天花板。我点点头。随老馆长来到他的办公室，他将我让到会客沙发里，自己搬了个凳子坐在我对面。明晃晃的阳光从窗户照进来，将我和老馆长的影子投在墙上，仿佛两座形状诡异的盆栽。

“说吧，什么事？”老馆长说着搓了搓手，似乎还没有听到我要说的事，就开始忙着想对策了。

“上次您不是说，这里迟早要关门么。大约会是什么时候？”

“明年吧，或者后年，最多也不过三年。我已经快七十岁了，早就该退休了，只是为了这个图书馆一直想办法拖着，但似乎就快拖不下去了。”

“如果您退休的话，这里会怎么样？”

“书会被卖掉，员工嘛，就是遣散啦。”

“所有的书？”

“是啊，一部分有价值的书也许会先被行家抢走，这些家伙只要听到风声动作都很快的。一般的书就沦落到市集去了，不值钱。话说你问这个干吗？”

“觉得可惜。”

“是可惜，不过这年头来图书馆看书的人少啦，大家一股脑儿钻到网上去，剩下这些又沉又厚的书没人光顾。关键是看完还不属于自己，总得还回来。现代人有谁会为了不属于自己的东西跑来跑去？”

“的确是。”

“你能来上班我很高兴啊，像你这么年轻的人都没人愿意来这种地方工作。哎，不过现状就是这样。你有什么想法？”

“想法是有一些，但不知道能不能实行。”

“说说看。”

“我想把图书馆买下来。”

老馆长听我说完，无论是表情还是身体都没有丝毫动摇，只是愣愣地盯着我，我却觉得空气一下子凝固起来，有点不敢相信自己真的那么说了，除了一动不动坐在那里，不知道还能怎么反应。这么僵持了大约两分钟后老馆长站起身，背着手走向办公桌，漫无目的地摸摸桌上的笔筒，又摸摸茶杯，又停了一会，才终于走回我这里。

“喜欢书？”

“谈不上喜欢……只是从上学的时候就想毕业后要在图书馆上班，与其说喜欢书不如说喜欢书的味道，每天都想在一大堆书里待着，倒是不一定看。”

“就因为这个才要买下图书馆？”

“这倒不是，理由嘛……因为我能买？只是偶然有个机会，也许可以让我……想干吗就干吗……反正喜欢书的味道……”

“嗯……”老馆长听完我的解释似乎理解了，可又似乎没理解，“可以想干吗就干吗，所以要买下图书馆。”我分不清他这是在自言自语还是在跟我说话。

“只是一时想起来，也许自己能为图书馆做点什么，至于怎么做还全无头绪。”

“你有这想法，作为一间不知什么时候就要被迫关门的图书馆馆长，我实在是很感激啊。不过买下图书馆本身有点困难，这里又不是私人住处，没那么简单，买下所有的书倒是更容易，但你这个理由嘛……毕竟是想干吗就干吗，你就不想买点别的东西？比如周游世界？年轻人就不想多出去看看？”

“我也多少想到了，肯定不可能直接买下这栋建筑，只能先从书本身开始着手。至于周游世界，的确很诱人……但那样的计划于我来说还有些模糊，眼下没什么实际的概念，所以暂时想不出有什么必要。但我的确很喜欢闻着书的味道睡觉。”

“真是因为这个？”老馆长的两条眉毛用力拧在一起，若不加以阻止，也许会在额头那里呈九十度角翘起来。

“嗯……目前来说就是因为这个，就当是在我能做到的范围内，替馆长去保护这些书吧。如果书们就这么消失了，馆长也一定会觉得难受吧。”

“那是当然了，几十年了，每天就在这里看着它们，要说没有感情那肯定是假的，而我又没什么办法能阻止这件事。现在你这么一说，倒觉得也许这个方法可行，无论你的初衷是什么。自私点说，我很高兴你能在我退休后把这些书保存起来，替我看着它们，不过对于你来说，这也许是笔不小的数目，你真愿意把钱花在这上边？”

“愿意，反正我也不知道自己究竟想要什么，目前来说馆长是我认识的人当中唯一正因为某件事情而发愁的人，如果我能替馆长解决这件事情，也算是能把钱花在有意义的地方，这样就很好了。”

“好，既然你这么说了，我也不方便问你钱是哪来的，可你要把这些书放在哪儿？总不至于放在家里吧，书这东西很娇贵，要通风要干燥，如果是仓库之类的就不太好保存，没那么容易收藏。”

“这个馆长不用担心，保存书的地方正是我下一个要解决的问题。”

“好，那就这样，马上把书都搬去你那里毕竟不太现实，你先去搞定地方，我继续经营这里，等到某天真要关门了，我自然会替你争取到优先权，让你第一个全部买走，如何？就算是你接任我继续保管这些书。”

“可以，谢谢馆长。”

事情就这么顺利地，或者说意想不到地发展着，而我不觉得老馆长是在敷衍我，同时我也能看出来，他还没有下定最后的决心。也许他还没有对图书馆的未来做出任何实质性的准备，至于理由，也许是不想，也许是不忍。

Chapter 13

平凡的人自有平凡的办法

星期六上午，我在闹钟的催促下晕眩着睁开眼睛，停了那刺耳尖锐的声音，之后又眯了半个小时才奋力坐起身，此时威士忌的声音传来，我扭头寻找它，发现它正站在卫生间门口看着我。我摇摇头下床走过去，威士忌跳跃着躲开我的脚跑进卧室，我跨进卫生间。今天就要面对金籽和她那位神秘律师了，无论如何也要郑重些，我想，现在后悔还来得及，嗯……来得及？我一边想一边看着镜中的自己，算了，并没有什么需要后悔的。对，人生这么久，迟早我得为自己做出第一个决定，现在这个时机来了，嗯。我伸了个懒腰，慢慢小便，之后弯下身用冷水洗脸，冷水刺激着皮肤，同时唤醒了精神和身体。洗过脸后我抬起头再次凝视自己，况且这个事情也足够有意思，我又想。之后我很仔细地刮了胡子。

按照那个神秘律师发来的地址，我坐公交换地铁一路找过去，最后停在一栋看起来并没有想象中华丽雄伟的办公楼面前，甚至还有点土气，因为奶白色的外墙上装饰着很多古罗马样式的花纹和浮雕。金籽的公司按说应该是规模巨大、资产雄厚的家伙，怎么会选在这种三流地方？古罗马？弄这些东西上去究竟想表达什么呢？不得而知。看浮雕的时间里我连续抽了两支烟，第一支烟是因为想抽，第二支烟则是为了镇静。抽完烟我走进办公楼，乘电梯来到金籽公司那一层，根据律师的描述我很快找到办公室入口。站在入口我远远看见一个漂亮女孩坐在前台，用仿佛正在目睹世界被核武器毁灭般的表情鼓捣手机，呆滞且绝望。

“您好，我找金籽，约了今天两点来见面。”走到前台后我对她说，之后低头瞟了眼她的手机，一张说不清是什么的照片，还没看清楚就被她用手挡住了，时间显示为一点四十分。

“您好，我帮您确认一下。”她有些小紧张地说，同时翻出一张表格，对照着时间从上至下查看着，我也低头查看，很快就找到自己名字，旁边还标注着时间。

“就是这个。”我用手指向自己名字说。

“哦好，请稍等。”女孩说完持续紧张地收起表格，起身走进办公室里边。她离开的时间里我环视了一下入口，既无公司标识，也无任何装饰，几面白墙而已，但又不像临时拼凑的地方，这里有长久以来都处在工作氛围下的气息，只是无从判断其实质内容以及性质。正在我感到越发无所适从的时候，女孩走出来，身后跟着一个身形很高大的中年男人，戴着貌似很昂贵的眼镜，身上是低调却必定品质不凡的西服，没有打领带，衬衫扣子倒是扣得一丝不苟。

“您很准时，这样很好。”男人说。

“您好，您是金籽的律师？”

“是，就是我，金籽已经到了，我们里边谈。”律师说。

我点点头，随律师走进办公室。办公室里同入口一样，依然没有任何装饰，只有摆放整齐的一张张办公桌，如同严苛管理下的国家军队方阵。每个桌子后面都坐了一个人正在无声地工作，表情则与前台女孩完全一致。

律师把我让进一间略显窄小的会议室，里面有张会议桌，桌上有部电话，桌边有六张椅子，其中一张椅子里坐着金籽，除此之外再无他物。金籽见我进来微微点了点头，我也同样无声地与她打招呼。落座后，准确地说是我坐在金籽对面，律师坐在我左前方，也就是金籽旁边。我看着金籽的脸，试图读取出于今天有利的信息，但什么都没有，只有浅浅的事务性微笑挂在那上面，其他能称为表情的东西被装腔作势的冷漠替代了。金籽身后是一扇落地玻璃，外边是远处正在施工的高楼与不怎么明亮的天空。

“大家都已经认识了，那我们就节省时间直奔重点怎么样？您需不需要我的名片？”律师先开口说话。

“不必。”我说。

“那好，我这有一份合同，您先过目。”说着话，律师不知道从哪里变出两叠厚厚的打印纸来。他将其中一叠纸推至我面前，我伸手取过来，上面有 “婚姻合同” 四个字，以及一些不明所以的落款，律师手里是另一份。合同拿在手里颇有重量，如同一块刻有我名字的崭新石碑，标准A4纸大小。我翻开第一页，上面密密麻麻写满了字，还有一些待填写的空白，继续翻看后几页，只有更多的字。

“今天就要看完？”我问律师，同时看看金籽。

“如果可以的话最好是今天看完，能签完就更好了。”律师说。

我继续翻看合同，不过其内容实在过于繁杂，看了不到十页我就头疼起来。律师似乎看出了我的心思，问我要不要适当讲解一下，以求提高效率，我点头同意。于是律师要求我翻回第一页，对照着自己那份开始逐条讲解。此过程中他先是念一遍原文，然后又用白话解释一遍，之后问我是否明白，等我说明白了再进入下一条。周而复始，我一边听他说一边掂量着这份合同的厚度，要全部讲解完恐怕天都黑了。而渐渐地我对于其讲解内容开始迷糊起来，太多我没听过的陌生词汇像啤酒杯里的气泡，似乎永无止境地不断冒出来，我有点跟不上他的速度，明显感觉到效率越来越低，但对面的律师似乎完全不受任何影响。

大约一个半小时过去后，正在我皱紧眉头仔细听讲，同时又努力不让自己睡过去的时候，金籽的声音传来。

“你可相信我？”金籽问我。这是从我进到会议室以来她说的第一句话。

“？”我抬头看着金籽，这时她脸上显现出那日在露台咖啡馆约会时的表情。

“你可相信我？”金籽又问了一遍。

“相信。”我说。

“那好，你翻到中间部分。”

我哗啦哗啦翻动合同，按照金籽说的找到了那部分，在一些画有横线的地方写着数字金额。

“确认下。”金籽说。

我确认过后点点头，之后看着金籽。很多零。

“再翻到最后的部分。”她说，我照做。那里写着某些违约条款，看完后我又点点头。

“这两个部分是最重要的部分。其他部分都是些烦琐细节，你若是相信我，我们就直接跳过。条件与你看到的一样，也就是我当初说过的那些，如果对于这几处没有异议的话，我们就签字吧。”金籽说，说完看看律师，律师点点头表示同意。

“嗯……”我稍微犹豫了一下，不过除此之外眼下也没什么可说的。或者签字，或者我也找个律师来帮我重新审阅，唯此两条路。但若真找个律师来的话，最终也还是要逐条解释一番。算了，我想。

“OK，我相信你，签字。”我说。听我这么说，金籽脸上的事务性微笑消失了，转而变成略带吃惊的神情。

“你真相信我？”

“相信。没有不相信的理由。”我看着她说。待我说完过了十几秒，金籽慢慢点了点头。

“好，那就签字吧，等我去取印泥。”律师见我们意见达成一致便起身出去了。

“为什么相信我？”律师走后金籽小声问我，语气好像初中的邻桌女孩在问我能不能借她看作业。

“没有为什么，我选择相信你，就希望你也能真诚待我，仅此而已。这样的合同就算逐条解释了，我似乎也没办法弄明白，干脆就让事情简单些好了。”

“小看你了。”

“别别别，别这么说，我只是个平凡的人而已，平凡的人自有平凡的办法。我要是有那大律师的本事，也就不会认识你了。”

“有道理……”金籽若有所思地说。

这时候律师拿着印泥返回，还带来两支貌似昂贵的钢笔。我和金籽各执一支，按照律师的指点在各种地方签上名字，最后又在名字上按好手印。

“那么，咳咳，恭喜二位达成共识，也预祝二位能幸福美满。什么时候登记结婚？”

“越快越好。”金籽看着我说。

“好，那就尽快，如果星期一可以的话，我就派公司的车带二位去？”律师一边收拾合同一边说，我和金籽都表示可以。之后律师看起来挺高兴，再没有任何耽搁便拿着合同出去了。留下我和金籽二人，气氛有些异样。

“我们什么时候生孩子？”金籽见律师离开，马上伸出胳膊轻轻攥着我的手问，好像我们真的是新婚夫妇了。那份合同看来远比登记结婚重要得多。

“啊……随时吧……”我竟然有点不知所措。

“今晚住我家。”金籽说。

“可以……”

“怎么这么犹豫？”

“没有没有，只是有点突然，没什么。”

“效率。”

“OK，听你的，效率。”听我这么说，金籽攥着我的手笑了笑，那是我从没在她脸上见过的笑容，像个孩子。

“有个问题想知道……你多大？”我问金籽。

金籽没说话，只是将一根手指竖起来放在嘴唇上。

后来发生的事情，与其说是到金籽家过夜，不如说我突然就开始了一段与富家女的奢侈同居。好像玩水滑梯，自己还没想好该用什么姿势入水，就突然吐着气泡沉了下去。自签合同那晚开始，此后大半年我竟然都跟金籽生活在一起，连我自己都觉得惊讶，而不光是我，威士忌也过上了恐怕连它也无法想象的富豪猫生活。

在公司签完合同，我与金籽回到一处近郊的独门别墅，具体有多大我说不好，佣人数量倒是能把握，粗算应该在十五人到二十人，这还不算室外的园丁和厨房里的厨师。整体装饰很简约，但我想每样东西都一定很贵。那晚回到别墅后，金籽让我在客厅稍作休息，她自己离开了大约十五分钟，之后我们就躲进了金籽房间，金籽说要尽快履行合同，而我的首要任务就是令她怀孕。所以那晚房间外边发生了什么我不是很清楚，倒是第二天中午，当我从床上醒来后发生的事情更令我不可思议。

一个不认识的家伙——也许是佣人——在外面敲门，待我同意后他走进房间，报告说我的东西都拿来了。我说什么东西？他说是我家的东西，包括一只黑白花的公猫。威士忌？我问他东西在哪儿，他说就在楼下，我马上穿好睡袍跑出别墅。果然正门停着一辆不大的厢式货车，三个搬家工人模样的男人站在车前面，其中一个手里提着猫包，威士忌正在里面呜咽着不停扭动。

“谁让你们搬的？”我问工人。

“金女士说的。”工人理直气壮。

好吧，我摇摇头走回别墅内，却寻不到金籽。问过佣人后得到的回答是，金籽一早出去工作了，下午才回来，我只好给她打电话。

“喂喂，你怎么把我家搬来了？”我坐在金籽房间里的卫生间马桶上抽着烟问她。这卫生间居然比我自己住的地方还大，并且我对面墙上还挂着一台目前为止我见过的最大的电视。

“本来想征求下你的意见，不过看你不起床就擅自决定啦。反正要开始履行合同了，你跑来跑去也是麻烦，就暂时住在这里吧，你的东西有多少？”

“东西倒是没什么，那边的房子怎么办？话说你怎么进去的？”

“这些你不用操心，有人去办，你只管收拾自己的东西。我隔壁的房间已经安排好，你把东西弄进去住下就行，我不太习惯两个人每天都在一起睡。哦对，你房间对面还有一个小间，是给猫住的。我先忙啦，晚上说。”电话挂断。

给猫住的？

挂掉电话后我又跑回外面，拉住一个正在卸车的工人问：“你们的金女士都安排好了？”“安排好了，”工人说。“猫也安排好了？”“安排好了。”工人说。我只好慢慢退开，看着工人从车上搬下我的书、我的衣服、我的电脑。这期间我抽掉一根烟，想着反正没事做就决定上去帮忙，结果工人说这就算结束了。我回头看了看身后的独门别墅，又看了看摊在地上的衣服和书……倒也方便，我想。

搬家作业结束后，我关上房间门，坐在临时居所的床上给老馆长打了个电话。

“馆长好。”我说。

“哦，休息日打来电话是有事情吧。”老馆长在电话那边慢条斯理地说。

“是，一段时间内可能无法上班。”既然老馆长问了，我便如实相告。

“嗯……可与买下图书馆有关？看来是情非得已的状况吧。”

“可以这么说，但事情还不明朗，有机会的话一定当面解释，不过目前好像不是我能把控的局面。所以……”

“没关系，年轻人总会有这个那个的状况，尽可以理解。不是跑到警察局去了吧？”

“那倒不至于。”

“那就好，反正你在我这里也没什么事情做，去忙你的吧。”

“谢谢馆长。”说完我等着老馆长继续说话，结果那边先挂了，我也只好放下手机。放下手机后我顺势躺在床上盯着天花板，陌生地方的陌生天花板，充满奇妙的违和感，我想。

就这样，我在金籽家的大别墅里得到了一个房间，面积大约是我整个家的三倍，有大而柔软的床，有浴缸对面挂着电视的独立卫生间，甚至还有个微型厨房，琉璃台上放着电热水壶和几只杯子，冰箱里则塞满了啤酒饮料。但这里不太能做饭，因为每日三餐都是送到房间来的，根本不用我动手，而窗外则是一大片草地，甚至还有条河。威士忌就住在我对面，房间地上是厚绒毯，墙角摆着几个大型猫爬架，到处散落着数不清的小玩意儿。还有专人伺候它吃喝拉撒，并且所有食物都是进口的，每三天还有一次鲜鱼肉和虾吃。这家伙吃完就倒在绒毯上睡觉，睡醒了便去猫爬架那里上下翻飞着运动，之后再去吃。有时候我进去和它玩，它却似乎已经不太在意我这个存在了，倒是和每天送饭的家伙关系不错。

不管怎么说，这半年我和威士忌幸福地……完全不知道自己在干吗，纯属麻木但奢华地消耗时光。眼见春天稍纵即逝，夏天带着酷热降临，园丁们忙于摆弄院子里的花草树木，窗外河边也开始有人在树荫下悠闲地钓鱼。我对于时间的把握越来越生疏，对于生活的感知则变得像软绵绵、黏糊糊的提拉米苏。甚至有一阵子我整天只需要穿着睡衣就好，连日常衣物都不需要了。于我来说，开始的两个月只是吃饭、睡觉、和金籽上床，基本上只做这三件事，因为金籽总缠着我不让我出门。后来金籽成功怀孕，我也算是将合同成功履行了一个开头，于是连上床都省了，每天只是吃饭睡觉。由于没什么人可以说话，无聊了我就待在威士忌的房间里看书，有时候则干脆睡在那里。偶尔出门散心，自有司机用叫不上名字的豪华轿车接送。金籽几乎永远都不回家，有时她会忙于工作不知道住进哪间酒店，有时则会飞到父亲那边检查身体，虽然这边也不时有私人医生上门，但据说大的检查项目都要其父亲陪同。总之，我渐渐陷进这栋独门别墅的奢华陷阱里，甚至还从园丁那里学了些种花的技巧，但除了令金籽怀孕以外，我这半年可谓一事无成。威士忌倒是收获了不少，这家伙体重直线上升，比来时胖了一圈，有时候我觉得威士忌也许比金籽更需要医生。

至于我和金籽的爱情……一开始我以为会有的，但事实证明的确是没有的，纯交易。也好。

当半年时间就这么被我荒废过去后，金籽有了一项提议。那天是个周末，气温不高不低，天气不好不坏，吃过午饭我正在屋顶露台的凉棚下看书，一部钱德勒的小说。当时我正思索着书里到底谁是坏人，金籽慢慢走上来找我，那时她的肚子已经因为怀孕明显凸起来了。

“下周，我准备回到父亲那边工作了，也准备为生下我们的孩子做准备。”说着她慢慢坐在我身边。

“好，需要我做些什么？”

“那倒没什么。没有意外的话，也就是说，在基本上可以判断孩子能正常降生的前提下，可以开始履行下一步合同了。也就是给你物色可以独自经营的便利店送朋友，另外再给你准备一间你需要的房子。”

“我可以离开这里了？”

“当然啦，又不是监禁你，你随时可以离开的。但如果你想在这住到自己的房子准备好也可以，毕竟原来的房子已经退掉，你现在搬出去还要自己找房，我觉得没什么必要。”

“有道理……那么，这些计划你走以后我继续和那个律师谈？”

“是，其实他已经开始行动起来了，便利店已经在物色中，至于你的房子嘛，找个时间把条件告诉他，让他去跑就可以了。”

“这房子的预算是多少？”

“目前为止上不封顶。”

“还真是大手笔。”

“谁让你是我家的丈夫，总不至于让你凑合住到那些廉价公寓楼里。”

“好好……其实，对于房子我是有些想法的。”

“说来听听？”

“有次我路过一个地方，那里正在建一栋商用楼，也许是个商场或者购物中心什么的，几乎完工了。”

“在哪儿？”

“啊……我说不太好，一会儿可以查查地图。”

“那倒不用了，接着说。”

“我想住在那里的顶层。我的意思是说，整整一层，可能拿下来？”

“你要住在商场里？”

“对。”

“那地方能住人？你想要的话这间别墅都可以送给你，何苦要去住商场？”

“我有我的理由。”

“嗯……”

“我不用整个商场，只要最上面一层。”

“那可以考虑，毕竟也算是某种投资……”金籽低头盘算着这件事的可能性。我站起身走到露台另一侧点起烟，看到远处河边有个家伙在钓鱼，但他一定睡着了，因为鱼竿都倒在地上，直到我抽完烟那家伙竟然一直半躺着一动不动。

“喂。”身后传来金籽的声音。

“哦哦。”我一边回答着一边走回她那里。

“我觉得可以考虑做一次小投资，但公司主业毕竟不是房地产也不是经营商场，所以希望那里不是很大。”

“的确不算很大，属于那种比较分散的购物街，这里一栋那里一栋的。”

“好，那你把位置发给我，我和律师商量一下。”

“OK。”我说。

“下午什么安排？”这件事告一段落后金籽问我。

“目前没有，你要去上班？”

“是，上午休息过了，下午要去处理些事情。话说，你可想跟我一起回去？回去父亲那边，还可以看着咱们的孩子出生。”

“嗯……目前没有这想法。倒是希望能看到孩子出生，不过我对孩子依然没什么概念。”

“好吧，还有时间，你可以慢慢考虑。”

“OK。”我说。

谈话到此结束，我继续坐在露台上看书，金籽则要准备洗澡化妆然后出门了。她离开的时候，我回头看着她慢慢走下一段矮楼梯，之后闪身消失在房门口，随后一个女佣人拿着冰桶和饮料出现在那里，她看着我这边，我摇摇手，佣人便也消失在楼梯口了，我继续看书。平静下午的平静时光，那是我最后一次看见金籽，也是最后一次和金籽本人说话。而最终我也没看出钱德勒书中的坏人到底是谁。

Chapter 14

一头扎进我的天堂

金籽离开后，我在这大别墅里又住了一段时间，懵懵懂懂几个月。这期间我以为此事即将告一段落，自己也有了步入新生活的心理准备，可事实上我却没有向前行进多少，基本上自身仍处于停滞阶段，好像平静湖面上没有鱼上钩的沉默水漂，终日在一片宽广的无可奈何之中摇摆不定。可生活虽然在表面上看来一如既往，但这期间也的确发生了几件事。

第一件事是我的孩子，姑且算我的孩子，在某个遥远的陌生国度健康诞生了，还是个男孩，于是处于泥潭窘境的我在这世上便多了个儿子。金籽在邮件中说孩子的名字是金子，简直是笑话，金籽的金子？但我在这件事上没有任何话语权，管他是金还是银还是铬锰钴镍氟，反正我也不懂这些，总之这将是个也许永远都无法与我相见的我的孩子，交易的产物，人形利益，而他的名字居然叫金子。另一件事是我的房子搞定了，律师办事可谓神速，当然这也得益于金籽家财力雄厚。他们十足不可思议地，的确为我买下了那栋商业楼的顶层，整整一层，大约有……数千平方米，也或许是一亿平方米，没什么概念，对我来说只要足够大能装下一座图书馆的书即可，而且是我的名义，也就是说即使金籽家破产这地方也属于我。之后是答应给我的一笔钱也已经入账，数目大得惊人，马上全款买下一套新房子都绰绰有余，并且我也真的马上买了一套新房子给父母住，老房子则拿去出租，这样加上金籽每月汇来的额外生活费，父母的生活则无须再发愁。最后矮个子的便利店也搞定了，它位于我父母家附近某商业街区的一个转角，在一栋办公楼下面，属于顶级地段，矮个子全权拥有那里。新店铺新员工新渠道，矮个子再也不用半死不活地戳在柜台后面发呆了。现在他忙得要死，整天缩在冷柜后面的办公室里算这算那，但他很高兴，他甚至说自己就是为了开便利店而生的，还给自己起了个很冷的外号叫Convenient Store Man（便利店男人）……

至此，在金籽家公司不破产的前提下，我们双方都履行了自己的义务，剩下的唯有带着婚姻这个虚伪壳子各自独立生活下去。

待这一年元旦过后，我的新家装修完毕，同时商业楼也紧跟着开业。因为我是整个顶层的拥有者，开业那天还把我叫了去，没有任何实质性活动，只是出于礼貌或说尊重，在现场他们给我找了个既不是很显眼、又不会很冷落的座位让我坐下，之后便是冗长的我不认识的某些地产大亨轮流上台讲话。所讲内容虽无一不乏味空洞，但又各有千秋，我实在是佩服他们的能力，究竟是从哪里搜罗了那么多既无任何意义、又十足冠冕堂皇的辞藻来呢？如果抛开个人偏见只评价这本领自身的话，我真觉得他们颇具某些天才的素质，但至于说那素质对这世间有什么益处，也许就另当别论了。

此间商场地下二层是停车场，地下一层是高端超市，主营进口食品和家居杂货，地上一层至三层是普通商场，乱七八糟的服装店和快餐充斥其中，还有一些说不清是国外品牌还是国内品牌的咖啡连锁，外加一座电影院，四层至八层是办公楼，因为有门禁限制我无法一窥究竟，九层则是一堆莫名其妙的管理部门，我的家则位于十层。而金籽的律师倒也想得周到，与他交接钥匙和房产资料时我才得知，除了房产本身外，我甚至还拥有一部宽绰的私人电梯，指纹控制，能从停车场直达我的……房间门口。那可是一间数千平方米的房间，每每想到这里我就不由得发笑，这下可以在家里骑自行车了，不仅仅是骑，看那距离想要从房间最里边到达电梯口还真得认真骑一会儿。所以为了方便，我买了两台小型电动汽车放在家里，权当室内交通工具，我可没那闲工夫每天在家里骑自行车。

至于如何利用这么大的空间，我是这么安排的：首先卧室在最里边，紧邻一整面玻璃墙，而其他的诸如卫生间、洗澡间、杂物间以及厨房等全部围绕卧室展开，并且全部为开放式，只用能移动的薄板子随意隔开，于是这些配套房间的样式就可以按心情随意组合了，我管这里叫居住区。不过这当然消化不了多大地方，所以我在居住区前面又弄了两百多平方米的人工草坪，草坪上摆着三座由实木架子和废弃油桶组建的巨型猫爬架，不明所以的人看了一定会认为那是某种现代艺术装置，但它的确只是个猫爬架。除此之外还有个将近五十平方米的沙坑。对，这里将是威士忌的地盘。你无法想象当威士忌看见五十平方米的猫厕所后到底有多开心，连叫声都变得昂扬顿挫、信心爆棚，虽然我也学不出来，总而言之，这里是威士忌区。至于剩下的地方，在将图书馆的书们搬来之前我没有什么想法，一度我曾想将它们全部漆成黑色，或者红色，或者一半黑色、一半红色，不过又觉得有点恐怖，最终统一用了白色。以至于我每天在居住区睁眼醒来，扭头面对这数千平方米的纯白空间，都好像生活在有威士忌跑来跑去的纯白天堂里，而天堂对面还有部电梯，这景象很有意思。有时候我会坐在草坪上盯着那部电梯，想象着奇怪的生物打开门走进来，有时候我又会坐在电梯门口反过来审视遥远的居住区，那看起来就像天堂中一块巨大的污点。

当所有家居全部到位以及处理完剩下的细节，比如从楼下超市商场自己买来锅碗瓢盆衣架挂钩等之后，第一个与我分享新家的是矮个子。本来我没有任何叫别人来做客的打算，但矮个子无论如何都要感谢我送他便利店，我只好答应他。

他来的那天已经临近春节，外面冷得一塌糊涂，宛如一座巨大的生鲜卖场。钻出停车场见到矮个子后，我们先各自点起烟，站在楼下抬头看了会我那一层的窗户，矮个子嘴里不断发出啧啧啧的声音，那时的他还无法想象我家里是什么样子，只知道很大，相当大，特别大，而我也没事先说明。抽完烟，我们去地下超市采购了相当高级的火锅材料，其实只需要一些肉和蔬菜，以及我最爱吃的豆腐，但那是进口食品超市，所以我们的食材无一不贵得要命。除了吃的，矮个子还挑了几瓶洋酒外加一大瓶香槟，说是庆祝用，并强烈要求今天所有费用都由他一人承担，我没反对，只是最后结账时那金额吓了他一跳，我在一旁偷着笑，全程目睹他噘着嘴把钱交了。而当电梯升至十层打开门后，矮个子的反应基本与我想象的一致。天堂啊！！他说。

坐上电动汽车，我们用时速大约十五公里的速度抵达了居住区，其间还透过整面落地玻璃歪头看了看夕阳。在矮个子又感叹了无数次这里简直是天堂啊！之后，在厨房里我忙着刷碗洗菜，矮个子则和威士忌在人工草坪上开始了徒劳的赛跑。结果以威士忌不知去向、矮个子划破手掌告终。

天完全黑下来，涮肉局也准备停当，我们坐在窗前悠闲地各自喝着酒，吃起热腾腾的火锅。矮个子说他从没在这么高的地方看着外面吃过火锅，好像是浮在半空中煮白菜，我说我也是。

“你这里真是棒极了，棒极了！”矮个子说，手上还贴着创可贴。

“还好吧，不过地方再大，我也就能用上这么一块而已。”

“这里风景好，嗯，风景好，还能开电动汽车。”

“那玩意儿你想要我送你一台好了。”

“算了算了，我没地方开。话说你为什么要住到这里来？”

“因为我后面还有其他计划。”

“其他计划？要不要我在你这里开间便利店？”

“……那倒不至于，关于我的其他计划嘛，过些日子你就知道了。”

“透露一点点？”

“哈哈，我也想，不过目前来说，我也不太知道会怎么发展下去，走一步看一步。”

“好吧，既然已经住在这样的地方，你再干出什么也都不会更奇怪了。”

“哼……话说你女朋友怎么样了，怎么没一起来？”

“分手啦。”

“嗯……你有了自己的生意还分手？”我捞起一大块肉放进自己碗里后说。

“就是因为有了自己的生意才分手了。我每天忙啊忙，想让她帮我一下，但她除了抱怨我不能陪她玩以外，就是坐在旁边盯着我干活，有时候都给我盯毛了。于是我就跟她谈，我说希望你能认识到，现在不是给人打工了，是自己创业，玩不是不可以，但能不能偶尔也帮我一把，哪怕只是人手不够时去外面招呼下客人。结果她就一生气离开了。”一边发着牢骚，矮个子一边从碗里捡出块没煮透的白菜帮子扔在桌上。

“嗯……”

“那我就觉得，既然如此还不如自己来，何必呢？”

“也是。”

“我现在一个人挺好，想出门就出门，想喝酒就喝酒，说来说去还有什么比自由更棒的。”

“不至于说不自由吧……女朋友有时候就是那样啊，哄着点。”

“是，有时候是那样，但也不至于天天那样吧。管这个管那个，你说她们怎么就那么爱管着别人？”

“哈哈哈哈哈，那你只能问她们去了。”

“算了吧，哄不过来就无须再哄！”

“哎哎……”

我与矮个子喝着酒吃着火锅，将诸如此类的谈话进行了两个多小时，基本上都是矮个子在向我讲述新生活的各种改变，牢骚多于肯定，但从他那些纠结的抱怨当中，我也听出他是真爱着分手的女友，以及自己经营的便利店。直到我们吃饱后矮个子建议开香槟，我才得以从他的抱怨中解放出来，看来是憋了好久。

从冰箱取出香槟，我们叉开腿郑重其事地站在草坪上，面对眼前被日光灯渲染成一片耀眼白色的人造天堂，矮个子摆好架势，“嘭”的一声把酒打开，眼看着瓶塞越过草坪飞出去。威士忌不知从哪里突然蹿出来，并紧跟瓶塞划出的抛物线一路狂奔，直追到天堂某个角落里将其制服并据为己有。这让矮个子笑了好久，说我养了条看起来是猫的狗。

香槟喝到一半，已经将近深夜两点。矮个子明显喝多了，半个多小时的时间里，他在沙发与草坪之间手舞足蹈就是停不下来，就连威士忌也察觉到了这一点，远远躲在草丛里不敢靠近。而这样的矮个子却坚持要回家，我说这里地方这么大，你直接睡觉好了，但他坚持的理由是明天还要开店，我无法反驳，只好硬着头皮将他带到楼下，并招来出租车。直到他坐进已经发动的出租车里夸张地向我挥手告别，这场醉酒火锅局才得以告终。

第二个与我分享新家的是我父亲，他的到访可比矮个子那次严肃多了，时间是春节前两天。一开始他只是在电话里问我，过年那天要不要跟他们一起开车去郊外亲戚家，我说懒得回去，想独自在家清净，你们自己出去吃喝好了。父亲同意，但无论如何都要在春节前见我一面。碍于春节懒得与他们同行去郊外这件事，我也就不好再拒绝他，其实我并不是拒绝父亲来，而是他来了一定会对我住的地方表示疑问，我又懒得解释。果然，从我下楼接他开始他就觉得奇怪，问我怎么会是商场而不是小区，乘上电梯后又问我为什么这电梯只有上下两个按钮，当电梯门打开后他简直惊呆了，以至于站在电梯口沉默了好久，才慢慢问我家在哪，我说家就在这，你已经到了。他当时板着脸，久久不愿踏进来，也是情有可原，看着白净晃亮的天堂区，无论如何他也无法把这里和家这种东西联系在一起。我只好沉默着开启电动汽车让他坐上来，一边看着他的目瞪口呆，一边尴尬地将他带往居住区。而路过威士忌区的时候，父亲的表情俨然是突然跳进了侏罗纪公园。等终于能在卧室前的沙发上坐下，并喝上我给他泡的热茶，父亲才多少松了口气。

“你这地方花了多少钱？”父亲一边不安地环顾四周一边问。

“不知道，总之你介绍的那家人相当有钱，眉头都没皱一下就能买下这里。”我给自己开了个橙汁，说着话坐在父亲边上。

“那你又干吗要住在商场里？好房子多的是，你给我们买的那套就不错，你也可以住到那样的正常房子里。”

“嗯……因为这里买东西和看电影比较方便。”

“胡说八道。”

“……”

“你空着那么一大片地方，以后干吗用？还要开商铺吗？”

“那倒不是，只是暂时留着，以后还有别的计划，但不是开商铺。”

“你看那一大片，惨白惨白的，瘆得慌。”

“行啦，以后就不瘆得慌了。我妈怎么没来？”

“你妈去买菜了，准备过年晚上去你姑姑那做饭呢。”

“哦。”

“幸亏她没来，看见你住在这么个地方回头再吓着她。”父亲说完又看了看四周，然后掏出手机开始四下拍照，说是要回去给我妈看，先让她有个心理准备。我在他拍照的时间里铲了猫屎，又给威士忌添上新的水和猫粮。

等我忙活完了，发现父亲并没有坐回沙发上，而是转悠到卧室里，正一动不动看着窗外，我也走过去。冬夜里的街道十分冷清，路灯下一个行人也没有，只有掉没了树叶的枯树枝在寒风里依旧显得精神抖擞。

“所以这就是你的选择了。”父亲说。

“是的。”我说，我知道父亲所指并非我的住处。

“人生第一次自己做出选择，感觉怎么样？”

“……妙不可言？”

“我与你母亲的婚姻可不是这样，我们那个时候……”

“知道的，关于这点，我明白。”

“嗯，明白就好。值得？”

“谈不上值得，就当是学习了，也算是体验了一般人没有的经历。”

“这样的经历一般人的确没有，所以我和你妈也没什么余力或经验可以帮到你，你觉得好就好。话说那姑娘其实不错，她给你的约束是什么来着？不许犯罪、不许吸毒、不许离婚？很好，完全可以理解，换作我也会这么要求你。”

“……不用你们说，这些常识性的事情自然会遵守。”

“嗯。以后怎么办？”

“还不清楚。”

“那就慢慢想吧，无论如何你的家还在这，你也没有选择跟着姑娘远渡重洋跑去外国，那就自己好好生活。无论这件事对你产生什么影响，我和你妈都支持你，以后万一有什么差错就回家来，至少有你睡觉的地方，也有你口饭吃。”

“谢谢父亲。”

“什么时候能见见孙子？”

“那恐怕不太容易。”

“还健康吧。”

“应该没问题，毕竟是那种环境……家里佣人的数量比咱家人都多，又有私人医生之类的跑前跑后照顾着。”

“好好，那就好，有机会要个照片来看看。”

“明白。”

我与父亲这样谈了一会儿，八点多的时候父亲说不早了，要回去，我也没强留，便送他出去。路过威士忌区他看到正在睡觉的威士忌，父亲问我这猫叫什么，我说威士忌，父亲摇摇头没说话。到了楼下我帮他叫来出租车，上车后父亲没有马上关门，而是对我说，寂寞的话离婚也没什么，毕竟是这个时代了，咱家也不差那点生活费。我说好，不强求。父亲听我说完点点头，关上车门离开了。

除夕那天早上我很早就醒来，拉开窗帘坐在床边抽了会烟，又看了会楼下大街上七零八落的寂寥行人。大家都回家过年去了，城市正被一阵淡然冷清的气氛所包裹。我想象着异乡人大规模举家迁移出这个城市的样子……好像湍流不息的深色河水正奔涌至看不到尽头的远方，带着翻滚的泥沙和悲壮的宿命，一路拔起粗壮的树木，击碎成吨的巨岩，最后以死相拼汇入南方的平原与大海，大约就是这番景象。但我眼下这座孤零零的城市，此时却全无半点这样的热烈气氛，随着人潮退去以及大规模冷空气袭来，这座北方城市方显出其原本的面貌，慵懒，沉着，又有点不屑一顾，就连往日回响在耳边的微弱噪音都减轻了。因为商场里一半多的店铺都早早贴出了放假通知，只有超市还在照常营业。只要超市在就不愁没饭吃，我想。一边想着我一边裹紧被子，看见远处几阵粗大的白烟正从不知什么地方升起来，给下面楼群盖上动荡不安的阴影。

正式决定起床后，我随便洗漱一番，套上外衣乘电梯下到超市，想在其他人把食材抢光之前先早早捞点，而事实证明我的判断是正确的。不过上午十点，超市收银台那里就排起了长队，一半是家庭主妇，另一半则像是年前没时间采购的上班族，剩下的都是老头老太太。我从入口挤过热闹的人群直奔半成品柜台，扫了几样腌制好的肉类，又去蔬菜架子随便抓了些可以做配料用的新鲜菜，之后不知道还需要什么，就推着购物车随便散步。后来突然想到家里并没有饺子，而今天该吃饺子，于是又入了两袋速冻饺子。买好饺子后竟然跟着思路大开，紧接着又入了一桶鲜橙汁、一大段进口香肠、一整只烧鸡、数袋薯片、两小块蛋糕、一条烟、几袋酸奶和两瓶智利红酒。冲动购物，实属冲动购物，我想，不过这样春节假期就不用担心没有吃的了，我又想。也好。

回到家我把买来的东西分好类，慢条斯理将它们拿去各自该在的地方，又逗了会威士忌，临近中午时就着橙汁吃了半只烧鸡权当午饭。吃饱后我开着电动汽车在天堂里转了会儿，还给矮个子打了个电话，我问他今天可有安排，他说正在亲戚家打麻将，手感正好，我说那就继续吧，想必这麻将局是要持续到第二天一早了。电话挂断，我继续开车。大约半个小时的时间里我抽了五根烟、喝了两听啤酒，又感觉在家里酒驾累了，便将车随意停在卧室旁，接着脱掉衣服滚进了被子。半躺着从床边书架随机抽出本书，哦，村上龙的《昭和歌谣大全》，几个混账少年与不着调的老奶奶之间的战争，就它好了。决定后我摆好烟灰缸，斜靠在枕头上开始读起来，可只看到第一个少年死掉我就迷迷糊糊睡了过去。一定是因为被太阳光烤得太温暖，或者也许是连干了两罐啤酒的原因，总之我睡得很迅速也很沉，再醒来时已经是傍晚。

光着身子立在窗前，我把额头紧贴在玻璃上，看着寒风卷起地上的垃圾，将它们推送上光秃秃的树梢。楼下远处偶尔响起的爆竹声告诉我，一年一度的全民亢奋夜即将到来，今天晚上所有人——包括我——都会被莫名其妙地卷入一种令人无所适从，但又不十分尴尬，且是群体性的、大众的、带有些微紧迫感的，盲目又感动的迷之兴奋当中。哪怕只是孤身一人也不可避免。

天色彻底变黑之前，我拿出一袋饺子煮了，还煎了些香肠，然后坐在沙发上一边看美剧一边吃，又喝了小半瓶矮个子做客时拿来的伏特加。待我慢慢吃完饭，歪在沙发上美剧也看腻了，大约晚上十点钟的时候我穿上外套乘电梯下到停车场。不愧是除夕，这里居然一辆车都没有，我看着空旷昏暗的巨大停车场，想象着亚马逊丛林，沉寂，潮湿，危机四伏，唯一的区别是没这么冷。走上地面，一阵突如其来的冷风吹在脸上，迫使我眯起眼睛低下头，快步摆脱了楼与楼之间的风口，拐上开阔的马路。

站在路边我左看看、右看看，这才想到我只是一时兴起下了楼，其实并没想好要去哪儿，有点气馁，有点糊涂，看来我已经陷入了那阵迷之兴奋当中。好吧，此时此刻再多想也是徒劳，我随便找了个方向迈开步子，开始在街上溜达。时不时有行人与我擦肩而过，无一不紧张兮兮地飞快行走，看来都是要赶着回家过年的。这时四周的空气里已经有了淡淡的火药味，远处鞭炮声四起，一部分按捺不住的家伙已经等不到夜里十二点，他们走上街头提前开始了庆祝。我感受着所谓的年味，任凭双脚引领我走过一栋栋死气沉沉的办公楼，大门紧锁的咖啡厅，无人的车站，来到一片我不曾踏入过的住宅小区附近。

这会路边的小饭馆都已经停止营业，只有两间看起来颇为豪华的大型餐厅门口停着车，想必里面塞满了正在吃年夜饭的陌生家族。我慢慢向小区里走了几百米，一个水果摊和一座电信营业所隐没在黑暗当中，显得既冷清又破败，再往远处看，就只剩路灯洒下昏黄的光，安抚着地面干枯的落叶，其他一片荒芜。究竟跑到这种地方来干吗，我想。这时心脏那里一阵剧痛毫无防备地传来，迫使我紧走两步找到一面墙靠在上面，沉重的呼吸令我突然间觉得疲惫不堪。上一次这样是什么时候来着，好像也是个冬天，那次之后再没有犯过，这次居然又来？我捂着胸口，努力挣扎着才不至于跪倒在地，灰色的哈气从嘴里大团大团地冒出来，在寒夜里兴奋地飞舞了一瞬间便消失殆尽。而当我正用仅存的理智考虑下一步该如何是好之时，就像其突然降临一样，心脏剧烈的闷痛又莫名其妙转瞬即逝了，连我自己都觉得惊讶。我用手拍了拍心脏的位置，与平日无异，又用力呼吸了几次，完全顺畅，真是见鬼了，这是某种病还是概率很小的偶然事件？抽筋？心脏那里会抽筋么？再仔细回想，上次这种情况的确也发生在冬天，哦对，是我第一次去见金籽的时候，也许还是因为低温的缘故？

我这么琢磨着，心想那还是回家比较好，至少也要尽快找个暖和的地方，不能继续停留在这个冷清小区里。于是我掉转方向快步往回走，结果刚走到大街上，就扭头看到一家灯火通明的按摩店，里面虽然看不到人影，但大厅的确被有些高级感的金色光芒所渲染，蓝红相间的霓虹灯在暗紫色的夜空下显得辉煌而耀眼。来时怎么没注意到这里？我点起烟看了会按摩店的门面，又看了看两边的无人街，大家都回家过年了，通宵营业的居然只剩下按摩店。也好，我抬腿走上台阶，推开按摩店的门。

按摩店室内简直温暖如春，这是我的第一反应，某种熏香的味道加上悠远的异国音乐，让我很快忘记了心脏的事情。站在柜台外面打量了几分钟后，我正想招呼服务员，一个貌似男领班的家伙突然从一个拐角走出来。他看见我，马上热情地小跑到柜台这里，问我有什么需要。我问："你们营业到几点？"他说一般情况下是二十四小时，但今天过年准备早些关门，而我将荣幸地成为最后一位客人，可以打个过年折。我说好。他问我想做什么项目，我说并不是很清楚，推荐一个好了。听我这么说，男领班似乎很快活地收紧下巴，小步跳跃着将我引到店内一个房间中，这里除了一盏过分华丽的小台灯外没有任何光源，我几乎是摸着黑坐在也许是按摩床的软垫子上。坐稳后男领班说按摩师马上来，具体项目问她好了，之后又快活地收了收下巴，就跳跃着开门出去了，好像一只正在咀嚼嫩草的山羊。

男领班离开后，我坐在软垫子上环视房间，除了小台灯能照亮的范围几乎什么也看不清，墙角那里似乎有个衣帽架，衣帽架旁边的墙上是面镜子。嚯，这么黑的房间里居然有镜子，我想，除此之外房间里还弥漫着某种香料味。我正琢磨着，大约过了三分钟有人轻声敲门，哦？我应声到，两秒钟后一个制服姑娘走进来。我说你好，姑娘也说你好，但房间里太黑所以我看不清她的样子，但她的腿的确很长。

“春节不回家？”制服姑娘一边放下手里的毯子之类的东西一边问我。

“嗯……我就住这附近，家就在这附近。”为了避免过于烦琐的解释我随便应付着。

“真幸福，已经吃了晚饭吗？”她开始收拾一些小巧的瓶瓶罐罐。

“晚饭倒是吃了。春节你也不回家？”

“我家？我家好远啊，没时间的话就不回去了。”

“不是本地人？”

“不是不是，这离我家十万八千里呢。把衣服脱了趴下吧。”制服姑娘笑着说。于是我听她的脱掉外衣，穿着T恤和裤子趴在软垫子上，但她说T恤和裤子也要脱，我犹豫了一下，但最终还是把自己几乎脱光了，只剩下内裤。

“我应该做些什么？” 我趴在软垫子上说。这时制服姑娘已经迅速给我后背涂满了湿滑的油，我则任凭她在我身上东捏捏、西按按。

“只要趴着就行，哦，你皮肤真好。”制服姑娘边按边说。

“谢谢。”我把脸埋在胳膊中间支支吾吾。垫在头下面的毛巾传来廉价洗衣液的气味。

“本地人？”

“嗯。”

“本地人真好，过年不用跑来跑去。”

“想跑也似乎没地方跑。你哪里人？”

“我是南方来的。”

“好遥远，并没有去过。”

“阴冷阴冷的，那边没有暖气，北方只要老实待在屋子里至少不会冻死，南方可难受了。”制服姑娘一边熟练地按摩一边说。我觉得自己俨然一个有气无力任人摆布的温热面团。

“实在无法想象没有暖气的冬天。”

“对啊，冬天还是北方好。”

听制服姑娘说完我下意识地点点头，但似乎我点头她也看不到，可接下来我又不知道该说什么，只好沉默着继续我的按摩，任凭她的手在我全身不断游走，无声传递着我凭空捏造出来的欲望。其间她会偶尔问我力道怎么样，我就回答说还不错，但大多数时间依然只有沉默悬浮在这间黑漆漆的小房间里。

过了大约一小时，制服姑娘叫我翻过身躺下，我照做。躺下后她举起我的胳膊漫不经心地揉搓着，我把另一只胳膊枕在脑袋下面，努力抬起头想看清她的样子，却发现没什么希望。

“结婚了？”揉胳膊的时候她问我。

“可以这么说。”

“那还能怎么说？”

“我的婚姻有点……不一样。”

“嗯……有孩子？”

“也可以这么说。”

“……怪人。”

我并没有撒谎，并且基本上只是按照现实情况讲出来而已，但制服姑娘似乎不太相信我。等按完两只胳膊，她说这就算结束，我说好，后来我按照她说的又冲了个澡，洗去身上的油，等我穿好衣服走出去结账时已经接近十二点。柜台里的男领班再次跳跃着出现在我面前，我用信用卡结了账，向他表示感谢，他兴奋地说不用客气，也许因为终于可以下班了，总之这家伙永远都是一副精力充沛的样子。结完账，我从他身后冰柜里要了瓶可口可乐，拧开瓶盖一口气灌下半瓶，不知不觉口渴得要命。喝掉可乐后我问他能不能坐在门口沙发上抽个烟，他说完全可以，想坐多久都行，我点点头。抽起烟，我靠在沙发上思索着还能去哪儿，男领班则吹着口哨消失在我发现他的拐角处。

再过一会儿就要到十二点了，我想，除了回家似乎再也无处可去，本就是毫无目的地出来瞎转，现在更是觉得自己被圈进了由无聊与寂寞构筑的空气牢笼。抽完烟我依然没有想出可以去哪儿，手机上却接到一条信息，我打开信息，是金籽。“春节快乐。”她写道。只有这四个字，也许是群发，我想，所以并没理会。等我把手机装进兜里，制服姑娘从店里走出来，我发现她已经换上了自己的衣服，一条很厚实的牛仔裤，外面是长及膝盖的黑色羽绒服，我也终于看清了她的样子。原来也只是个普通女孩，跟穿上制服的时候相比气氛完全不一样。

“还没走？”女孩看见我说，她有点吃惊。

“啊，抽了根烟，正在想还能去哪儿。”

“还要去哪儿？这么晚了该回家过年了。”

“是啊，不过回家也是一个人。”

“家里老婆孩子呢？”女孩问，接着坐在我身边点起烟。

“啊……都在国外，一般不见面的。”

“倒是一身轻。”

“可以这么说。”

“可以这么说……这算是你的口头语？”

“不不不，只是刚才想到这么个说法，一般不说。”

“嗯……”女孩皱起眉头笑了笑，吸进一大口烟。

“你也不着急回家？”

“我也是一个人哈。”

“你男朋友什么的……”

“男朋友？啊哈哈，我结婚好几年啦，孩子都上幼儿园了，不过他们都在老家，我在这边就一个人。”

“原来如此。”

看女孩坐在身边抽烟，我又点起一支，两个人一起抽。女孩向我这边笑了笑，我差点被烟熏了眼睛。

“出去走走？”女孩问我。

“可以啊。”我揉着眼睛说。

那晚我们一边听着爆竹声穿梭于天际，看着楼下路灯前飘过一阵阵淡蓝色烟雾，一边裸露着身体无比放肆地激烈结合在一起，从沙发到卧室，最后开上电动汽车一头扎进我的天堂。这之间我们都没问过对方名字，我们甚至连交谈这件事都忘记了，只有汗水与荷尔蒙以及对方身体的味道，充斥在这几千平方米的冷清空间中。当我们精疲力竭地返回卧室，各自抽着烟，旧历新年第一个暗淡清晨也悄然到来。此时已听不到爆竹声，唯有寂静连接着我们与索然无味的外部世界。我眯起眼睛望着远处楼宇间升起的太阳，好像一个干瘪的橘子，之后几乎用尽最后一点力气勉强打了个哈欠，眼泪流下来。女孩问我是不是困倦了，我点点头，于是她起身收拾身边的烟灰缸和酒瓶，我扭过头看着她裸露的身体渐渐染上朝阳的金色，她则毫不在意地给了我一个微笑。

收拾完毕，女孩回到床上与我紧紧抱在一起，我拉过被子把两个人盖在下面，她的味道弥漫在我依然有些兴奋的身体与她之间。沉默着抱了一会儿，我闭上眼睛准备睡去，她却在我意识即将涣散之前轻声问道:“还觉得孤独？”“打破孤独的方法唯有奋力拉近我们之间的距离……”我随口说，之后又扭头吻了吻她的额头。女孩莫名其妙眨了眨眼，然后更近地贴上我的身体。“这样够近了？”她问。我昏沉沉点了点头，女孩顺势在我额头上亲了一下，便抱着我在晨光中满足地睡去了。等我下午蜷缩在床上晕眩着醒来，发现女孩已经不见，只有威士忌坐在窗边一动不动认真凝视窗外。

按摩女孩成为与我分享新家的第三个人。

Chapter 15

全是空洞的味道

新一年的春天毫无征兆地降临，让我有点措手不及，我以为二月里至少还会再下场雪，可还不到月底就已经开始考虑脱去棉衣了。自从住进新家以来，除了矮个子、父亲以及按摩女孩外，我没有再叫过别人，也没联系过任何人，将近两个月的时间独守空旷的天堂。偶尔下楼喝杯咖啡，再买好数量惊人的食品与饮料，其他时间不是躺在床上，就是躺在威士忌区，或者躺在天堂里。无数次想去电影院转转，但都因为我不断拖延时间而最终放弃。有时候我远远看着电梯口，觉得那里简直就是与世隔绝的深渊之门，我被自己的毫无主张封闭在这里，大脑停摆，身体虚弱，这段时间里没有主动思考过任何事，生活的实质正在微妙而强烈地变化。现在唯一需要我动脑筋的，就是考虑下一顿饭吃什么，因为每月的固定时间自然有钱汇进账户，我只需确认其数额，其他完全没有使用大脑的必要，有时候甚至连数额都懒得确认，于是身体也不再做出反应。自己好像悬挂在水龙头出水口的水滴，既无法回头，又不能彻底摆脱，气息奄奄，孤立无援。偶尔发起呆甚至还会产生幻觉，以为在房间里乱跑的威士忌是外面电线被风吹动的影子，不过马上又回过神来，想着哪有能攀到十层楼高度的电线呢？

不，再这样下去就完蛋了，这里实在过于大了，我想，一定是这个诡异的巨大空间对我产生了某种影响，让我觉得自己就要被那一大片毫无破绽的白色融化了。我需要尽快把图书馆的书搞来，或者再添置些新的东西，以打破这个空间暗地里孕育出的独特存在感，因为那种存在感正在反客为主，将我的精神一点点地吞噬。这么决定之后，我终于努力提起精神，在一个晴朗的下午穿起平整干净的衣服，准备去图书馆拜访老馆长，问问图书馆的事情。而当我与外面的世界隔绝了将近两个月后再钻出停车场，才觉得自己愚蠢地套了过多衣服。外面已经不再是冬天了，男人们站在楼下吸烟处舒服地仰望天空，享受烟草的快感，小女孩则换上颜色样式多到数不清的春装，如同高速移动的外星花朵般在我眼前大叫着奔跑。

乘出租车来到图书馆，这里依然像往常一样沉闷。大厅里除了两个工作人员外见不到其他身影，阳光透过大玻璃窗照在老旧的木制书架上，揭露出一道道同样老旧的裂纹，空气沉浸在它们四周，连一粒灰尘都不见浮起来。进门后我和一个工作人员点头致意，他用很意外的眼神看着我，过了几秒钟才也向我点了点头。我走过去问他是否看见老馆长了，他说不知道，我道过谢便开始在大厅里独自搜寻老馆长的身影，可并没有结果，我又来到他办公室，同样不在。按说这个时间老馆长或在大厅巡视，或在办公室打瞌睡，从未有过其他无法预料的行动。我返回一楼大厅。

“老馆长今天没来？”我问门口保安。

“馆长这几天都没来，家里有事啦。”保安一副事不关己的样子说。

“可知道什么事？”

“好像是他夫人病了，需要照顾，具体就不清楚了，你给他打电话吧。”

“也好。”我说。

离开保安的昏暗小屋我走到阅览区，找到张沙发坐下，拿出手机翻出老馆长的电话号码。响了十几声才有人接起。

“喂？怎么想起给我打电话了，有事？”老馆长的声音从电话那头传来，劈头盖脸的疲惫感。

“馆长好，今天想来图书馆看看您，结果发现您不在。”

“哦，你去馆里啦，好好。我家里有点事情，最近这几天都没去。你怎么样？”

“我还好，谢谢馆长关心。我只是想过来看看您，顺便也看看图书馆的近况。”

“都还是老样子，老样子。”老馆长这么说，语气里却带着有些不确定的情绪。

“话说，您夫人病了？”

“呀，谁告诉你的？”

“门口保安。”

“……是啊，老婆身体不太好，我回来照顾她。”

“严重？”

“算是比较严重吧……啊，我这边有点忙不开啊。”

“您在哪里？我过去吧。”

“你真的没事吗？”

“我没事我没事，就是为了见您才来的。”

“那好吧，既然你这么说。其实我现在在医院，要不你来医院？”

“可以，您把医院名字和您在什么地方告诉我。”

“好好，过一会儿我发你手机上。”

“好的。”我说。我刚说完老馆长那边就急匆匆挂了电话。

等老馆长短信的时间里我走出图书馆，到附近超市买了些慰问品，不过都是些俗气东西，无非水果糕点之类，对于看望病人这种事实在谈不上有什么经验。一个人躺在消毒水味浓重的医院里，无聊地望着天花板或是窗外的单调风景，究竟会需要些什么呢？总不会一直吃下去，可为什么大家看望病人又都要搞些吃吃喝喝的东西呢？不过既然都这么做，想必也应该有其神秘的道理，可能只是我不知道罢了。等我买完东西在超市门口抽烟的时候，老馆长的短信来了，确认过地址后我随手招来出租车，打开车门一股莫名的异味袭来。

医院病床上躺着我并未见过的老人，看似安详地在初春阳光里闭着眼睛休息，身旁有点滴在无声流淌，只有不时轻微紧闭的嘴唇透露出她的痛苦。此时病房里只有我们两个人，我拿着超市买来的慰问品站在隔壁床前，一阵耳鸣让我有点不知所措。这里的静谧让人不舒服，其中似乎充斥着无数微乎其微的低声耳语，却很难捕捉，它们像看不见的亘古谜团般笼罩着病床上的老人与我。我不知道老人的病状，也不知道老人的病情，甚至不知道老人的名字，更不好意思开口说话打扰她，只能尽量不发出声音慌张地站着，直到老馆长拿着一个塑料盆走进来。

“啊，你来了，坐吧。”老馆长说，说完把塑料盆塞进老人病床下的奇异空间里，我看不到那里还有些其他什么。

“好的好的，这有一些吃的，不知道有什么合适的……”

“不用不用，她什么也吃不了，胃癌晚期。”我还没说完，老馆长就摆摆手拒绝道，并示意我把东西收回去。胃癌晚期这四个字从老馆长嘴里说出来，透着中途气馁的绝望感，如同独自行走在路边的马拉松选手。真的把东西收回去也未尝不可，但我还是在墙边找个角落把它们放下了。

“这就是您夫人吧。”说着我按照老馆长的指示坐在一张折叠椅子里，老馆长擦了擦手坐在隔壁床上。这期间老馆长夫人一动也没有动。

“病情怎么样？”我问。

“就这样吧，还能怎么样。她本人都知道，都告诉她了，她表示放弃治疗，这些点滴啊什么的只是好歹维持一下装装样子而已。”

“哦……”除此之外我也不知道怎么回应。

“馆里还好？”老馆长问我。

“还是老样子，几乎没人。”我说。

“老样子就很好，很好。哦对，你喝些咖啡吧，我放在这熬夜用的。”说完老馆长站起身给我泡了杯速溶咖啡，我道谢并接过来，喝了一口，只是有咖啡味的开水。喝过之后我看着坐回床上的老馆长，他困倦地一边揉眼睛，一边眼神呆滞地望向躺在床上的夫人，那个瞬间疲惫掺杂着困惑凝固在他脸上，相比上次见他仿佛时间已经消逝了几十年。那张脸后面装满了一望无际的孤独与无可奈何，就像他给我的这杯咖啡，全是空洞的味道。

“一星期，估计再有一星期吧。”过了一会儿老馆长独自说。

“一星期。”我用很模棱两可的语气重复道，因为我无法决定该用肯定的语气还是疑问的语气。

“一星期之内就有结果了。”老馆长继续自顾自地说。他说完后我们沉寂了一会儿，我不知道一星期这个概念从何而来，但不像是医生的判断，更像是老馆长自己给自己下的判决。面对此种局面也许只有附和他的意思，才不至于让他想得更多，因为我也没办法给他任何保证，随口说出来的希望只会徒增绝望吧，我想。而等我想要开口的时候，他却突然转向我，眼睛里散发出刚刚并不存在的一丝回归了理智的光。

“图书馆的事情，拜托你了。她走了以后我准备正式提出退休，那时候上面一定会收回房子，书的事情我已经交代过了，你准备好地方没有？”

“随时可以。”我慢慢地说。我没想到事情会进展得这么顺利，或者不应该称作顺利，说实话这反而有些突然。

“好，那很好。”老馆长轻轻地说，声音小到不知道是自言自语还是说给我听的，之后又仿佛抽离出现实，再度把目光转向躺在床上的夫人。

“馆长，如果金钱方面有困难的话，可以告诉我。”我看着老夫人的方向说。

“谢谢你啦，这你不必费心，只能如此了，再花什么心思也已经是枉然，人嘛，迟早都要面对走投无路的一天。你只要照顾好书们，照顾好书们。”老馆长一动不动地说。

“好，您放心吧。”说完我慢慢站起身，准备这就离开。看到这样的光景，我觉得还是早早离去比较好。老馆长的心思已经不在我这里，他看着自己夫人的眼神，如同在眺望冬日里划过空中的远方云朵。而除了云朵本身之外，其他的一切仿佛都已经隐去了本该有的姿态，接近于无。于是我悄声走到门口，不想再继续打扰他。

“四十多年。”老馆长突然说，我停下脚步回过身，“四十多年啊，一晃眼就这么过去了。我们在图书馆相识，那时候都刚刚分配到馆里，我们好多人一起工作，她却只偶尔给我带来中午饭，所以我为了感谢她呢，就帮她干重活。时间长了，我就爱上她，她也就嫁给我，好像水滴进土壤，土壤便接纳了水，它们自然而然地互相交融在一起，无声无息。但因为身体原因我们一直没有孩子，也就没强求，我当它是命运。之后我升职，当上管理层，就让她辞职在家过清闲日子，她就专心把家里照顾好，没让我操过心。偶尔吵架的时候，吵完我就去道歉，然后该干吗干吗，从没有隔夜的气。四十多年就这么过来了，平淡到想不起是怎么过来的，真是一瞬间啊，一点风浪都没有，我和她都安心到忘记了什么叫麻烦、什么叫困难。除了那次馆里买来新电脑，我不会用，被她笑话，我就去学。那真有点麻烦啊，后来等我学会了，我就笑话她，你看看。”老馆长说着独自嘿嘿笑起来，我一动没动，“四十多年，从来没想过人会死这件事，人居然还会死？当然会啦，但我们没必要想，每天都是熟悉的日常、幸福的日常，习惯了生活的安逸，死亡这种事就好像只会发生在别人身上。不过现在不一样了，死亡来的时候真是势不可挡，即使刚进医院的时候我还觉得，毕竟老了嘛，进出个医院有什么奇怪的？后来才发现，原来死亡都是突然降临的。真到了一个人的时候，之后的日子就想象不出来了。孤独是一回事，死亡与孤独迥然不同，波拉尼奥这么说的，可那到底有什么不同呢？马上我也要知道孤独和死亡的区别了吧，不过，也可能这两者之间根本就没有区别。”说到这老馆长不再说话了，只有肩膀在夕阳的余晖里微微颤着，他低着似乎很难再抬起来的头，好像走在沙漠中心的人喝掉了最后一口水。我静静关上门走出病房。

实际上并没等到一星期，三天后老馆长的夫人就去世了。

Chapter 16

在时间面前我们都将变得无比坦诚

i

图书馆搬家那天，是在老馆长夫人葬礼大约四个月后。本来想去参加葬礼，可我被老馆长一句“与你无关”的说法彻底拒绝，只是在电话中他不断强调要我照看好书，多余之事全无商量余地。既然这样我也就没再坚持，毕竟老馆长说的也不无道理，的确与我无关，想必老馆长也做好了心理准备，打算绝对彻底地独自面对生命中剩下的时光。

早上八点从床上爬起来，我草草洗漱完毕又解除了指纹锁，好让搬家公司的人能自己乘电梯上楼。其实前一晚我根本没睡，在床上看电影看到早上六点，之后去买了早点继续在被窝里吃，直到搬家公司电话打来。并不是不想睡，只是第二天一有大事发生就睡不着的毛病终究没有扳过来。整晚我都翻来覆去想象着巨型书架和数万本书被塞进天堂的样子，其间还想到必须提前将威士忌关起来，以免早上兵荒马乱地抓不到它，关起它又想着要拍个照片纪念下空荡荡的天堂，而拍完照片则开始修图，直到修得满意效果。总之不知不觉天渐渐亮起来，我始终都没有处在能睡觉的状态，喝下些咖啡后最终困意尽失，只好随便挑了部枪战片，缩在被子里打发时间。

大约八点半，搬家公司的人准时出现在电梯口，我发动电动汽车迎接他们，车后面还驮着威士忌的笼子，威士忌正在里面睡觉。那光景好像一队冒失的地球探险家，无意间登上了某艘未知生物太空船。他们瞪着眼睛，手里拿着货单，连与我核对地址都忘记了，只是呆望着被晨光照得雪亮的天堂。此时朝阳正直直地从外面侵入进来，白墙正好反射出耀眼的金色光辉，在搬家工人眼里，我可能更像个金色皮肤的类人生物，而威士忌则像个金色毛团，要不是我先开口确认自己住在这里，他们也许又要钻回电梯下楼给我打电话了。之后用了大约二十分钟，在我肿着眼睛认真说明了事情原委后，工人们才半信半疑地开始研究起预估占地面积和电梯承重。

他们工作的时间里，我驾驶电动汽车回到居住区，把威士忌笼子放进卧室，又煮了新的咖啡，同时按工人数量刷出些杯子。等我认为该准备的都准备好了，便坐在居住区沙发上用望远镜盯着电梯口，看一部分工人先一次次运来拆散的书架，之后组装，再将它们按事先计划好的位置摆放，同时另一拨人则尽可能多地从下面把书运上来。其间我意识到，这还是天堂里第一次堆满这么多人和东西，真有点不可思议，甚至有点害怕，好像他们不是来搬家的而是来拆房的，这么想着，我发现自己好像很久没和这么多人同处一室了。就这么一直盯着他们直到中午，我叫来外卖快餐和工人们一起吃饭聊天，帮他们倒咖啡、拿饮料，尽可能满足他们的一切需要，让他们能有个好心情持续下午的工作。等午饭忙活完了，我继续坐回居住区的沙发，一边抽着烟一边继续用望远镜观察他们，并不是要监视工作进度和质量，只是觉得很有趣，能有机会目睹一次完整的图书馆搬家的人恐怕不多吧？

下午五点多，我正在沙发上百无聊赖昏昏欲睡——毕竟搬家只是同样工作的重复，再怎么新鲜看上几个小时也就腻了——却发现几个不是工人装扮的家伙随着塞满书的电梯一起升上来，我马上开着电动汽车迎上去。原来是图书馆的几个馆员，他们是老馆长派来的，说是要监督书籍摆放工作，也就是负责清点数目和区别分类等等。我赶紧把他们让进来，准确说应该是赶紧用电动汽车将他们运到居住区，给他们也端出咖啡，并用了二十多分钟叙旧聊天。不过说是聊天，几乎所有话题都集中在关于我住的地方这件事上，我只好一遍遍解释说明，嗯，也算意料之中，但令我意外的是他们没有一个人问我收藏这些书的理由，也许是老馆长不让他们问。另外，也许关于我住的地方这件事本身，就已经超越了我为何收藏书这件事的有趣程度。不过管它呢，还好没人问我的婚姻，那可能比其他所有事情都更有趣。

等到天快黑下来，书架已经全部就位，书也运来了一部分，明天继续，所以工人们下班回家，留下图书馆的几个家伙和我一起继续进行整理工作。因为每个架子都已经明确标注了应该放什么，所以整理书籍的工作进展很快，但我因为前一晚没有睡觉，干了没多久便想着去沙发上休息，结果瞬间睡着了，剩下的工作都是馆员们在做。直到收拾得差不多了他们才把我叫醒，说这就准备回去，并表示明天上午还会过来，我也只好带着一脸愧疚将他们送到电梯那里招呼他们下楼。

第二天我同样八点起床，洗漱完毕后照例解除指纹锁，工人们也准时到达，继续搬运剩下的书籍，一切都与昨天没什么区别。唯一不同的是图书馆的家伙们不到十点就来了，他们让我不用操心，整理书的事情尽可以交给他们，于是我的工作只剩下订外卖。第三天流程同样，第四天也是同样，那之后的两天时间里也还是同样，最终一共用了整整一星期，搬家工作才宣布结束。而在他们工作的时间里，我每天就坐在居住区沙发上，用望远镜看着天堂里一排排高大雄伟的书架矩阵拔地而起，并持续被书籍塞满，一点一点遮住朝阳，遮住晚霞，吸走纯白色的光，将整齐的阴影投入这个巨型方阵之中。

待整理工作全部结束，最后一次送走了图书馆的家伙，我开启指纹锁，再一次将自己与外界隔离，之后一个人慢慢游荡在书架之间，仔细吸入带有书味的空气，久违的安全感油然而生，同时也让我感觉有些疲惫。走得累了，我便将电动汽车开过来，驶进巨型方阵，在夕阳的余晖中一边闻着书香一边闭起眼睛休息。开始还能听见威士忌在书架间兴奋地上下攀爬的声音，渐渐地声音逐渐远去，我脑海里开始映出老馆长夫人躺在医院病床上的画面。画面里的金色夕阳似乎比天堂更加耀眼，而且那晃亮的金色还在不断变得浓重，令我越发难以看清老馆长夫人的身影，直到它们变成刺眼的白色，我只好使劲皱起眉，那片白光与老馆长夫人的画面便随即消失了。当它们消失后，我又想起小时候父亲带我逛书店的事情，那究竟是哪家书店呢？我只记得店里黑乎乎的，书架上整齐排列的书笼罩在父亲的背影中，却无从回忆起书店的名字，之后想着想着就那么睡了过去。天堂又恢复了往日的绝对安静。

天堂被塞满书架与书后的几个月，我几乎每天都沉浸在那里。从抬头凝视某一座书架，到随便抽出本书读上大约三十分钟，继而换另一本书读上三十分钟，每天中午到深夜我只持续做这一件事。我甚至还将一张沉重的单人床拖到两座书架之间，因为这样就不用麻烦地往返于天堂与住宅区。这期间我没联系任何人，不曾叫矮个子来观赏我的个人奇观，也没有打扰老馆长，同样拒绝了父母叫我偶尔回家吃饭，只是一个人快速进行着碎片式阅读。于是越来越多的故事和他人的言语，迅速膨胀着在我脑海里乱成一团，以至于我看到眼下的文字却无法理解其中的意思，但依然要持续看下去。一开始这样做，是因为拥有了个人图书馆的快感与好奇，我才拼命去读那些听都没听说过的著作，后来好奇逐渐变成癖好，或者说条件反射，我开始忘记为什么要去读它们，只是习惯性地取下一本读一本，随后扔到一边，再去拿下一本。这期间我没注意到头发胡子以及指甲都在飞快地自由生长，分不清外面是几月几号，甚至忽略了季节更替，等秋天来临的时候我还奇怪，夏天去哪了？好像大梦初醒却发现不知何时被人撤走了枕头。哦，并且，直到这个时候我才放下书质问自己，我这么做的理由又是什么？这之间我挥霍了太多时间，没有任何收获，生活逐渐变得冰冷无趣，这地方则越来越像一座囚禁我的监狱。我高高在上，对下面的世界充耳不闻，像个孤僻的老人，顽固地把自己封锁在某个别人无法触及的空间，却又没有适当的理由来解释这一行为的目的。本来我以为图书馆的到来，会打破目前一潭死水般停滞不前的生活，可我却更深地陷在这僵持的局面里动弹不得。

就在我准备慢腾腾重返正常生活的时候，初秋时节某个刮着大风的中午，准确说刮着大风是用来形容外面的，室内依然太平如常，与我好久没见的吴为打来电话。那会儿我刚从床上的书堆中睁眼醒来没多久，正在回忆昨天看的是哪本书，到底是哪本来着？《哈尔罗杰历险记》的其中一本？还是《麦田里的守望者》？因为不断把喜欢看的书拿到床上，又总是懒得放回去，于是周围的书越堆越多，最后几乎覆盖了我睡觉的地方，我每天不得不用力刨出个空间才能躺下，醒来时脸上一定带着某本书硌出的印，衣服则和书乱裹在一起。这天也一样，我正一边找书一边揉着脸，吴为打来电话。于是我又开始找电话。

“喂喂！？”我说。

“这么半天才接啊，还没起？”吴为笑眯眯地说，我当然看不见他的表情，只是那语气让我觉得他此时正笑眯眯的。

“起了起了，正在找东西。什么事？”说着话，我套上一件不知什么时候被丢在床边角落的外衣。

“最近可有时间见一面？”吴为说。

“还好，最近时间多的是，你想什么时候见？”

“哈，那太好了，要不就今天？”

“随你，怎么都行。”

“嗯，那就今天吧，我去找你如何？”

“好啊，最好不要再去什么奇怪的咖啡馆，你来我家好了。”

“OK，地址给我，现在就出发。”

我看了看表，刚刚过午饭时间。

“好，等我短信发你。”

“爽快！那么一会儿见。”说完他挂断电话。爽快？就不能好好说话？

挂断电话我给吴为发了短信，告知他上楼的办法，之后去卫生间刮了胡子，又小心翼翼剪了指甲，并一边预估着时间一边洗了澡，最后还喝了杯咖啡吃了个煮鸡蛋。吃的时候我考虑着要不要收拾一下房间，即使是吴为这样的家伙也好歹算是客人，但最后我决定让书和床就这么放着，并没有什么理由，只是单纯觉得麻烦。就算收拾了，吴为走后生活还不是要照这个样子继续进行，徒劳的事情多一件不如少一件。等吴为的时间里，我也终于想起昨晚睡前看的书是《哈尔罗杰历险记》系列中亚马逊探险那本，当时正看到大森蚺出场，于是便坐在书堆上继续读。

大约两小时后吴为再次打来电话，告诉我准备上电梯了，我回答说马上去接，他并不是很明白什么意思，但这次我先挂了电话。等我把电动汽车开到电梯口，正巧电梯门打开，吴为拎着大塑料袋子试探着慢慢走出来。

“图书馆？”他四下张望着说。

“可以这么说。”我坐在电动车上叼着烟说。

“你住在图书馆里？”

“嗯……可以这么说。”说完我笑起来，看着不知所措的吴为，“这里过去是天堂区，现在叫……”说到这我才想起来，图书馆搬来后我还没给过它新名字。

“天堂？现在叫？”吴为用更加摸不着头脑的语气问。

“就叫天堂图书馆吧。”

“天堂图书馆，你搞得真洋气！”

“……啊，我还是带你到里边吧，这里也不是说话的地方。你带什么来了？”

“一些零食和酒，别放在心上。嘿嘿。”吴为式的嘿嘿，我想。

我让吴为跳上车，把东西随便塞在脚底下便高速驶向居住区。路上吴为东瞧西看，一直问我干吗住在这，我都用最少的语言敷衍过去。目前为止已经向不少人解释过这件事了，实在是懒得再重复，但即使这样他还是一路说到了居住区。想跟人解释一些既成事实的问题总是麻烦得要死，为什么大家就不能只是将这些问题作为简单的既成事实接受下来呢？这让我想起按摩店的女孩，她来的时候倒是没问起过这些。也许女人见男人见得多了，就会习惯永远长不大的男人不断做出奇怪的事情来。

到达居住区后，吴为一边继续惊叹着这个莫名其妙的巨大空间，一边自顾自坐进沙发，把他带来的零食和酒一股脑儿摊在餐桌上。其中一瓶伏特加还是打开的，只剩了一半，这时候我才意识到他已经有些醉了，而现在才不过下午三点。

“怎么想起找我来了？”我拉过一把沙发椅坐在他对面，审视着半躺在沙发上的吴为和半瓶伏特加。

“好久不见了嘛，这还用问，真是见外啊，嘿嘿。”吴为说着用手推了推鼻子上的眼镜，起身打开伏特加递给我。我犹豫了一秒钟但还是接过来，直接对着瓶子灌下一口。

“直说吧，自从上次见面后，那时候泡泡刚离开，对吧？真是感觉生活被掀翻了。”他对着我大声说。泡泡，有多久没听到这个名字了，一年？两年？吴为的声音回荡在居住区的上层空间里，随后消失于威士忌区。我没有说话，用沉默回应了吴为随意说出来的这个名字，这让他有点不知所措。

“哦，真是不应该，我是不该提起她，算了算了。”说完他从我这拿过瓶子，也灌了一口。

“生活被掀翻了是什么情况？”我淡淡地问。

“还记得我跟你说过为什么结婚吗？”

我点点头，回忆起吴为说过的话。他在最为低落寂寞的时候遇到一个喜欢他的女人，而为了报答那个女人拯救了他的孤独，他和她结婚了。

“看透了，老婆看透了我的小伎俩！虽然我拼命解释过，但最终我们还是……你看，我离婚了，嘿嘿。”吴为说，他就那么坐在沙发里，被汗水打湿了的衬衫还粘在身上。我点起烟，看着面前这个身体似乎正在不断萎缩的男人，不知道该怎么继续谈下去。

“她是怎么……或者说，你怎么知道她看透了你那些所谓的小伎俩？另外什么叫你的小伎俩？”

“时间，最关键的就是时间，在时间面前我们都将变得无比坦诚，哦不，不是变得，而是注定会屈服于坦诚，无论你是否将真相说出来。即使你有一万种……一亿种高超的演技，终究会被时间识破，然后被时间揭露。我的爱情建立在感恩之上，而她则拥有那种真实的被人称作爱情的东西，虽然我也说不好那是什么，但在真正的爱情面前，我所做的一切努力都不过是小伎俩而已。我不停送她礼物让她开心，带她去国外旅游，一起看她喜欢的电影，还有其他这个那个的，但渐渐地她终于发现，这些都不过是表面功夫。我们亲密接触的次数越来越少，交谈的内容越来越空洞，虽然我还是那副很爱她的表情，但那只是表情！你知道吗，那只是表情！而她看出了那表情背后的冷漠。”

“大多数夫妻不都是这样吗？”我回想着从别人那里听来的婚姻故事。

“也许吧，结过婚的人也许都会渐渐很少有亲密动作，很少说话，或者奔波于生活，或者忙于对付孩子，但那不一样……在那种生活里会很安详、很宁静，那是只有爱情才会带来的安详和宁静，即便只是面对面坐着沉默不语，还是能感觉得到。但我们不一样，我不一样，我感觉不到那种幸福，我老婆能感觉到，她想将它们分享给我，可我并不能做出与之相匹配的反应。我更像个演员，我做不到与她保持一致，只是迎合她，最终，时间将我的面具撕破了，她看破了我所谓的爱情。”

“你所谓的爱情是……什么来着？将自己献给她？”我回忆着吴为曾经说过的话，但吴为听我说完只是颓丧地摇了摇头。

“是，我的确是那么想的。可信念与现实毕竟是两回事，后来我才知道，原来在日复一日不停重复的现实生活中，信念这东西只会被一点点消耗，常人的灵魂远没有那么强大。于是某一天，她就开始质问我为什么要和她结婚，这真是一针见血，女人总是能一针见血，再于是我就撒了很多谎，一个谎再加上另外十个谎，结果那些莫须有的事实逐渐坍塌，我原本真诚实在的保证和承诺都被缠绕进这些谎言里，渐渐连我自己都开始怀疑我自己。她很伤心，我就只能尽力去无限循环地解释。其实事实很简单，我是为了感谢她那份心意嘛，但这种时候又怎么能直白地说出来呢？说我其实不爱她，只是碰巧需要有个人在身边来拯救自己的寂寞，然后再用看起来像是爱情的东西去报答她？不不不，从一开始这就是荒谬的，是不能说出来的，夫妻之间很多话是不能直白说出来的。所以我不断迂回着试图将这个道理说给她，但这个理由本身就太无力也太苍白，现在看来那不过是另一个谎言罢了。我从一开始就先欺骗了自己，以为我的出发点是正确的，但其实那只是自欺欺人。”吴为在说了这么一大堆话之后突然沉默下来，等了五分钟，我撕开一包薯片递过去，他没动。我晃了晃，薯片袋子发出廉价的哗啦哗啦声，他还是没动。

“既然如此，说到自欺欺人，告诉你一个有意思的事情好了。”我说，然后取了些薯片塞进嘴里。

“嗯……好，说说看。”吴为有气无力地回答我。

“我也结婚了。”

“什么？你结婚了？”吴为好歹有了些反应，他抬起眼睛几乎是用尽全力瞪着我。

“是啊，不然你以为我怎么住得起这里。”我悠然说道。

“不不，这不是能否住得起的问题，首先，就没有人住在这种地方。不过先不管这个，讲讲你怎么结的婚。”

于是我一五一十讲了我和金籽的婚姻，讲了怎么去相亲，如何去面试签合同，也讲了为何要搬进这里。包括后来金籽的孩子金子，还有老馆长的事情，甚至提到了按摩女孩。那些话源源不断从我嘴里冒出来，并掺杂着浓烈的伏特加，我都不知道自己怎么会有这么多话要讲，颠三倒四的话语如同失控的烟花在我脑袋里炸开。吴为则听得目瞪口呆，时而摇头否定，时而又怒涛般点头赞许。等我终于讲完，吴为发出一长串神经质的笑声，吓得威士忌迅速躲进猫爬架的一只空桶里。

这期间我们不但喝光了那半瓶伏特加，还喝了三瓶红酒以及一打啤酒，实话说，我们都彻底喝多了。我知道吴为是因为没人可以倾诉他离婚的事情，所以才特地跑到我这来，并为了鼓起勇气半路上就把自己灌醉。而我开始只是想应付他一下，才讲了自己的事情，现在却发现我其实和他一样，已经很久没和别人有过任何像样的交流了，我们一直把这些……感情上的“琐事”密封在自己的橡木桶里，直到它们被彻底冰冷的寂寞慢慢发酵，并最终在某个时间点爆发出来，这才让两个被滑稽婚姻和酒精折磨的傻子瘫软在沙发里。

现在的我们已经互相摊了自己的牌，该咒骂的都咒骂了，该嘲讽的也嘲讽了，天色渐黑，大大小小各色酒瓶也见了底。吴为在沙发上出神地望着远处天堂里山峦般重叠在一起的巨型书架，我叼着烟坐在地板上，手撑着地，眼睛眯起来对视着空无一物的天花板。

“地球如此蔚蓝，我却什么也做不了。”过了好一会儿，大约有二十分钟，吴为突然说。

“什么？”我依然盯着天花板。

“David Bowie，不知道？一个英国佬，写了首叫作*Space Oddity*的歌，我前几天碰巧从网上听到的。”

“不知道。”我把视线移到吴为脸上。

“好吧，无所谓了……但是，你不觉得我们就好像飘在宇宙里的空罐子？”吴为说。我下意识地回头看了看天堂，被整齐罗列的巨型书架吓了一跳，我以为那里依然应该是一大片肃穆无趣的白色。

“宇宙里的空罐子……是什么样的罐子？”我一只手托着腮一只手拿着烟说。

“……也许，是曾经装满了你和我各自对泡泡所持有的爱情的罐子。某一天，当我们被一只巨脚用力踢飞，直飞到宇宙里，结果那些爱情就飘了出去，飘到特别远的我们再也看不见的地方，就只剩下你和我还飞在那里，好像两个可怜巴巴的空罐子。”

“有意思……也许，那曾经是我们的心。”

“不是曾经，是现在。”

“是现在？你的意思是，现在我们的心就好像飘浮在宇宙里的空罐子，有意思。后悔了？你的婚姻。”

“并没有，只是我觉得，如果那时候我没想那么多，只满足于和那女孩做朋友的话，结果会比现在好很多。”

“友谊和爱情之间的区别在于，友谊意味着两个人和世界，然而爱情意味着两个人就是世界。泰戈尔。”

“是谁？”

“这你就不用在乎了，我的意思是，现在，此时此刻，你觉得你的世界崩塌了，是因为你所谓的爱情失败了。”

“别用这些莫名其妙的话来唬我。”

“没有唬你，我的也是。”

“不不，我不承认！我的爱情没有失败，我失败的只是叫作婚姻的东西！”

“好吧，你说得对。我的也是。”

大约夜里十一点，用了二十分钟才好歹从沙发上站起来的吴为说要回家，我告诉他可以住在这，但他拒绝了我，执意要回去。为什么每个在我这喝醉酒的家伙都执意要回家呢？我问他现在住哪儿，他左右摆手不肯透露，我说那就暂且一起下楼好了，正想出去透透气。我们下楼后，吴为先是在路边花坛里稀里哗啦吐了一阵子，之后由我搀着在路边打车。当他挣脱我的时候，我正要从兜里拿出烟，他的蛮力加上出乎意料的速度令我几乎没有时间反应，等我回过神来，他已经踉跄着跑到马路对面，用他不可能有的力量举起路边一个垃圾桶，狠命砸向一家婚纱店的玻璃橱窗，之后便僵硬地摔倒在一堆碎玻璃以及垃圾上。

这一系列的事情几乎是在十秒内完成的，一开始我简直惊呆了，不过我马上冲过去跑到他身边，发现他正躺在地上微笑着，结果我也跟着笑起来，并爬进橱窗把垃圾桶推出来，也像他一样用力举起来再次砸向橱窗。那个瞬间我想起金籽的脸。这次橱窗里的两个婚纱模特假人倒下来，一个倒在我脚边，另一个砸在吴为身上，他却更大声地笑起来，而我也是，我们站在碎玻璃和婚纱模特假人之间放纵地笑着，口水和眼泪同时流下来。本来早就该崩溃的心，终于被酒精点燃了其内部的巨大黑暗，在一瞬间爆发了。我看着吴为偶尔极度痛苦的呼吸，身体突然抽搐，接着又哭出来，然后再度大笑，我则渐渐忘了发笑这件事，只剩下哭，这次我想起泡泡。而这场一塌糊涂的闹剧居然持续了三十分钟，直到一辆警车寻至我们身边，又经历了一段毫无意义也毫无结果的审问，我们才被关进车里。

警车门关闭后，我恍惚看着橱窗下歪倒在路边的婚纱模特假人，它们四分五裂地碎在地上，两件似乎很昂贵的婚纱在路灯光的照射下，看起来很像两团压扁了的蛋糕，和假肢与碎玻璃纠缠在一起。我看着这些垃圾突然想起泡泡的话：打破孤独的方法唯有奋力拉近我们之间的距离。这时候警车启动引擎，开始在空无一人的街道上渐渐加速，我的孤独感也随着车窗外高速移动的单调景色逐渐稀释，最终消失在被酒精麻痹的大脑里。而接下来又并没有什么来取代孤独，只剩下浓稠浑浊的自我厌恶，一边蠕动着一边填满了我混乱的大脑和千疮百孔的心。好啊，很好，我喘着粗气想，现在连孤独都没有了。

Chapter 17

她这个主意简直妙不可言

醉酒闹剧的处罚结果，在我保证双倍赔偿店家所有损失并立刻付诸行动后有了一定量的缓和。警察看我们态度好，又有私了的意思，当然也得到店家同意，便网开一面只算作酒后打架，让我们在派出所里睡了一觉，就把我们打发走了。

当我们上午十点多走出派出所的时候，天空中正堆积着阴云，似乎要下雨。我们失魂落魄地站在派出所门口，吴为看看我，我看看他，并抽了根烟，谁都没说话。直到我把烟头扔在地上慢慢撵灭，吴为才先开口。

“给你找麻烦了。”

“算了，至少用钱解决了麻烦。”

“我应该把钱赔给你才对。”

“这倒不用，反正我那些钱基本上算是白来的，与其放在那里，这也算是派上了用场。你刚离婚，恐怕情况也不是很妙，你就留着吧，这次算我的。”

“好……那就谢谢了，包括钱的事，也包括和我聊天的事。”

“客气，彼此彼此，要不是你，我都不知道自己有很多话其实早就该讲出来，只是不知道能讲给谁。”

“嗯……那就这样，我先走了，我……”吴为话说到一半停住了，我看着几滴眼泪从他眼睛里流出来，便举手拍了拍他的肩膀。吴为吭叽了一会儿，最终也没能把后面的话讲出来，只是用力擦擦脸，并给了我一个相当勉强的微笑，就独自走了。吴为走后我回头看了眼派出所的大门，全无实感，之后晃了晃宿醉未醒的脑袋，没有任何可以算作情绪的东西装在里面，头疼得要命，我也慢步走开，却发现自己很难走成一条直线，本来想散散步，却不得不叫了出租车返回住所。

回到家我冲了个澡，收拾了天堂区的床铺和凌乱的书，然后回到居住区坐在床上抽烟喝咖啡，又陪威士忌玩了会儿。这期间大脑依然是停摆状态，仿佛无人来敲的巨型大钟，在悠长的岁月中任凭身上积满尘土覆上落叶，硬挺着锈迹斑斑的沉重身躯悬挂在命运的横梁上动弹不得。等我目光呆滞地玩腻了猫，突然想起吴为说的那首叫作*Space Oddity*的歌，便在电脑上找来听，可循环了好几遍也没听出什么名堂，反倒是困意随着奇妙的旋律迅速蔓延，加上宿醉依然没有消失，我好像被什么麻痹到似的轻飘飘倒在床上，四肢也伸展到不可思议的角度。数次想抬起头确认时间，却一丝力气都用不上，只好任其随着音乐漂流进黑暗，飘过两个空罐子，飘过叫不上名字的闪亮星星，然后如同在真空中倒挂着一般，我流着眼泪沉沉睡去。

等到下午睁眼醒来，躲在窗帘阴影里，望着窗外树叶已经开始有些泛黄的街道，我厌倦了一个人生活。

傍晚随便对付过晚饭，我乘电梯下楼来到街上，外面一丝风也没有，死气沉沉的空气如同潮湿了很久的恶臭棉被般糊在身体四周，我用手搓搓脸，迅速穿过楼下街道，路过一片小区，踏上几步台阶，迫不及待地推门走进充满异国香气又有点冷飕飕的按摩店。

“您好啊。”迎接我的又是上次那个男领班，今天他看起来没有那么精力充沛，倒是有点困倦的样子。

“您好，可记得我？”我说。

“啊……很抱歉啊，我们这里每天的客人很多，所以……”听我这么问，男领班有点糊涂。

“除夕，年三十晚上。”我提醒他。

“噢噢噢噢想起来了，那天晚上您是我们最后一位客人啊，好久不见好久不见，今天想做什么服务？”男领班终于想起我，一瞬间又恢复到我印象中的样子。

“那个女孩在吗？就是除夕那天晚上的女孩。”

“您是说十号，在、在，您先进去吧，我去把她找来，这边请。”说完男领班绕出柜台，小跑着窜到我前面，引我走向某个房间。

进了房间，我坐到床上脱去外衣，男领班不失礼貌而又诡异地笑了笑后消失在门口，并从外面悄悄掩上门。我环顾了一下房间内部，与上次那个房间并无二致，只是镜子没有了。过了大约两分钟，门再次打开，按摩女孩轻轻走进来，手里拿着白色浴巾和一堆瓶瓶罐罐，黑暗中她似乎向我微笑了一下，随后转身关上门。

“好久不见。”我说。

“是很久了啊，就不知道偶尔来看看我。”女孩继续保持着微笑说。

随口的责问中带着挑逗，不过也许是我想多了。

“还能认出我？”

“当然能，毕竟在你家……那个商场睡过一夜。”女孩把东西放在床上，轻柔地坐到我身边。

“那倒也是。”我说，这次女孩没有命令我脱衣服，我有点不知所措。

“今天来是要约我还是只来按摩？”

“其实没什么要按摩的，只是一时不知道该去哪儿，也不知道该干什么，就跑到这里来了。”

“寂寞的家伙。”女孩说，我苦笑了一下，“脱掉衣服趴下吧，来都来了，给你按按。”女孩说完站起身，开始做些我并不明白的准备。我脱掉衣服一本正经趴在床上，女孩则像上次一样开始轻轻按摩我的身体，我们都没说话。她并没有很用力，与其说是按摩不如说是抚摸，我也没有与她做任何交流，只是细心感受着她温热的手掠过我的背、我的腿、我的手臂，最后停留在我的掌心。

我轻轻握起她的手，她也回应了我。握了一会儿我翻过身，女孩俯下身体吻在我嘴唇上，我轻轻搂过她的身体，慢慢回应她的吻。她的头发垂下来划过我的脸，弄得我有点痒痒，我很想笑出来。但女孩炙热的身体紧紧压住我，又让我有点喘不过气，渐渐地，我的大脑与内心开始沸腾起来。在昏暗与寂静中，这个显得十足长久的吻结束后，我把女孩头发轻轻拢在她背上，看着她有点模糊的脸。

“最近过得不顺利？”女孩问我。

“下班后可愿意去我那？”我问她。

“好啊，其实我可以早走，要不我去给你做夜宵？”女孩似乎是微笑着说，依然完全压在我身上。昏暗中我不太能看清她的表情。

“那现在？”

“可以。”女孩干脆地回答，“那你先出去等我，去马路对面。”

我点点头。

出了房间我来到前台，精神抖擞一副干练模样的男领班给我结账。我递过信用卡，他一边咔咔咔操作刷卡机，一边问我服务可还满意，我说非常满意，这个十号好极了，以后还会再来。男领班十分克制地笑起来，不停点头说谢谢老板谢谢老板。

走到按摩店外面，我穿过马路并适当走远了一些，之后坐在路边护栏上点起烟，同时远远望着按摩店大门，路灯正在路肩上洒下幽暗的黄色亮光。过了大约二十分钟，女孩换上自己的衣服走出来，穿过马路后她开始四下张望，我向她挥挥手，她便愉快地小跑过来。我们互相挽着胳膊，先走进我家下面的超市，任凭女孩挑选买了些肉和菜，还买了两瓶红酒，随后进到停车场乘电梯上楼。走出电梯，女孩对于天堂区堆满书架的事情并没有发表看法，只是慢慢穿行于其间，时而面对某本书微微点头，时而又用手轻轻触碰书架，仿佛在用我不了解的某种方法与书架和书分享着什么秘密。等她看够了，我说如果有喜欢的书可以随便拿来看，她告诉我一本也没有。

回到居住区，我们先收拾好买来的食物，又一起洗了澡。欲望没有初次那么强烈，这次我们更像是用身体在和对方聊天，我满足于能与别人亲近的舒适，女孩则全程笑眯眯的好像在做相当有趣的游戏。等我们都彻底放松了，我在床上抽了根烟，女孩趴在我胸口一直看外面。她问我树叶为什么会黄，我告诉她可以去天堂寻找答案，女孩笑着摇了摇头。又休息了一会儿，女孩穿上我的外套跑去厨房做饭，我吹着口哨蹲在人工草坪上给威士忌梳毛。

接近夜里十点，女孩把饭菜端上桌，一些我很少吃到的南方小菜在桌子上铺开，而每道菜又都很适合红酒。我说你在家乡天天吃这些？她说心情好的时候就会弄一弄，我表示十分羡慕。我们慢慢吃饭，慢慢喝酒，其间我还随便放了些时下流行的音乐，女孩有时候会跟着唱，不过大多数时候还是在讲她家乡的事情。她说她的家乡虽然夏天闷热冬天又潮得要死，不像北方这么清爽，但好吃的东西比这边多，同样东西都能做出很多花样，北方却只会用酱油乱煮一气，我笑而不语，但她弄出来的菜品的确每道都很好吃。她还说家乡那边有大海，遇到不开心的事情就可以去海边散步，那是种很舒适平和的发泄方式，不像大城市里乱糟糟的没办法静下心来，烦躁的时候不知道去哪儿，就只会更烦躁。对此我则表示一万个赞同。

夜宵结束后我们收拾好碗筷，回到居住区继续听音乐聊天，女孩将话题从南方转到我身上。她问我一直以来的经历，我则如实回答了她所有问题。怪不得这么孤独，听我说完，她得出这样的结论，我表示其实还好，只是相比别人有些不一般，但这不一般如果不是因为婚姻的话，可能也就没那么多事情让我胡思乱想了。后来女孩跟我讲了她的婚姻，她说她很年轻的时候就结了婚，又顺理成章生下孩子，算是没有任何惊喜的人生。等孩子稍微大些了，她则为了赚钱辗转了许多城市，目前能来到这里，只是听说这里更容易有机会，但她发现其实也不过如此。所以严格来说，她现在正处于算是有些模棱两可的时期，工作没什么进展，又不甘心回老家。我表示需要钱的话也许可以帮她，但被她拒绝，一个理由是眼下并没有十分需要钱的地方，另外工作上虽然大多是靠男客人挣钱，但私下里并不想成为那种白白从男人手里拿钱的女人。我解释说当然不是要包养她，只是真心想帮助她，既然不必要的话也就不用多想，她说知道的，并用身体答谢了我的好意。

快到凌晨那会我和女孩都有了困意，于是洗澡上床，准备通过狠狠睡一觉来结束这美好的晚上。将她抱在怀里，我看着远处寥寥无几的星星犹豫了好久，才问她如果继续留在这个城市的话，愿不愿意做我女朋友。女孩听后不置可否地笑了一会儿，表示很高兴偶尔能来与我缓解寂寞，但并不觉得我们之间存有爱情。我说如果我们都觉得自己寂寞，能在一起互相安慰对方岂不是很好？她说若能互相安慰的确很妙，但寻求临时的安慰，只是对自己心灵的麻痹以及痛苦视而不见罢了，一般情况下人们称其为逃避，肉体归肉体，爱情归爱情。我无力反驳。“那你叫什么？这个总可以告诉我吧。”后来我追问道，“十号，”她说，“就叫十号，十全十美的十。”之后她催促我睡觉，我只好顺从地闭上眼睛。

但当我们睡去没多久，女孩突然拍醒我，告诉我如果觉得寂寞，也许有一个解决办法可以试试，但不知道算不算异想天开。

“是什么？”我搂着她的肩膀，带着浓重的睡意问道。

“那些书，你有那些书，可以让下面的人到你的天堂来。”女孩说。

听她说完我顿时困意全无，她这个主意简直妙不可言。

第二天上午我和女孩很晚才起床，这次她没有自顾自消失，而是在我彻底清醒后为我端出了早饭，或者说午饭。我们坐在卧室外沙发上一起喝了咖啡，吃了炒蛋和面包，还有昨晚剩下的小菜。饭后女孩简单收拾了一下准备去上班，我开上电动汽车送她去电梯口。

“昨天说的事能实现？”临走时女孩问我。

“我来让它实现。”我说。听我说完女孩笑了笑便钻进电梯。

女孩离开后，我开着电动汽车在天堂区转了转，哦不，是天堂图书馆区。盯着那些欲言又止的沉寂的书，我想象着陌生人们在这里安静地漫步，安静地从书架上取下书的场景，不禁自己笑起来。我无法确切描述出因为什么而笑，十分不准确地说，也许是因为我从那些场景里读出了生活正在朝一个更加合理的方向前进的信息吧。

就这么想象了一个星期，当我大致做了些准备，也有了些不成型的计划后，某天下午我给矮个子打了电话。

“哈喽。”电话接通后我说。

“哇哦，什么时候再请我去你那玩啊我的富豪朋友？”

“今天先说个正经事。”

“咳咳，好的，请讲。”

“你觉得，做免费图书馆这事怎么样？”

“免费的？那你怎么赚钱？哦对，你并不需要赚钱，真该死。”

“哎……”我叹了口气。

“好好好，这个主意不错，又能骗到不少无知文艺女青年。看中了哪家图书馆？”

“我家的。”

“你家开图书馆了？”

“我家里有个现成的图书馆，现在正考虑能不能免费开放。”

“你家里什么时候有图书馆了？”

“啊……说来话长，要不你过来看看？”

“今天晚上去吧，我下班后。”

“可以。”

“要不要带酒？店里来了好多新货色。”

“千万不要。”说完我马上挂掉电话，没给矮个子任何争辩的机会。

矮个子来的时候外面下了大雨，是那种瞬间下起来的让人没有丝毫防备的雨，且雨势颇大。我站在窗前向外望去，却只看见头顶上有一大块颜色极为浓重的雨云，正在向下界凶猛释放着该以吨位来计算的雨水，而稍远些的天空依然悬挂着秋天高远透彻的蓝色屏障。

“嘿！嘿！简直湿透了！”矮个子上来后抱怨着，但当他看到天堂区的变化后显然又忘记了雨的事情，“这到底怎么了？你还真搬进来一座图书馆！”

“感觉如何？”我接过他手里的零食袋子问道，果然没有酒。

“简直妙极了啊。不过有个问题，你把这里开放的话，不就等于把你家开放了？”

“的确是这样，细节进来聊吧，你先去洗洗脸，之后想看什么书随你挑。”

“我倒是不看书。”矮个子笑着说。

等矮个子把自己弄干了，我给他我的衣服穿，他的衣服则丢进洗衣机，之后我把零食摊在桌子上，又从冰箱里随机拿出几罐乱七八糟的饮料。其间矮个子一直处于某种莫名兴奋的状态，因为他搞不清图书馆的事情，正等着我给他解释。于是一边吃喝，我一边给他讲了图书馆和老馆长的事情，最后他听得几乎流下眼泪来。

“后来老馆长怎么样了？”我讲完后他问。

“不知道，联系了几次都没成功，老馆长似乎躲起来了，那种再也不想见别人的感觉。当然这是我猜的，不过我有那样的预感。”

“也真是可怜啊，不过凡人皆有一死，谁也躲不过去，只是他无儿无女，老伴又去世了，这实在是……哎。”

“是，从此以后就是孤单一人了。”

“听起来有点可怜。”

“嗯……可怜是可怜，不过有如此境遇的老人在这世上恐怕也不在少数，各有各的选择吧。”

“是，最关键能按自己心思走完自己的路。那么，说说图书馆，你的计划是什么？”矮个子郑重其事地问。

“很简单。开放，免费开放，让大家都能进来看书，并且二十四小时营业，愿意睡觉即可随时倒地睡去，饿了则供应便宜的简餐，怎么样？”

“好是好，不过还是刚才那个问题。首先，这里开放的是你家。其次，二十四小时的话谁来看管？另外还要简餐，总不会是你来做吧。”矮个子问了一大串我就知道他要问的问题。

“对对，你说的都对，所以我需要你的帮助。”

“哦？”矮个子顿时来了兴致，用力将一大把薯片不假思索地塞进嘴里。

“既然我决定开放这里，当然也会想到如何处理居住的问题，其实很简单，造堵墙即可。本来这里就是商场，随便隔开就好，留出我的居住区和威士忌区，其余开放，你就把它想象成一个独立办公室，只不过我住在里边。二十四小时营业和简餐的问题嘛，天堂区那么大，搭出个厨房和吧台来不是问题，但又不仅仅是厨房和吧台那么简单，需要更多功能。比如打字复印传真，方便大家做资料，另外还要有电脑可以上网，并设立休息区和吸烟区，而这些，我想让你来打理。”

矮个子听我说完哈哈大笑起来。

“我就知道这时候你需要我！我就知道！”他兴奋而又郑重地将半袋子薯片交给我，好像在我手里塞了张合同。我拿出几片放进嘴里。

“有兴趣？”

“太有兴趣了！可我的便利店怎么办？”

“就当免费再送你个分店好了，这里即使开张了，恐怕也只有微薄之利而已，它们都归你，所有的收入，并且不用你花一分钱，只要想办法把这里运转起来就好。”

“你告诉我，你为什么对我这么好？”矮个子突然认真起来。

“因为……我认识的所有人里，似乎只有你擅长做这个。”

“哈！现实的家伙。”

“不是现实，啊，也是现实，总之就是由你来做，怎么样？”

“就这么定了我的富豪朋友！”

“请停止叫我富豪朋友……”

“有钱的鬼佬？啊哈哈哈哈哈。”

鬼佬？

无论如何，我给矮个子讲完自己的打算后，矮个子就进入了半亢奋状态，他先是找出电话簿里一大堆似乎可用之人给我看，又跑到天堂区那里认真估算着各种尺寸，并在我写字台上画了张他设想的平面图。我半躺在沙发上看他一个人跑来跑去，好像上满了发条的铁皮猴子。等到他终于能安静下来，我才有机会和他说：“我想尽快开始这件事，最好能明天就开始动工。”那时候矮个子的脸涨得通红，不知道是因为跑累了还是兴奋过度，听我这么说完，他的脸涨得更红了，马上从沙发上跳起来打了一些电话，大声喊叫着与电话那端的神秘人物开始了几轮近乎语无伦次的混乱沟通。我一直在沙发上笑话他，他倒也不怕我的声音传过去，一边跟我打着各种莫名其妙的手势，一边继续他的喊叫式沟通，而这几乎持续了一个小时。等他再次坐回沙发并一口气干掉一整杯冰咖啡后，他告诉我：“最快两个星期后施工，这期间则可以熬夜赶出设计图，到图书馆能自由开放大约需要两个月的时间。”我点点头，两个月后又是新的一年，我想。心脏有些隐隐作痛。

Chapter 18

我从没想象过有钱人该怎么生活

i

大约早上七点，窗外昏暗混沌的城市上空降下了无声的雪。我抱着威士忌缩在床上，一起盖着厚重的棉被，呆呆凝望着雪从空中缓慢飘落，继而渐渐覆盖整个城市的凄凉景色。这时候街上还是一片寂静，偶尔有陌生人好像拼命要摆脱什么似的，头也不抬匆匆从楼下走过后消失在对面小区里，其余的一切几乎接近静止，一丝风也没有，只有雪的密度在不断加大，它们匀速且决绝地给城市染上连绵的灰白色，包括我的卧室。我半卧在这单调乏味的色块当中，看着雪打了个哈欠，点上烟，重重吸了一口吐向天花板，威士忌闻到烟味拼命摇了几下尾巴表示抗议，我轻轻地摸了摸它的头，才让它决定继续留在床上。抽掉烟后我翻身下床，威士忌则继续睡觉，我给它盖了被子，之后穿好衣服走去卫生间洗澡。洗完澡擦干身体的时候我忽然发现，几个月时间过去，自己头发竟然长了不少，这期间一直没留意过头发这件事，等自己注意到了，已经不知不觉换了个发型，最长的地方几乎垂至肩膀，短的地方则像某种鸟类尾巴一样在耳朵外面翘起来。哈……不过就这样吧，我想。

走出居住区，我给威士忌饭盆里添进两大勺猫粮，又收拾起几件快要被它拆散的猫玩具，抱着这些东西，我抬头看着竖立在眼前的一面高墙。那是面很薄的墙，或者说连墙都称不上，因为它并不是用水泥或者其他结实材料筑起来的，就像在居住区里隔开卧室和厨房的硬板子一样，这面墙也是同样材料打造，目的就是能够随便拆卸组装与移动。虽然任何时候我都可以移开这面墙，但现在这么看来依然有严重违和感。因为我早已习惯了站在人工草坪上眺望朝阳中金色的天堂图书馆，而现在每天早上我站在这里看到的，却是汪洋深处的诡异海底世界。

当初这面墙立起来时我就想，如果它只是光秃秃的单一颜色岂不无聊？便找矮个子商量要不要在上面画点什么，矮个子说不如画个沙滩海鸥以及比基尼小妞，当时我坐在沙发上厌恶地摆了摆手。于是他又说画个宇宙空间，我说那样会吓到威士忌。“那么如果要讨威士忌欢心的话，就干脆画满世界上不同种类的美味的鱼好了，”他说，“反正这面墙有横断整个商场的面积，画多少都可以。”我说那样的密集恐惧症我可受不了，还不如画个海底让鱼们自由游荡，矮个子说这样也行。但当时我还想象不出这幅画该有的细节，所以就让矮个子找来他的艺术家朋友，向他大概描述了我的想法。最简单地说，就好像水族馆宣传画那样，但又不能太死板，要有些想象空间，这是我的原话。可等到画作完成后，我看到的却是几条游弋在头顶的大白鲨肚皮，下面是颜色浓重的巨型海带挣扎着直立在恐怖的海底礁石上，其间还藏着一条几乎可以用怪兽来形容的黑色章鱼，其他地方则遍布扭动的水母和叫不上名字的成群鱼类，整个画面充斥着海洋深处的不确定性以及丛生的危机感。没习惯的时候我几乎不敢靠近，生怕自己淹没在里面，脚会突然被莫名的恐怖生物纠缠住，而下一个瞬间上半身就会落进大白鲨的肚子。

不过很意外的是，威士忌却似乎很喜欢这面隐隐散发出海腥味的作品，画作完成后，每天过去散步成了它的例行公事，比如花时间流连于恐怖章鱼和巨型海带之间，仰头盯着扭动的水母也变成了它的新癖好。好吧，既然威士忌喜欢那就如此吧，后来我这么决定，除了有点让人毛骨悚然之外，总比光秃秃的好。而深海后面，就是一座有着现代化设备的宽大厨房，厨房外面是简约风格的木制吧台和饮食区，饮食区边上是多功能区和吸烟区，再往外面就是天堂图书馆了，穿过深海的门，就隐藏在几块诡异礁石的阴影里。此时的我正推开这扇门，走向空无一人的厨房。

就像威士忌每天在海底世界前散步一样，每天走进厨房做准备则是我的例行公事。拿出需要解冻的食材解冻，给炸锅里换上新油，做好大约三十杯份的咖啡之类，都完成后我则会进到饮食区和吸烟区，清理掉昨晚剩下来的垃圾。在做这些工作的同时，我也需要观察天堂图书馆里有多少客人正躺在地板上打瞌睡，以及有多少书没有放回原位。这个时间也正是夜班与早班交接的时间。

按照我的计划，夜班午夜十二点开始早上六点结束，早班早上八点开始下午四点结束，另外还有一班是下午四点开始到午夜十二点结束，二十四小时营业的三班制。这期间只有早上六点到八点这一尴尬的时间段没有人，所以大多数时候都是由我来照看这两小时。至于为什么这两个小时没有人，其实很简单，若是晚上无论如何都要回家的家伙，总不至于在图书馆泡到凌晨六点，基本上四点前就伸着懒腰回去了，而八点前几乎没有可能会来新的客人，所以这两个小时内基本不需要任何人值班。若是我能早起一会儿就出来看看，我也尽力保证每天都能如此，若是我也起得晚了，那么八点来接班的家伙就可以打理我刚刚说的那些工作，反正没有客人会来。天堂图书馆从装修完毕到现在，已经正常运转了两个多月，事实证明这样的安排足可以应付眼下的状况。

这天我做完手头的工作正好早上八点，随着电梯那里传来开门的声音，一个中等身材女孩子从里面走出来，她自然而轻巧地快步穿过书架与打瞌睡的人来到吧台，向我举举手表示问好，我也轻点下头，我们不说话的目的，就是不吵醒还在睡觉的人，这个女孩就是早班员工。她刚刚大学毕业，因为还不太想找正式工作，便到这里来挣点零花钱，也算是积累经验，由于和我一样是文学系出身，所以我把白天的工作交给她十分放心。看我基本上已经准备好了一切，她像往常一样给我倒上一大杯咖啡，然后给自己也倒上一杯，之后我们会互相用杯子轻轻碰一下，这是个简单的仪式，由此她便进入工作状态，我则返回居住区读书玩猫听音乐，或者喝掉咖啡后重新睡上一觉，到午饭时间再出来帮忙。

哦，我忘了说矮个子，毕竟开放二十四小时免费图书馆的主意是我与他两个人商定的，实际上这里的主管也正是矮个子。但他每周只随机来一天，完成补货算账等工作，其余时间则待在他的便利店里。自从那晚我们商量好这个主意，矮个子也算十足尽心尽力，前两个月的装修阶段我基本上没现身，只顾躲在居住区里，这是他的要求，一是为了不用劳累我，二也是为了让我这个外行不出去给工人捣乱。当装修全部结束后，工作人员的面试则由我负责，不管怎么说都是要把外人招到家里来，矮个子表示这件事还是我亲自负责为好。

“你要不要招三个女孩来陪你？哦？”当时他挤眉弄眼地这么说。

“白班两个女孩，夜班一个男孩。”我一本正经地这么回答。

新年过后图书馆正式开业，我在网上散了一圈消息，马上就有不少人带着好奇心来拜访观摩。矮个子自然也逢人便说，还在他店里贴了广告，所以从一开始这里生意就很好。平日里能有三四十人，到了周末则有七八十人。我一有空闲就混在客人中间，边看书边偷听客人对这里的评价，听到我没想到的地方尽快加以改善，等忙起来了我就回到吧台去帮忙。生活逐渐变得规律忙碌了，我也逐渐变得开朗起来，不再厌倦漫无目的的生活，也很少去想关于寂寞、关于婚姻的问题，好像那都是别人的事情，那就干脆让别人去操心好了。甚至我的心脏问题也有了好转，之前时不时就会疼起来的地方，这几个月倒是一次也没有复发过，本打算有时间了去医院仔细检查一番，目前看来也不用了。多活动活动对身体有好处，经常听别人这么说，自己却从未相信，现在事实证明这说法也许是真的。

开业后除了身边的朋友络绎不绝来看热闹，我唯一正式邀请的只有老馆长一个人。自从那天离开医院我就没见过老馆长，一年时间当中我给他打过几次电话，本想让他来家里看看，毕竟那些大型书架和书都曾经是他管辖的。几十年来他像父亲一样照看他们，现在虽然换了地方，我也想让他知道这些东西被保管得很好，他却以没时间和不在本地为理由拒绝了。这一年之间老馆长做了什么我不得而知，也不存在一定要打听出来的立场，我便由他而去，孤身一人的老人如果不愿意露面，又何必强迫他忍受别人的过分尊敬与怜悯，不得不难堪地站在一团团尴尬当中呢。不过现在图书馆重新开业，我想让他知道书们并非只是被寄存在这里，而是又有了新的价值，来寻求它们的人也比在老图书馆的时候翻了几倍。若是能目睹还有这么多人愿意来图书馆看书，想必对老馆长来说也是一种安慰吧。结果我想的没错，当我这么和老馆长说过后，他终于答应过来看看。

约好与老馆长见面那天，为了让这里看起来更加整洁，我和早班女孩用了半天时间简单清扫了图书馆。其实说是清扫，也不过扫扫灰、摆摆书之类，就像我在老图书馆里每天做的一样，现在虽然不用我做了，但为了老馆长，我还是尽可能仔细地亲手打扫了一遍。到了下午四点左右， 我守在离电梯最近的书架那里看书，这是我们约好的时间，而他走出电梯门的时候，我刚好把一本T.S艾略特的诗集放回书架。只一年未见，老馆长的头发几乎纯白，身体也似乎更弯曲了一些，仿佛被空气压迫着，用了好大力气才来到这里。但眼神倒是比我最后见他时多了些精神，尤其是当他看见书架整齐排列在天堂区，看见书们正在被阅读者捧在手里，他在惊讶之余甚至还略有得意地微微笑起来，看来他已经走出夫人去世的阴影，又变成那个乐观的普通老人了。

“馆长好。”走到电梯口后我说。

“哎呀，别再叫我馆长了，我应该叫你馆长才对吧。”老馆长伸出手攥住我的胳膊用力地握了握说，目光却没有停留在我这里，依然兴奋地扫视着整个天堂图书馆。

“我先带您参观一下这里，走到里面可以休息。”说着我搀起老馆长打算走向里面，老馆长却让我放开手，独自慢慢走向几排巨型书架。

穿过几个坐在地上看书的女孩，又侧身挤过一个几乎是趴在书架上拼命翻找的中年男人，我跟在老馆长后面，慢慢走在两排高墙般的书架之间。此时傍晚时分的暗金色余晖，正从对面落地玻璃毫无遮拦地照射进来，给书们染上了一层漂亮的镀金外壳。老馆长走走停停，偶尔告诉我某本书更适合放进某个书架，或者只是长久地站在某个地方平稳但沉重地呼吸着，我猜不出他在想什么。也许那里有一段我未曾知晓的过去，又也许他只是单纯沉浸在那些逝去的荣光里，毕竟在曾经的老图书馆中，已经很久没有过这么多阅读者了。被阅读者与书包围着，老馆长的表情渐渐放松下来，掠过书架的手也不再显得僵硬，这会他已经没有了刚进门时的兴奋，取而代之的是祥和的目光，以及只有经历过岁月磨炼才能散发出来的优雅，仿佛这里的空气正在慢慢给老人注入新的灵感与希望。而这期间，我本以为他会告诉我一些经营图书馆的经验指导之类，可在一个多小时的参观结束后，老馆长只是对我摇了摇头，接着便将视线穿过书架之间的狭长过道，沉默着远远审视眼前的一切。直到他开口说话，我还以为自己在某个环节出现了什么重大失败。

“我们总是无法看清自己的生活，看不清前方，又不了解过去，日子过得好全凭侥幸。”老馆长说。

“……”

“梅西耶，知道这个人？”

“似乎没有看过任何作品。”

“嗯，看到这里现在的样子，有这么好的环境，又有这么多人重新拿起书仔细阅读，我就想起这句话。我们这些人啊，一直以为自己这一辈子过得平平安安、顺风顺水，都是自己挣来的，其实都是侥幸。你尊称我一声老馆长，那也充其量不过是别人分配给我的工作而已，从来没想过改变，从来没有换过哪怕任何一个其他视角来看待问题。等到岁数大了身份高了，顶着个馆长的名头，自己还不知不觉得意起来，不知不觉认为那都是自己应得的，真可怜啊。能把图书馆交到你手里，我算是做了个正确选择，你把这里经营得不错，图书馆能重新活起来都是你的功劳，现在已经不用担心盈利问题了吧。”

“在这里阅读是免费的，包括借书，都是免费的。”

“……原来是这样，原来如此，也许图书馆就应该是这个样子吧。做得好啊，那你靠什么维持这里？”

“里面有一间简单的咖啡厅，供应些饮料简餐之类，那部分盈利大约可以支付员工工资以及维护费等等，其他余额暂时还没有，不过也并没有想靠这个挣钱，只是觉得……既然书们在这里，干吗不让更多的人看到呢。如此而已。”

“你是很高尚的人。”

“啊，不不，这主意不是我想出来的，是楼下按摩女孩想出来的。”

“按摩女孩？也是这里的客人吗？”

“……简单说……我应该算是她的客人。”

听我说完老馆长皱起眉头凝视我，眼睛里装满了惊奇与费解，我说不好他是如何理解这件事的，而为了不至于尴尬，我赶紧把他请到吸烟区坐下，让白班女孩弄了两杯咖啡，并在给他点上烟后使劲介绍起咖啡厅，用咖啡机烦琐的使用方法，以及咖啡豆产地等乱七八糟的事情转移了他的注意力。

喝过咖啡，我把老馆长让进图书馆后面，虽然他的确不太明白这地方到底怎么了，但也没多问，只是被诡异的海底世界吓了一跳。我领他穿过威士忌区，一路上简单讲述了我辞职后的经历，包括我的婚姻大冒险，以及这地方的来历，他听得津津有味，也许是当笑话听的，这我不太敢肯定，因为在他不断发出的爽朗笑声里有太多不确定性。

“这么看来，你早就计划好了要把图书馆搬进来。”坐在居住区客厅的沙发里，老馆长得出了他的结论。

“只是一闪念而已，算不上什么计划，更多的可能是冲动，我从没想象过有钱人该怎么生活，当有人突然对我说，这些钱你拿去，想怎么样就怎么样的时候，我只是相信了自己的直觉。”

“那么，你认为这直觉是否把你领向了正确方向呢？”

“正不正确我说不好，只是我的生活自那之后，便开始朝一个更加奇妙的方向发展，我的婚姻本身虽然形同虚设，但附加价值却大得出奇。”

“的确，表面上看的确是赚到了，也很庆幸你没有去挥霍，没有被欲望驱使着失去本心，而是变成了一个慷慨的人。”

“我从来没觉得让大家免费去读取这些书是种施舍，相反，是这些人的到来让我重新找回了生活的意义，可能是我的生活越来越缺乏人味儿了。”

“自由的代价吧。”

“如果是的话，也许没有这些自由，生活会变得更充实，在有限的时间和物质基础之下，人们才会去拼命实现自己的价值吧，我现在的生活却谈不上有任何价值可言。不过也可能是因为，我只是个平凡的小角色，依然没有找到驾驭金钱的正确方法？”

“相对于大多数人来说，你已经做得挺好了。不错，钱的确是相当中立的东西，但其本身无疑具有一定程度上的暴力性，这种暴力性平日里虽不露痕迹，可在某些时刻就会通过使用它的人显出原形，那时候它的力量将强大到无以复加，毁灭世界都算是小儿科，甚至毁灭一个人的灵魂都不在话下。不过，如果你能认清自己是个平凡的人，就一定知道平凡的人自有平凡的人该做的事。那样，钱的暴力性就将束手无策。”

“平凡这一宽泛概念于我来说……也许，无论如何我可能已经算不上是平凡的人了，这之前是，现在反倒说不好自己是什么样的人。”

“平凡的人，是啊，也许你的朋友，也许还有我，都算是平凡的人吧，靠自己的劳动换回相应的报酬，过上虽不是那么自由但也算脚踏实地的现实生活。这么看来的话，你可能不算是平凡的人，准确地讲应该算运气不错的人。那么如果再给你一次选择的机会，你又会怎么样呢？”老馆长抛出这个问题后，好像说得累了，就闭起眼睛等我回答，而我犹豫了许久也没能给出明确答复。

不，也许不是犹豫，而是猛然间欲望的触手开始凭空支配我的大脑，一股突如其来的对金钱的巨大欲望，正迅速把我扯进一片黑暗黏稠的空虚沼泽，不断吞噬有些惊呆了的我。有几个瞬间，我无法控制地想象并没有得到这些金钱的自己，想象会继续支配我的了无生气的图书馆生活，以及那之后的黯淡无光的假想未来。面对这些空泛的想象我感觉到一丝恐惧，莫名的无助感令我焦虑起来，我不想失去现有的这些东西，我还能再做回平凡的人么？不不不，不是能不能的问题，事实上我已经不想再做回平凡的人，我不想失去随心所欲的生活，那些都是我假想出来的。我依然拥有这间……巨大到不可理喻的房子，依然不用为明天担心，依然可以存在于他人之上，比如矮个子，比如老馆长，我依然存在于大多数平凡的人之上……

存在于平凡的人之上？等一下，从什么时候开始我竟然有了这种……好像不是我的脑袋应该冒出来的想法？我曾经也是个平凡的人，平凡到简直不能再平凡。而平凡的人更善于抵挡诱惑，这是金籽说的，也正是因为这一点，金籽才选择了我。虽然我们之间并不存在所谓的爱情，可在金籽眼里，平凡这一元素，似乎比爱情本身更令她觉得值得信赖。也许，在那之后我已经逐渐变成了并不是我的我，因为刚才那些想法令我害怕，对于失去金钱的恐惧，在那几个瞬间彻底支配了我，我虽然……按照老馆长的说法，只是个运气不错的人，毕竟我拥有了通常不可能在这么短时间内就积累起来的巨额财产。而现在，这些东西却令我感到深刻的不安。也许这是个错误的运气，也许选择与金籽结婚这件事本身就是个错误的决定。但错在哪里呢？要是允许我反过来想这件事呢？说是运气，也的确是运气，但同时金籽也是命运给我的机会，暂且就让我将其称为机会好了，这是不可否认的。而如果命运让我重新选择，我一定还会选择与她结婚，也还会送便利店给矮个子，会拯救老馆长的图书馆，这件事本身就是场大冒险，而显然我与金籽都并没做错什么，难道不是吗？这么想着，不安的感觉逐渐消退，我好歹镇静下来，但我依然没有捋清头绪，也依然没有得出结论，至少没有得出算是能彻底说服我自己的结论。

“不知道。”沉默良久后我终于说，声音却只发出来一半，另一半卡在僵住的喉咙里。

“诚实的家伙。”待我说完隔了一会儿老馆长才慢慢地说，连眼睛都没睁开。

Chapter 19

就像这件事刚开始的时候那样

老馆长离开的时候，天色已经有点晚了，图书馆里还有不到二十个客人，其中一半人安静地坐在休息区，嚼三明治、喝咖啡，有人在低声交谈，也有人只是独自坐在那里，好像在安静地冥想什么。另一半人则一如既往地坐在书架下闷头阅读，吸烟区里还有一男一女，小心翼翼地讲着话，时而发出音量很低的笑声，至于在讨论什么我不得而知。

送走老馆长，我在天堂区随意巡视了一圈，走到吧台要了杯咖啡，便又返回居住区。威士忌见不熟悉的人走了，才终于肯出来活动，他悠闲地迈着步子游荡在我身边，后来干脆纵身跳上沙发一端，开始了旁若无人而又长久的舔毛工作。我坐在沙发另一端，出神地望着威士忌，偶尔喝上一口咖啡，却品不出味道，心里像刚有风暴疾驶过的沙漠，晦涩难解的动荡心绪还未完全平复，如同细沙借着残留的微弱风力，继续徘徊在依然不够安稳的空气中。

我是否还算是一个平凡的人这一命题依然在困扰我，自老馆长问出那个问题后，激烈的心理碰撞让我开始重新审视自己。我知道欲望本身并不是问题，金钱本身也不是问题，它们只是单纯存在着，并不具备好坏美丑等被我们后天赋予的标签与属性，往往是我们按照自己意愿，不断矫情地将它们强行归类。在我与金籽的婚姻这件事当中，此时此刻我所要做的，无非是承认金钱对自己做出的诱惑，并直面自己的欲望就好了。我明确知道自己已经习惯了这种想做什么就放手去做，同时又不计后果的生活状态，已经很难再回到为了明日之生计，被迫修正眼下计划的缩手缩脚的生活，而这一切得以实施又都基于我与金籽的婚姻。金籽如同闪着金色光芒的全能上帝般，赐予我还属于正常人范畴内的几乎算是最大的自主权限，让我能仅凭一句话就送给矮个子一间便利店，一次性全款买下父母的新房子，并任性地住进这几千平方米的商业楼顶层，甚至心血来潮全盘接手了老馆长的图书馆。金籽自有她看待问题的方式，我也有我处理人生的主张，目前来讲我们做得都还不算出格，除了我买下整层商业楼用来居住这件事比较……过瘾之外。

虽然掌握着非常人所有的大笔金钱，但仔细想来，我们依然保持着如常人般的生活姿态。钱不是非法捞来的，物也不是靠恐吓蛮力抢来的，从某种意义上说，我们过的日子只是规格上超出了普通标准，但其内核与大多数人所行之事不是并无二致么？对于欲望的冒头与金钱的诱惑，我究竟在恐惧什么呢？嗯，这样想也许就想通了。那么剩下的问题就是，当老馆长说出若是让我重新选择的话我会如何做这件事，既然前面的问题想通了，剩下的这个问题也就迎刃而解了。当初要是不那样就好了等等，诸如此类的龌龊想法一文不值，后悔这东西从一开始扎进人类情感的基盘，就只会带来不必要的烦恼，不具备任何实际意义。所以说白了，老馆长并非想知道我如何再次选择未来的生活方向，而是在试探我如何评判自己的价值观，这里面的隐藏关卡是，我在面对作为金钱交易的爱情时如何保持自我，我会被金钱蒙住双眼吗？

在老馆长抛出那个问题后的几个瞬间，我的确深感恐惧，因为我过惯了这样的日子，我害怕失去它们。但反思结婚后我过的日子，与其说是被金钱蒙住了双眼，倒不如说是被无聊与孤独蒙住了双眼，金钱的存在感反而日渐薄弱。于是这又引出新的问题，我问我自己，有钱了又能怎样呢？如果我作为一个平凡的人，去选择了平凡的婚姻，是不是就能更开心些呢？答案当然不在我这里，因为我既不再是平凡的人，也没有平凡的婚姻，我可能永远也找不到答案了。不过暂时就这样好了，我想，这样的答案知道也罢，不知道也罢，生活总得继续下去。

等自己大约足够淡定了，我也更加顺利地融入了眼下的现实。我像平时一样，没事做的时候就继续混进阅读者中间，偷听他们的意见，或者干脆就像其他阅读者一样，找到某本喜欢的书心无旁骛地专心阅读。忙的时候则认真对待手头工作，尽量不让矮个子有压力。同时这里本身也是我的家，细心打理自己家这件事还是有不少乐趣的，反正它大得一塌糊涂，要认真弄起来总会有做不完的事情。我甚至还和几个经常来的家伙成了朋友，并偶尔会把威士忌放出来，让他在图书馆里自由游走，给大家添加一点点小乐趣。

渐渐地，虽整日忙碌于书架与吧台之间，我却从寡言少语的无聊角色，开始变成一个健谈而又热情的人。开始我还有些不太习惯这样的转变，有时候难免尴尬，可无论如何生活正显露出崭新的一面，我也准备相当积极地去拥抱它。就这样，几个月时间又急匆匆流逝而去，到了初夏，这个本不指望赚钱的项目居然开始盈利，人越来越多，他们整天整夜坐在咖啡馆谈项目、谈恋爱、谈人生，五花八门，以至于我不得不经常提醒那些激动的家伙说话小声些，不要妨碍隔壁的阅读者。总之，经营图书馆完全成了我生活的重心，我不再无所事事整天阴沉着脸，并且我似乎还发现了自己做生意的才能。

当这一年的夏天正式登场后，伴着几场骤雨洗刷过下面乱糟糟的城市，在某个我并不熟悉的遥远国度，金籽的公司宣布破产。这件事发生得无声无息，我眼前的空气连一丝震颤都没有。

金籽的律师到访那会，外面刚好结束了一阵突如其来的暴雨。雨来之前我正靠在窗边书架上，一边捧着陀思妥耶夫斯基的《卡拉马佐夫兄弟》，拼命想要记住书里登场人物的名字，一边抱怨阳光太过强烈，使得书页折射出阵阵反光颇为晃眼。之后一个令人毫无防备的巨雷劈开天空钻进耳朵，我以为图书馆里某个电路爆炸了，紧接着雨滴便如同愤怒的飞行葡萄般砸在窗玻璃上。所有人都惊讶于暴雨来得突然，纷纷跑向窗边用手机拍照，我的第一反应则是寻找到处乱窜的威士忌，这家伙一定被吓得不轻。而等我花了十分钟时间，终于在吧台某个水桶后面发现它的时候，雨势开始转小，至少雨滴砸在玻璃上的声音小了，我赶紧趁机扯出威士忌，把他抱回威士忌区。一放到草坪上，威士忌便腾空跑起来，速度快到我只能看到它的残影，最后它消失在猫爬架上另一个水桶后面。确认他没事了，我锁好门回到休息区，可出来时就发现雨已经停了。这雨来得随心所欲，停得猝不及防，好像马戏团小丑，只等演出间隙突然钻出来挥几下旗子鞠个躬，随即便消失不见了。就是在这时候，金籽的律师钻出电梯走进图书馆，我远远看见有人来了，又好像是熟悉的身影，便迎上去打招呼，没想到居然是他。

“金籽的律师？”我边走边说，自己也不确定是打招呼还是自言自语。

“你好你好。好久不见。”律师有点狼狈地说，他浑身湿透，一只手拿着貌似价格不菲的公文包，另一只手捂着脑袋，水滴顺着袖口流下来。

“您的头怎么了？”走近后我问。

“雹子，居然下了雹子哦。有核桃那么大。”律师说。

我把律师直接让进居住区，拿来毛巾和热咖啡，律师一边感激不尽地客气着一边擦拭雨水，又喝了几口咖啡，才算有了说话的心情。这期间我则在旁边抽着烟，好奇地琢磨他为什么来这里。

“没想到没想到，这里居然是这个样子。”放松下来的律师东看西看。

“您想象的应该是什么样子？”我问。

“啊，这个嘛，说实话我也想象不出这里应该是什么样子，以为你要拿来做生意，可又觉得你不是做生意的人，没有那种商人的味道，但买下这么大地方，又是在商场里，不做生意的话就想象不到还能用来干吗了。现在知道了，这里简直像个图书馆加主题公园。有意思，有意思。”律师的好奇心还在持续。

“图书馆倒是有一个，主题公园就……其实这只是两个不同的区罢了，那片草地是威士忌区，威士忌是我养的一只公猫，那是它的地盘，这边是居住区，算是我的地盘。”

“嚯，威士忌区，威士忌住的地方简直比我家还要大。”

“哪里哪里，您见笑了。”

“够气派，嗯，年轻人就是想法不一样。”这时候律师已经停止了四处张望，一本正经地转向我。

“那么您今天来的目的是？”我知道应该转入正题了，与这个家伙也没什么需要客气的。

“嗯，还是说正经事吧，本来这次回来时间也很紧张。”

“明白。”

“首先呢，金籽破产了。”

“哦。”

“不惊讶？没什么想说的？”

“请继续。”

“很好。接下来的事情想必你也明白，她正忙着处理公司内部的事情，所以没有时间亲自飞过来，就由我代劳了。也就是关于解除婚姻合同的事情。”说着话，律师从公文包里掏出一叠极厚的资料来，大约是两盒烟摞起来的高度，不过也可能是一只普通水杯的高度。之后他将这些资料逐一分拣，在我桌上整齐铺开。

“这里有些资料，比如破产证明之类，是为了向你证实公司的确已经破产，没有作假。需要的话请过目。”

“不必。”

“那好，感谢你的信任，那剩下来就是解除婚姻的合同，这里。”律师说完递给我一叠资料，分量与当初签署的结婚合同差不多，我拿过来随便翻了翻，内容也同样是用密密麻麻的冰冷语调写成的标准合同。

“需要的话我可以逐一说明讲解。”律师说。

“不是赶时间吗？”

“啊，这是计划中的事情，这点时间还是有的。”

“哦。要不要续一杯咖啡？”

“那倒是谢谢了。”

我拿起律师的杯子走进厨房，用剩下的热水又做了一杯咖啡，自己从冰箱中取出一罐可乐，之后走回桌边，分别放下二人的饮料并坐回椅子里。脑海中空无一物。

“实话说，我也真是没想到，这经济不景气的大环境啊，本以为金女士的公司可以逃过这一劫，可最终还是没能挺过去。”

“她可以回这边来。”

“你愿意等她？这倒是很意外，很令人感动啊。”

“不，这是两件事。我的意思是她可以回来做生意，这边环境貌似还不错。”

“哦哦，那真是太尴尬了，是我想多了，我们还是说合同吧……就像最开始约定的，如果金女士一旦破产，你和她就要解除婚姻合同，她也不再支付每月的生活费，毕竟是破产嘛。但会提供一笔保险金，不过说是保险金，就算是赔偿费吧，这个你可以随意理解。”

“是。”

“可现在有了个技术上的小问题……虽然合同里没有写……你知道，这么大的公司搞起破产来可谓旷日持久，一旦山倒了，平日里本是细水长流的事情突然间就堆到了鼻子尖，每个人都不好过啊。而且资产审查也是问题，这里边最关键的，很多钱我们实在无法自由支配，法律啊，流程啊，社会关系啊……”

“如果我猜得没错，保险金可能打水漂了吧。”

“嗯……事实上的确是这么回事。但是，但是啊，金女士依然想办法搞到了一笔钱，虽然数目上……”

“嗯，我明白。”

“你真是通情达理的人。”

“没关系，那笔钱我可以不要。”

“你说什么？”

“我说我可以不要，毕竟金籽也不好过，让她留着好了。”

“真是一日夫妻百日恩！”

关于这点我实在无法评价，只是看律师一个人在那里上蹿下跳相当有趣。

“那么，合同还是照签？”

“签。”说着我打开合同，直接跳到最后一页找到签名栏，律师则迅速递过一支笔，我接过来，没有任何犹豫就唰啦唰啦写下了名字，之后将合同推给律师。

“实话说，我真是佩服你的勇气，无论是当初还是现在。你真的就这么信任金女士？万一这合同里写了要收回房子，要收回便利店，不再有任何补偿等等，这么签了，可就算生效了。”

“还是那句话，没有不信任的理由。金籽与我无论是不是夫妻，事情摆在这，还是用最简单的方式和态度处理好了，何况又不是她强迫我，我也是主动参与者之一。另外现在金籽破产，我想她一定也没有心思在我这，让她去忙吧，我能做的只是在这边继续默默地自由生长，两个世界的人，还是不互相干扰为好。”

“你对金女士还是有感情。”律师慢慢收起合同，歪头打量着我，那眼神仿佛突然发现树袋熊头上长出角。

“感兴趣？”

“感兴趣。”

“时间差不多了吧。”

“我说了算。”

“饿的时候就去吃饭，爱的时候也不必撒谎。就说这么多。”说完我喝了口桌上的可乐，律师则沉默了一小会儿没说话，我看得出他正在努力寻找应对语言，但似乎并不成功，表情好像被我突然扔出的小石头敲中了脑袋。

“开图书馆的人果然要刮目相看。不简单……不简单，金子般的语言。”最后他只好如此草草收场。

“不是我说的，是马老爷说的。”

“马老爷？”

我笑了笑没回答，律师也笑了笑没再多问。

陪律师走到电梯口，按了下行键后我们都没说话。我歪头看看他，气氛微妙地尴尬起来，连电梯发出的微弱嗡嗡声都显得有点刺耳。

“孩子很好，金女士让我转告你，请你放心。”终于，律师抬头看着天花板，假装漫不经心地说。

“谢谢。”我说。

“分内之事，不必客气。”律师依然不打算与我对视。

“话说，其实您就是金籽的父亲吧。”

这时电梯门打开，律师略一沉吟，低着头慢步走入电梯，随后转过身立正站好，给了我一个标准的营业性微笑。我看着电梯门缓缓关上。

送走律师，我回到休息区要了杯咖啡，之后端着咖啡犹豫要不要回居住区，但最后我选择了吸烟区。那里有几个家伙正在神秘地耳语着什么，我突然有种想要知道他们到底在耳语着什么的冲动，可我一走过去，那几个家伙就各自掐掉烟头离开了，留下我一个人干巴巴站在那里，被莫名的失落感笼罩。当时我整个人好像悬浮在离开地面两厘米左右的空气中。

窗外马路上的水迹这时候已经差不多干掉了，只有汽车自行车偶尔压出几道笔直的水印留在上面，但稍远的地方，有些平房和店铺房顶还留着积水，几只麻雀正在其中一个小水坑里洗澡，不时溅起小小的水花。我站在窗前吸着烟，出神地望着那几只麻雀，原来麻雀还会洗澡，我想。等看麻雀看得腻了，我收回视线，看到玻璃上映出的自己，模糊的影子有点不太清楚，但似乎比以前瘦了。

金籽怎么样了呢？按照律师的说法，她一定正忙得焦头烂额，每天被埋在那些我既无心看下去也理解不了的冰冷合同里，这么想着，我集中精力去回忆她的样子，长头发……黑色的长头发，然后……居然没有任何印象了，但我和这个连样子都不再记得的女人却共同拥有一个孩子。我不知道她会怎么跟孩子解释父亲去哪了这件事，也许现在还不涉及，但某天她一定会面对这个问题吧。她会怎么说呢？父亲是买来的？哈，好像我是一罐饼干或是一辆新自行车。但不是买来的又是什么呢，我们之间没有爱情可言，我只是她的交易对象而已，是件工具。我拥有……我似乎拥有她看中的某种特质，如同一把形状特殊的扳手碰巧遇到一颗形状同样特殊的螺丝钉。我对她的生理反应也只是纯粹的生理反应，我们以扮演两只哺乳动物的方式结合在一起，那几乎是个没有情感交流的世界，因为叫作情感的东西，早已经在凌厉的理智之风面前烟消云散。而现在她破产了，我则刚刚签署了我们的离婚合同，所以结局就是……一片荒芜。在我与她的世界中，我们唯一的连接点，那个叫作契约的东西最终也没有剩下，现在的我们又再次行同路人，就像这件事刚开始的时候那样。

就在我琢磨这些的时间里，咖啡早已凉透，手里的烟也彻底烧完，并且手机里多了两条短信，是我回过神后才发现的。一条是来自银行的汇款到账通知，一笔虽没有大到惊人，但也足够吓人的款项进了我的银行账户。另一条是金籽发来的信息：

> 该拿的不拿，傻瓜。
>
> 平凡的人果然更善于抵挡诱惑，没看错你。
>
> 祝一切顺利。

Chapter 20

这个故事说的就是，爱是一种标记？

椅子在侍者屁股下面发出咯吱声，大神如同在哪里神游一样，微微抬着头半闭起眼睛。侍者点了支烟，刚要继续讲故事，一男一女两个年轻人走进咖啡厅，叽叽歪歪磨蹭了大约三分钟，才在靠窗的桌边坐下，侍者对大神眨眨眼，立刻站起来迎上去，说：“您好，您要喝点什么？”侍者离开后，大神听见他的声音从背后传来，“两杯咖啡，再要一块芝士柠檬蛋糕和一块巧克力蛋糕。”年轻男人说，之后是侍者走向吧台的拖沓脚步声。

此时已经将近夜里十一点，外面路灯洒下微弱拙劣的光，好像给小孩子玩的夜光玩具，雾一样的小雨已经持续了两个小时，水气夹杂着轻飘飘的细小水滴蔓延在路灯灯光下，让夏秋交替的闷热夜晚至少在视觉上稍显凉爽。在侍者服务客人的时间里，大神一会儿看看外面，一会儿看看手机，半个多小时前他给女友发过短信，但到眼下为止依然没有任何回复。听这个絮絮叨叨的侍者讲了这么久故事，好像天方夜谭，大神想，如果这些事情都是真的，简直能拿去写小说了，题目就叫……一个失败者的狗屎运，对对，应该叫这个。不过我要是也有这样的运气就好了……怎么不回短信呢？这次是真的准备分手了吗？

“嘿，在干吗？”侍者的突然返回吓了大神一跳。

“啊……没什么，玩手机。”大神说。

“那我们继续？”

“好啊好啊……后来呢？”大神强装自然。

“后来我拿到那笔钱，心想，这下要自己讨生活了。不过我又没正经上过班，连怎么找工作都不知道，写简历那种事情简直麻烦得要死。这个也会，那个也行，人品必然端正，做事必然高效，都把自己说得好像全能神一般，结果大多数还不是胡说一气，都是撒谎的职业高手，说得自己都信以为真了，咳，我可不想跟他们同流合污。所以呢，我就开了这间咖啡厅，图书馆依然正常运行，我也依然住在图书馆里。不得不说矮个子将它管理得很好，每个月拿掉他那部分收入甚至还能有我的份，再加上这间咖啡馆的收入，至少生活不发愁了。忙的时候就彻底动起来，让一切井井有条、稳步发展，不忙的时候就从图书馆把书拿来一个人专心阅读。不是打发时间哦，是真正的专心阅读。但是我只读小说，什么散文啊随笔啊一概不看，没事瞎评论感叹什么，说得好像别人都没见过一样，顶讨厌那样卖弄的文章。”

“也不都是卖弄吧……”

“嗯，你说不是就不是，反正我看不下去那些，还是小说有意思，平时看小说？”

“看过一些，《傲慢与偏见》什么的，就是古典名著那些，也是上学时候看过的，现在倒是没看。”

“嗯，都是没什么味道的东西，不看也罢。”说着侍者推推鼻梁上的眼镜。

“话说，你的图书馆里已经有一间咖啡厅了，干吗又要离开那地方另开一间？”大神面无表情地问。

“这是个好问题……把我难住了……的确，真是个好问题。”侍者突然焦虑起来，好像丢了什么东西，不停回头望向吧台，但一分钟后又马上镇静下来，“其实我也不知道为什么，无论如何，最简单的道理，那里已经有一间咖啡厅了，总不能于隔壁再开一间吧。”

“不不，我的意思是，你继续经营那间咖啡厅不就得了？”

“有道理，有道理……啊，那间咖啡厅实际上是矮个子的，是我叫他弄的，我去的话岂不是成了竞争对手？”

“倒是也可以这么说……反正金籽最后给你那笔所谓赔偿金，用来开这间店应该绰绰有余，毕竟总是搞出大手笔。”

“的确是绰绰有余，按照这个规模的话应该能开三家。”

“嚯，也算是仁至义尽了。”

“放下我们的婚姻不谈，金籽是个好女孩，只是完全与我处在两个不同的世界罢了，彻底的异类。在她的世界里，不用说，我肯定会被击打得遍体鳞伤，虽然表面看上去风平浪静，水下却必定暗流汹涌，他们能支配的财富不是吾辈所能想象的，看不见的拳头才最伤人。而她呢，在我们的世界里恐怕过不了一星期就会哇哇大哭起来，一定是从小被洗脑的对象，被彻底颠覆的价值观在这里丝毫也派不上用场，必定处处碰壁。”

“但至少对你还不错。”

“也许是因为她从未见过像我这样的怪物吧，觉得新鲜。”

“爱她？”

“说不上，只是觉得不要辜负她就好，毕竟结了婚，或许她也是这么想的。”

“那按摩女孩呢？”

“按摩女孩，后来我又去了一次，但她辞职了，不知道去哪了，无影无踪。那个男领班还在，说她换了店，却不知道是在哪里，也许回老家了，也许还在这城市，总之没人知道她的下落。因为这事我还伤心了一阵子，我既不知道她的名字，也不知道她的电话，只知道她是十号，叫作十号的女孩。神秘兮兮，又很温柔，长得也漂亮，现在这么想，她长得还真是漂亮。”

“喜欢？”

“那可是相当喜欢，要不是被她拒绝了，说不定生活又会朝另一个奇妙的方向发展了。”

“你运气真好。”

“的确是运气好，女孩们一个个不断冒出来，但也一个个不断消失的运气。”

“老馆长呢？”

“老馆长从那之后再也没见过，打过电话，说是忙着到处旅游散心，就是不肯来我这。”

“倒也是乐观的老人家。”

“是啊，乐观点好，那些莫须有的烦恼抛开就是了，能活得自在比什么都强。人生最有意思的地方是，时间是有限的，有的人拼命你争我夺，一辈子过得兵荒马乱，当成英雄也就罢了，但英雄哪有那么多，没当成的岂不是只落得心有不甘郁郁而终？最后也是这一生。有的人则接受现实随遇而安，任凭他人在那里厮杀，自己知足常乐，当死亡来临的时候说上一句，啊，这一生虽然稍显平淡，但既没有什么大缺失，也没有什么大遗憾，该做的都做了，顺其自然到此为止，散了散了。然后舒服地伸展四肢，春满乾坤，撒手人寰，最后也是这一生。要是我的话，一定选后者。”

“嗯嗯，那我也选后者。”

“哈哈哈，志同道合。”侍者大声笑起来。

“哈哈哈。”大神笑得却不是那么自信。

话题告一段落，侍者起来伸个懒腰，拎起桌上的杯子走回吧台，音乐换成The Doors乐队，又弄了两杯咖啡回来。

“所以总结起来，这个故事说的就是，爱是一种标记？”大神喝了口新端来的咖啡。

“什么标记？”侍者也喝了一口，又点起烟。

“话题难道不是这么开始的？我问你到底什么是爱，你说是种标记，然后就开始讲这个故事，那么结论呢？”

“爱是种标记？我忘了，我这么说过？”

“……不然干吗讲这个故事？”

“也是啊……要说这件事的起因，恐怕就是觉得无聊吧，看你坐在这被女朋友扇了巴掌，我就想，反正没别的客人，陪你聊聊天开导你一下，标记什么的倒是忘了。不过，可算是开导你了？”

“原来如此……但似乎并没有开导出什么。”

“那还真是遗憾。”侍者说完端起咖啡杯慢慢喝着，把脸藏在杯子后面。

“好吧，反正刚才你说了，爱是种标记。”

“OK，就算我说了，虽然我也不知道自己干吗那么说。那么对你来说爱是什么？”

“嗯……我没有想过这些问题，可能偶尔有想，但想不明白也就过去了。”

“倒也轻松。爱情的表象的确花样繁多，但其实质却总是匿影藏形。无数的作家画家音乐家，还有那些小心眼的哲学家，他们已经无数次挑战过了，最终还不是没得出什么像样结论来？难道我们比他们还聪明？既然没什么主意那就静静等待好了，终有一天一切都会豁然开朗也说不定，我们何以为这个概念纠缠不清呢？该显露其原形的时候，自然会像星球爆炸那般摧枯拉朽、势不可挡，到那时候即使想回避恐怕也都无计可施。”

“明明是你聊起这个话题。”

“那是因为你失恋了啊。”

“但依然改变不了是你聊起这个话题的事实，你完全可以无视我。”

“因为我很无聊啊。”

侍者与大神的声音越来越大，这些声音逐渐在空荡荡的屋内扩散，直到几声讥讽的笑声传过来。

“该死。”侍者说着朝年轻男女那边望了望，但好像也没看出什么。

“算了算了，我们整理一下，爱情似乎也没有那么复杂。比如吴为的爱情姑且算是奉献的爱情。按摩女孩的爱情算是……临时的爱情。老馆长的爱情是平凡的爱情。金籽的爱情是荒诞的爱情。泡泡的话……嗯……”说到这里，大神有点纠结起来。

“是啊，泡泡……听起来好久远的名字，我们之间的确有过爱情吧，或者说那可能也不是爱情，只是有趣罢了，毕竟眼下人在哪里都不知道，该怎么说呢？到底有没有爱情，那又是什么样的爱情，也许只能由泡泡来说明了，要不是你说起这个人我都险些忘记了。”

“老板结账！”

侍者和大神正聊着，身后传来年轻男人的声音，侍者厌烦地噘起嘴，大神摇头笑了笑，也跟着站起来。

“不早了，我也该走了。”

“这就回去了？可我们的谈话还没有个实质性的结果。”侍者说着话走向吧台，拿起一张账单。

“实质性的结果这种东西世界上又有多少呢？”大神眨眨眼说。

“好吧，你说了算，你今天失恋，我不跟你争。”

“下次吧，下次我再来跟你讨论关于结果的问题。”

“随时恭候。”

侍者给年轻男女结过账，随后毕恭毕敬送他们到门边，大神跟在年轻男女后面摆摆手走向店外。等他们开门出去，与他们擦肩而过，泡泡走进来。

Chapter 21

如果深渊真的存在，就让它存在好了

i

泡泡走进来。

“迷途漫漫，终有一归。”泡泡苦笑着说，说完把湿透的长发捋向一边。侍者立在门边，挂在脸上的笑容变得僵硬又略显夸张。

突然出现的泡泡上身穿纯白T恤，沁满了水，下身是蓝色宽松短裤，好像瘪掉的皮球一样贴在腿上，还有一只大帆布行李包扔在脚边，拖鞋上沾了泥巴。侍者愣愣地看着湿漉漉的泡泡，抬起右手摸了摸离他最近的椅背，又垂在身体一侧，继而又摸了摸，看起来似乎要摔倒了。不过最终他还是决定将椅子抽出来，没想到发出巨大的声音。

“坐吧，要不要坐下？”侍者干巴巴的声音只在空气中停留了一瞬间，便不知消融在哪里了。

“你有没有毛巾之类的，我先去卫生间好吗？”泡泡依然苦笑着说。

“啊，毛巾，有的。”侍者说完慌张地跑进吧台，泡泡拎起帆布行李放在椅子上，之后站在原地等待侍者返回。此时唱片中的The Doors乐队刚刚唱完*Riders on the Storm*。

泡泡环视着整间咖啡厅，乳白色墙面在昏黄灯光的渲染下显得孤寂且沉静，深色木制桌椅有些凌乱地摆在屋子中间，几张备受冷落的红色沙发缩在墙角。泡泡慢慢溜达进吧台，用手轻轻抚摸咖啡机、铁茶壶、洋酒瓶、没刷的玻璃杯以及收款机，随后她微微笑着，将音响中的音乐换成America乐队的*A Horse with No Name*，便返身回到自己行李旁边，从里边取出一顶银白色假发戴在头上。

这时候侍者终于拿着两条白毛巾从吧台后面钻出来，看见站在一边的泡泡，他沉默着将毛巾递过去，并试图闪开身子，泡泡却在拿过毛巾后用尽全力抱住侍者，银白色假发擦过侍者鼻尖，这让侍者微微犹豫了一下，但他还是慢慢抱住泡泡。

“你还在这里，还在这里……”过了大约两分钟，泡泡的声音带着雨水的味道传来，仿佛春日傍晚轻柔掠过草地的风。

“在的，一直在的……”侍者低声说，说完紧张地绷紧身子。泡泡在侍者肩膀上微微点了点头。

“我去擦干水。”泡泡接着说。

“……还回来？”

“嗯，等我哦。”说完泡泡离开侍者走向卫生间。

大约两根烟的时间里，侍者独自一人坐在桌边，右手食指轻轻敲击桌面，左手漫不经心地握着一只咖啡杯，目光掠过房顶，掠过吧台，掠过地面上的一个烟头，谁把这东西扔在这儿的，他想，却始终没有望向卫生间的方向，好像那里有奇妙的磁场正将他的视线不断弹开。直到用余光看到泡泡从卫生间门口现身，将毛巾随手置于吧台并慢步走过来，侍者才抬起眼睛犹豫着望过去。的确是泡泡，那个很久以前离开的泡泡，正从仿佛虚拟场景中的吧台走向自己，银白色假发在空气中有节奏地晃动，熟悉的笑容装点在似乎有些迷离的音乐声中。真有点想从这里逃开，侍者想，我完全没准备好面对泡泡的突然出现，脑袋里甚至没有一句适当的话语，对于泡泡曾经的记忆也正随着她不断接近而分崩离析。难道……我不是应该高兴才对吗？当然我很高兴泡泡回归了……人这一生总是不断失去这个、失去那个，能再度相遇的人与物屈指可数，现在泡泡回来了，我又在迷惑什么呢？可的确，就在几分钟之前，我才刚刚在大神的提醒下想起她，现在现实中的她却正向我走来，这太不可思议了。而此时一壶刚煮好的咖啡，两只杯子，一些糖和牛奶，一瓶白兰地，两块盛在盘子里的芝士蛋糕正摆在桌子上，蛋糕旁边是两支精致的蛋糕叉。我又是什么时候搞来这些东西的？侍者继续想。

就在侍者胡思乱想的时候，美国的迷离歌声被一支他并不熟悉的小号三重奏取而代之。泡泡走近后则坐在侍者对面，优雅而熟练地点起烟。

“开始抽烟了？”侍者说，接着自己也点了一支。

“说来话长。”泡泡的眼睛直勾勾注视着侍者。

“是很长，有多久了？”

“大约四年了吧。”

“四年……大约是吧。”

“过得还好？”

“说来话长。”

“说来听听？”泡泡对侍者调皮地眯起眼睛。

“真想听？”

“想哦。”

“好。简单地说，你走以后我修完了大学，并找到一份工作，在一家图书馆做管理员，后来结了婚，后来又把自己上班那家图书馆搬到家里，再后来是离婚，图书馆依然在家里，然后我出来开了这间咖啡厅，直到你回来，就那么出现在门口。原来已经四年了，要不是你这么说，我还以为这些不过是一个夏天发生的事情，好像几个月前你才在我家吃过晚饭。”

“图书馆？”

“所以说说来话长嘛。”

“原来如此，听起来确实有些不简单。又是图书馆又是结婚又是离婚的。还爱你老婆？哦不，前妻。”

“说来话长。”

“你就没有别的话要说？”

“明确来说，你出现得过于突然，我还没准备好接受这个现实，也不知道如何将此时的心境付诸语言。”

“算啦，无论如何，孤独的大学生开起无人光顾的咖啡厅，也算适得其所。”说完泡泡不自然地将头转向一边，不知道在看什么。

“那险些跌进深渊的文学少女又怎么样了呢？”

“深渊已经不再可怕，但少女依然想念……”

话题到这停下来，泡泡突然哽咽着不再讲话，几滴眼泪流过她的脸颊滴在手上。她马上抬手擦掉，但又有新的眼泪滴下来，如此反复数次，直到泡泡彻底用双手捂住脸，拼命抖动着肩膀，在侍者面前毫不掩饰地哭起来。侍者紧皱眉头，觉得自己与泡泡之间如同隔着一面做工粗糙的玻璃，眼前事物正被压缩成一个抽离于现实的平面，继而变得模糊不清，变得摇摇欲坠。他摇摇头，倒了一杯热咖啡，并加了些白兰地进去，将杯子推到泡泡面前，又给自己做了一杯。喝过一口白兰地味道很重的咖啡，侍者感觉情绪多少恢复了一些，他站起来走到泡泡身边，从后面轻轻抱住泡泡仍在抖动的身体，那一瞬间泡泡似乎被侍者的行为吓到了，但她马上站起来转过身，与侍者紧紧地抱在一起。

“少女依然想念孤独的大学生。”泡泡哽咽着把话说完。

“泡泡回来了，曾经的大学生就不会孤独了。”侍者说。他用力抱着泡泡，与此同时很久以前的记忆开始涌进脑海中，教室里的黑板，雨夜的商场，便利店前面的护栏，教室，有乐队表演的酒吧，威士忌，露台，还有泡泡的唇印。四年以及比四年更加久远的日夜一一浮现，侍者紧闭着眼睛，彻底敞开自己的心，将它们全部释放出去。令他惊奇的是，那些记忆依然鲜明真切，完全没有被时间剥夺去哪怕任何一处抹在边缘的色彩。原来它们并没有消失，只是被我放在了自己没有去留意的地方，今天泡泡回来了，我才意识到原来它们一直都在，而那里面的每一帧画面中都有泡泡的影子，依然清晰可见。我只是被四年来无趣而又潦倒的生活蒙蔽了眼睛，把自己封闭在狭小的世界中，还抱怨为什么生活总是一筹莫展，却连再向前迈一步的勇气都没有。侍者这么想着，挫败感默默滋生，令他觉得疲惫，泡泡的身体似乎也正在变得沉重，于是他更加用力地抱住泡泡，既怕失去她，也为了给自己找到某种依靠。这时候泡泡从侍者胸前抬起头，她的情绪已经得到释放，开始趋于好转，她昂头看着侍者。

“这四年，我去了各种各样的地方，见了各种各样的人，但我却没有比你看到更多世界上的美与未知，只有更多思念带来更多的悲伤。原来，没有你的世界是那么灰暗无趣。”

“那为什么不回来？为什么不联系我？”

“泡泡有自己的理由。”

“没关系，你为什么不辞而别，又为什么突然出现，这些我都可以不去询问。现在你回来了，这比什么都重要。”

“真这么想？”

“嗯，我们都有各自的理由去逃避，去寻找，每个人最为核心的情感往往无法全部呈现给别人。无论是出于什么，或者只是单纯地不想给别人增添麻烦，每个人都是独立的个体，都有不为人知的秘密，那就保留在心里好了。最为重要的是现实，在我们依然可以追寻希望的时候，在我们还有机会的时候，我们可以选择重新开始。人生所有的弯路，人生所有的混沌都不是没有意义的，就当它是对自己的考验好了。你不在的时候，我也曾迷失在自己的世界里，尽在浪费这些时光，孤独，彷徨，但现在你回来了，我想我以后不会再任其白白流逝了。”

“打破孤独的方法唯有奋力拉近我们之间的距离。”

“是的，我还记得这句话，希望我们以后都不要孤独了。”

“不会的，泡泡知道的。”

“为什么？”

“你的心是不是已经不会再疼了？”

“也许不会了，的确是已经很久没有过……你怎么知道的？我的确有过心脏的问题，那是一种我无法形容的疼痛，都是偶然出现，然后又莫名其妙地消失。但那的确是在你离开之后才发生的。”侍者有点惊讶泡泡会谈起这件事，她怎么会知道？

“因为每当我觉得孤独的时候，你的心就会疼，那是我在想你，在向你寻求帮助啊。而每当你的心疼起来，我就知道在很远的地方还有人记得我，就会给我继续向前的力量，渐渐地我就会变得坚强，我知道你就在这里，所以才能一路寻找回来，现在我不再觉得孤独了，你的心也就不会疼了。不过对不起，是我让你承受了痛苦，但我真的害怕只剩下孤单一人，那样就真的要掉进无底深渊了，我曾无数次与深渊擦身而过，可谓险象环生，但每每都能在最危急的时刻化险为夷，那全都是你的力量，你存在于我这里的力量。”

“可为什么？为什么……”

“还记得我给你盖的章？”

“记得，那晚在你家露台上，在我心脏的位置……不不不，这也太过于离奇了，这是……魔法？还是其他什么？”侍者突然恍惚起来，他不敢肯定自己说出了魔法这个词，但心脏的疼痛又是真实存在过的，而失联的泡泡却居然知道这件事。

“你觉得它是什么？”

“我当然不知道，是你……给我留下的某种标记？”

“你觉得那是爱情吗？”

这时候侍者突然想起大神的话，大神说侍者曾认为爱情是种标记，但侍者却不记得自己说过。

“爱情……”

“不觉得爱情就是种魔法？也许在某些时候，爱情会以魔法的形式呈现呢？只要你有施加的力量，或是有感知的力量。”

“你真的……那真的是魔法？”

“你知道吗，无底深渊那种可怕的东西，是真的存在的。”

泡泡究竟是谁？在对话继续变得更加难以理解之前，是不是应该先给我一些常识经验范围内的解释？侍者想，这些理由……这甚至无法被称为理由，这已经超出了我的认知程度，这是我未知的世界。侍者再次审视自己正用手臂环抱着的泡泡，一个令他很不舒服的，甚至可以说是极为抗拒的疑问浮现在脑海里，你是谁？

“我就是泡泡，你的泡泡。不用怀疑，也无须多问，只要我们还在一起，而就算不在一起，只要我们记得对方，保护好我们的爱情，就不必害怕会掉进无底深渊。”泡泡似乎读出了侍者所想，她的言语无比轻柔，好像侍者梦境中遥远虚幻的回响，但那里面又似乎蕴含着超越常人的力量，让他控制不住自己的情感失声哭起来。泡泡用手抚摸侍者的头，像在安慰走丢了的孩子。

过了一会儿，泡泡端起掺了白兰地的咖啡，放在侍者嘴边，侍者勉强喝了一口，泡泡自己也喝了一口。

“坐下吧。”泡泡说。侍者点点头，擦去脸上的泪水。

“无论爱情是不是魔法，我都不再去关心了，你说得对，我们要做的就是保护好它。你是我的泡泡，而我也属于你。如果深渊真的存在，就让它存在好了，只要我们在这里，你和我在一起，便无须惧怕。”坐下后侍者慢慢说。泡泡坐在侍者对面，隔着桌子紧紧地握住侍者的手。

Chapter 22

孤独的人在这里徘徊

将近凌晨三点，侍者与泡泡从电梯钻出来，此时天堂图书馆内已经关掉了白晃晃的日光灯，只留下昏暗的夜灯以及四处点亮的阅读灯，轻微的鼾声弥漫在巨型书架之间，两个大学生模样的男女正靠在过道书架上熟睡。二人轻声走过他们，来到吸烟区。夜班男孩没想到侍者在这个时间出现，看到他们便揉着困倦的眼睛走过来，侍者轻轻摆摆手，让他继续休息去了。泡泡紧盯着图书馆里成排的高大书架，侍者觉得她有点紧张，因为有几个瞬间，侍者发现泡泡在用力吞口水。

“这就是你的图书馆？”泡泡伏在吸烟区桌上不停打量着周围。

“是，欢迎来到天堂图书馆。”侍者同样伏在桌上说。

“奇妙的地方。”

“确实不多见。”

听侍者说完，泡泡离开桌子径自走回到书架之间，不时抬起手触摸这些古老的书架，她的动作很轻，即使触摸了也是很快就把手收回来，仿佛在小心确认它们的真实性。同样过程持续了大约二十分钟，泡泡才若有所思地返回吸烟区并点起支烟。这期间她只触摸过书架，却一本书也没有取下来过。

“它们……在这里多久了？”

“忘记了，在这地方……时间总是没什么存在感。”

“怪可怜的。”

“是啊，怪可怜的。有什么在意的地方？”

“不，没有……这些书架，是很古老的东西吧。”

“这倒不确定，在另一个图书馆里也许已经摆放了几十年，再之前的事情嘛，只有老馆长知道。”

“老馆长……书架们仿佛在呼唤着什么，同时也在守护着什么。但它们终归还是太老了，我不知道它们想表达什么。”

“能知道这些事？”

“有些时候的确可以，但今天不行。”

泡泡向侍者伸出右手，侍者慢慢握住，轻轻吻在掌心那里。泡泡愣愣地看着侍者。

“不困？”

“还好，只是有点累了，回到这里……毕竟不是那么容易。”

“我们去后面，我住的地方，威士忌也在。”

“威士忌……”

穿过海底世界的围墙，侍者领泡泡来到居住区，远远看到威士忌正在沙发阴影里睡成一团。侍者走过去开灯，泡泡却阻止了他，之后蹲在威士忌身边轻轻抚摸它的额头，借着月光，威士忌舒服地扭动了一下，便继续睡了。侍者把泡泡的行李放在沙发上，弯身坐下，看着抚摸威士忌的泡泡。

“胖了不少。”侍者小声说。

“你觉得，它还会认识我吗？”

“等它睡醒了你问问它。”

摸够了威士忌，过了一会儿泡泡也来到沙发上，动作很慢，生怕吵到什么，之后半躺在侍者怀里，侍者顺势搂住泡泡肩膀。互相依靠着，两人长久注视着黎明前浸满了居住区的暗淡灰色，泡泡身体偶尔会抽动一下，每到这样的时候，侍者就会轻轻抚摸她的肩膀。沉默始终笼罩着居住区。正像侍者说的，时间在这里似乎失去了流动的能力，暗淡灰色的浓重颗粒凝固了本该宿命般奔向未来的时间之河，静止的物质世界逐渐压迫侍者的视野，令此刻的他不得不闭起眼睛。黑暗中，伴随着轻微耳鸣，不知从哪里传来雨水的味道，他感到泡泡的体温与真实的触感正在消失，仿佛她的身体正不知不觉消逝融会于居住区的夜色。过了一会儿，侍者下意识地想要抬起另一只手碰触她，可他的意识却在某个地方断掉了，似乎充斥居住区的浓重灰色在凝固时间的同时，也凝固了侍者的思维，凝固了侍者的身体。侍者不甘心地挣扎着，反复想要夺回自己身体的控制权，但又反复失败。直到一只手摸上他的脸颊，泡泡的手。

“一不小心睡过去了。真该死。”侍者在泡泡的触摸下睁开眼，努力适应眼前越发浓重的灰。

“不，你没有睡过去。”泡泡轻声说，声音显得既冷漠又干涩。

“啊……什么？那是。”这时候侍者才发觉有什么不对劲。

“嘘……”泡泡压低声音，“深渊来了。”

原来深渊是可见的。一小团仿佛比周围灰色密度更大的灰飘浮在半空中，距离沙发不过五米远，体积或者说面积约等于普通咖啡杯大小。侍者眯起眼睛盯着它，无法判断那到底是个球体还是个平面，令他想起在杂志里看到过的黑洞。

“它……”侍者想要说点什么，但可以用来恰当形容这个东西的词汇并无法闪现在他意识里。

“只要我们不打扰它，它就是无害的。暂时……”

“深渊怎么会出现在这？我以为……”

“因为孤独的人在这里徘徊。”

“你？还是我？”

“是我们，亲爱的，是所有来到图书馆的人。”

“所有来到图书馆的人……”侍者继续盯着那一团莫名的灰色，这时他想起矮个子，还有老馆长、按摩少女、吴为，继而思绪飘向更远的地方，又想起金籽的父亲以及金籽，还有他与金籽远在异国的孩子。他们强行出现在侍者意识里，侍者想要对他们说话，却发不出声音，不止声音，甚至将情感诉诸语言的可能性都被剥夺了。离开我，离开这里！侍者拼命瞪起眼睛，张开的嘴巴里却只有空气的团块卡在那。这时泡泡的手再次掠过侍者脸颊，只不过不再是抚摸，而是一个巴掌。

“慢慢适应，不要再被深渊迷惑了，我以为我已经摆脱它了……也许是因为那些书架，他们记忆着过去，记忆着像我一样触摸过它们的人的记忆……现在小心站起来，跟着我。”泡泡十分认真地对侍者说，侍者无可奈何地点点头。说完泡泡领侍者站起身，并抱起威士忌。

“威士忌？”侍者轻声说。

“一般动物不会被深渊影响，但猫不行，这些纤细的小东西。现在走吧。”说完泡泡小心迈开步子，侍者则拎起她的行李跟在后面。两人回到卧室后，泡泡轻轻关上门。

“这样能阻挡深渊？”侍者不放心地问。

“只是暂时，不要去想它。”说完泡泡把威士忌放在卧室地上，它迅速钻到床下去了。

脱掉外衣，侍者疲劳地重重躺倒在床上，思绪渐渐变得混乱，脑袋里则一片混沌，今天听到的事以及发生的事都有点过多了，他想。这时泡泡也脱去衣服躺在侍者身边，听着侍者沉重的呼吸，泡泡尽可能贴近他的身体，并将一只手轻放在侍者心脏位置。侍者感到泡泡肌肤的温度又回来了，于是稍纵即逝的欲望让他恢复了一些精神。该死，这种时候怎么还会想这个，侍者烦躁地攥了攥拳头。

“那个深渊，我以为会是更加缥缈，或是更……更加深邃的什么概念性的东西，我也形容不好，但我从未想过它会如此具象，如此近。”做了两次深呼吸后侍者低声说。

“那只是我们看到的样子，因为我们分享着同一份情感。至于其他人，每个拥有独立人格的人看到的深渊都不尽相同。”

“可那到底是什么？”

“深渊是孤独的影子，是比孤独更精巧也更阴险的存在，往往隐藏在孤独之下。或者说，孤独是它的触手，它用孤独寻找捕获那些失落的人，将他们渐渐拉近，麻痹，之后其核心，也就是深渊本身才会出现，最终吞噬那些甘愿被孤独吞噬的人，吸干他们的内在，将他们变成一副副空壳。”

“好像深海中不怀好意的鱼类。”

“可以这么说。”

“但哪会有人甘愿被深渊吞噬？”

“亲爱的，大多数时候，人只是看起来强大罢了。”

“那若是真的足够强大就可以反抗它？它会消失？可我们该如何反抗……这样的东西……”

“有办法……只是……代价会很大。”说完话，泡泡脸上闪过一丝刹那间的忧伤。

“什么代价？”

“失去你所拥有的情感。”

“……”侍者不知道该如何继续这个话题，泡泡所传达的语言再次超出了侍者的经验。

“想知道这几年我在哪？干了什么？以及为什么要回来寻找你？”

“如果可以的话……可在你离开之前，我曾试探着想要了解你，但我没有抓住机会，或者说我……干脆就没有发现任何机会。而现在，我不确定你是不是真的愿意向我公开这些。没有别的意思，只是……这里似乎包含了我不了解的痛苦。”侍者轻轻抚摸泡泡的头发，结结巴巴才说完了这些话。

“……我觉得是时候了。”泡泡犹豫了一下说。侍者点了点头。

“我去寻找母亲了。”

“你的母亲？……我记得你曾经告诉我，你母亲在你……很小的时候就抛弃了你。”

“是的，但事实上母亲选择离开我，离开父亲，并不是抛弃我们，而是……”泡泡的声音颤抖起来，侍者没有催促，只是慢慢等待着。

“而是……给你看样东西。”说着泡泡从床上站起身，黑暗中她在自己衣物中费力地摸索了一会儿，随后又躺回侍者身边，递给侍者一张皱皱巴巴的纸。

“这是什么？”侍者打开手机并调暗屏幕的光，发现纸上写满了字。

“是我离开之前收到的信，母亲给我的信。这只是一部分，但也是最重要的一部分。”

侍者听泡泡说完，开始阅读信上的内容：

大多数时候，情感只是不必要的累赘，好像一颗颗心灵上的毒瘤，鲜少能开出美丽的花，但在绝望与希望中艰难行走的我们却又无力轻易摆脱它，似乎我们都降生于浸满了大麻汁液的痛苦当中。也许一个幸福的人需要做的第一件事，就是将多余的情感付之一炬，只保留最原始、最单纯的愤怒与快乐，才能轻松与那些弯着腰祈求解脱而又无法自行消灭的灵魂擦肩而过。哪怕你有一丝踌躇，那些来自情感的痛苦就会穿透你、传染你，迫使你也不得不低下头，加入崩溃者的行列，继而眼中饱含盲目的热泪跌进深渊。扔掉那些累赘需要莫大的勇气以及长久的心理准备，那之后我们将面对的也许是相当孤独的世界，但那里又似乎充满了能让我仰起头慢慢走下去的力量，孤独的力量。而我相信，依靠这力量我将穿越自己的深渊，回到你身边。

“这是……”

“母亲找到了击败深渊的方法。”说着，泡泡从侍者手里接过信并紧紧攥住。

“而代价就是失去所拥有的情感……”侍者在黎明前的黑暗中喃喃自语道。

“是的，不断抛弃情感的同时，我们也会不断放大自己的孤独，但如果我们将情感全部剔除，人就会被究极的孤独所包围，而究极的孤独最终会进化，变成冷漠。孤独是我们的弱点，我们惧怕孤独，因为它混杂了太多负面情绪，而深渊以孤独为食。但冷漠的核心是无，是零，是空洞。面对冷漠深渊将无计可施。”

“冷漠……空洞……无……”侍者默默重复着这几个词，好像是第一次听到它们，“冷漠，就是深渊本身。要击败深渊，我们就要将自己变成深渊。”侍者说着，用手在黑暗中捂住自己的眼睛。

“是的。”泡泡一边说，一遍轻抚着侍者放在眼睛上的手。

“那么，你可找到自己母亲了？她成功了？”沉寂了一会儿，侍者在黑暗中询问。

“找到了，在一座很远很偏僻的城市里，一座几近荒凉的城市，深渊在那里横行。而当我按照信上的地址找过去，才发现她已经去世了……母亲自杀了。”

侍者沉默着。

“我说过，我小时候父母的情感出了问题，他们总是争吵，父亲喝了太多酒，母亲也流了太多眼泪。随后，最先被深渊盯上的是父亲，有一两年的时间他像个陌生人一样，对我和母亲不理不睬，偶尔的时候，在别人面前他会对我笑笑，但我觉得那并不是他发自内心的笑，我甚至会觉得害怕。当然我和母亲都不知道父亲怎么了。后来的某一天，母亲终于察觉到什么，她命令父亲搬到另一个房间去睡，而我要和母亲睡在一起。我以为父亲又会和母亲吵起来，但意外的是，父亲居然默默收拾好另一个房间的床铺，从此便钻回自己房间，彻底不再与我和母亲说话，也不再对我笑。再之后他彻底离开了家。我问母亲为什么不能和父亲一起生活，母亲拒绝告诉我。再后来，深渊盯上了母亲，因为有父亲的先例，母亲多少有些心理准备，为了挽回家庭，或者说至少为了保持住这个家庭，哪怕只是个形式，母亲决定挑战深渊。但那时她还不知道挑战深渊的代价，她只是费尽心思不断与深渊周旋，小心翼翼一点点发掘深渊的弱点，可她没有成功。最终母亲的结论是，深渊没有弱点，要想抹杀深渊的存在，只能改变自身，于是她提出离婚。现在我知道，她是为了我，是为了将深渊带离这个家庭。但当时我和父亲都觉得是她抛弃了我们。母亲走后，父亲却依然没有离开过他的房间，只会喝更多的酒，直到深渊彻底吞噬了他。父亲一定压抑了很久，才患上癌症，而直到去世，他也没能摆脱深渊的影响……而那时候我还不知道自己将面对什么，但可想而知，母亲离开，父亲去世，下一个被深渊盯上的就是我。”

侍者继续沉默着。

“后面的事你就都知道了，要不是在便利店门口碰到你……是你拯救了我。”

“所以，那时你觉得，是时候去拯救母亲了？”

“是的，我之所以离开你，是因为我要去寻找母亲，我想将母亲带回来，可我无法预料的是，母亲竟然变成了深渊本身，变成一副空壳，她想与深渊同归于尽，她认为只有她的死亡才能将深渊一起带走，但她的自杀并没有杀死深渊，她失败了。于是我草草应对完母亲的后事，马上就离开了那座城市，几乎是逃开的，可我又不知道该去哪儿，我不敢回到你这里，我不知道自己离开后你过着什么样的生活，我担心会将深渊带给你。”

“泡泡……你为什么不告诉我你母亲来信的事，你为什么要像你母亲一样独自面对深渊？”

“因为我知道我有很小的胜算，或者说，也许至少是个保险。”

“那个唇印……你给我盖的章？”

“嗯，那并不是什么魔法，而是我在离开之前，留下了对你的思念。”

“在离开之前留下了对我的思念……”

“这是能保护我不被深渊吞噬的唯一办法，至少我认为是这样。我获得了你的情感，留下自己的思念，这样我才能将我们联系在一起。母亲的失败在于，成为深渊之后这个世界上没有人等她，没人能带她回来，变成空壳的母亲失去了一切。而我拥有你，我的思念，是为了让我回到这个世界可以紧握不放的线索，而你赋予我的情感则是我最有力的武器。”

“所以因为那个唇印……在你孤独的时候，我的心就会疼，那是你的思念在强行拉近我们之间的距离，在向我寻求帮助。”

“是的，亲爱的。”

侍者强忍住眼泪，将泡泡搂进怀里，虽然他也不知道在眼下的状况中这样做有什么用。

“等等，如果我也将我的唇印送给你，那么……我们就可以一起对抗深渊！”侍者脑海里突然闪过这个念头。

“不，我们不能一起对抗深渊！如果我失败了，我需要你将我带回来。如果我们都失败了……而且依靠这个方法能不能成功还没人知道，两个人一起的话风险太大，我们谁都不能承受这样的风险。况且你还有你的父母，朋友，你的图书馆，你的阅读者，还有威士忌，他们需要你，他们为你而来。而我……只有你，如果连你也失去了……我便再也无法重返这个世界。”

对于泡泡所讲的这一切究竟能理解多少，侍者自己也说不好，卧室里的绝对寂静令他耳鸣不止，同时又似乎有无数人在向他倾诉着什么，他在耳鸣声中拼命想要捕捉到那些声音，但他心里知道，那几乎是不可能的。放弃吧，就此放弃吧，有人说，汝等凡人毕竟只是凡人，平凡的人终归没办法抵挡孤独，放弃吧！侍者觉得整个世界就要崩塌了，他用力抱紧泡泡，不敢睁开眼，仿佛天花板就要坠落下来。

“嘘……嘘……没关系……还不晚，我们还有机会……”泡泡的声音传来，其他声音则消失了。侍者用力喘着粗气，他想说些什么，但只发出了一些零散的声音，无法命令他的意识形成语言。

“我以为自己已经甩开了深渊，而现在……深渊就在门外，它找到我们了，反击的时候到了。”泡泡继续轻声说。反击……侍者努力睁开眼睛，发现泡泡已经穿好了衣服，威士忌也从床下钻出来，此刻正站在床上盯着他。

凌晨五点，窗外被温暖的淡蓝色笼罩，微薄的阴云浮在高远的空中，遮蔽了黎明的光，视野内架在楼宇间的电线微弱颤抖着，有风，还能偶尔听到不知名的鸟鸣。侍者与泡泡站在窗前凝视着外面的世界，威士忌瞪大眼睛看着天花板。

“要记得我。”

“嗯。”

“如果我被吞噬了……”

“我带你回来。”

泡泡轻转过身，吻着侍者心脏的位置，侍者闭起眼睛，努力吸进一口多少有些稀薄的空气。他回想起露台上那一晚，泡泡同样是吻在这里，而那之后发生的事则有些恍惚，数年间的短暂人生在记忆中化作虚幻的碎屑一闪而过，直至今天。

“我带你回来。”泡泡结束了她的吻，抬头看着侍者，侍者把这句话又小声重复了一遍。

图书馆里很静，空气与时间凝固在古老的书架之间，两个大学生模样的男女依然熟睡着，连姿势都没有一丝变化，夜班男孩倒在吸烟区地板上，一只烟灰缸和几个烟头扔在他脚边。二十分钟前，当侍者与泡泡挪开厨房与休息区之间的隔板溜到外面，那时深渊还停留在卧室门口，泡泡的计划是暂时离它越远越好，然后再想办法。最好的结果是成功摆脱它，先把侍者带到安全的地方再返回这里，可她没想到深渊的力量已经波及整个图书馆。虽然不甘心，泡泡还是先扶着夜班男孩坐起来，并拍拍他的脸试图尽快唤醒他，但反复尝试之后似乎没有效果，直到威士忌漫步走过去，犹豫着舔了舔夜班男孩垂在地上的手，又咕哝了几声，夜班男孩才渐渐睁开眼睛，迷惑地注视着身边的泡泡与侍者，威士忌则悄悄走开了。醒来的夜班男孩明显不知道发生了什么，接着他突然瞪起眼睛，发现一团浓重的灰色正悬停在不远处一座书架上面。盯着浮在半空中的浓重灰色团块，夜班男孩有点不知所措。

“那是……发生了什么？”

“你只是昏过去了，现在站起来，但是慢一点，不要刺激那个东西。”泡泡弯下腰轻轻扶起夜班男孩。

“那是什么？”

“那是你所不了解的世间最邪恶的东西，而你也不必了解。”

“没想到这么快就跟出来了。”侍者有点惊讶。

“在深渊的世界里不存在时间和空间的概念，它可以随时出现在任何地方。”泡泡说，声音中有一丝焦虑，“现在，你们都退到后面去，最好是深渊无法看到的地方，书架后面，桌子下面，随你们去哪，但是要沉着，要慢，不要刺激它。”说完泡泡准备转过身。

“你怎么办？”侍者猛然拉住泡泡的手。

“我……事到如今想要逃开已是徒劳，现在开始，就是我和它之间的事了。”

“会发生什么？”

“或者我击败深渊，或者我被它吞噬……走向深渊的另一侧。”

“如果你被深渊吞噬，深渊的另一侧又是哪里？我如何带你回来？”

“深渊的另一侧……亲爱的，没时间解释了，要记得我，记住，要记得我。只要你记得我，就能带我回来，无论深渊的另一侧在哪里。”

“……我……”

“去吧，相信我一次……相信我不会再次离开你。”泡泡尽可能快地把话说完，侍者听到她哽咽了一次。

“好……相信你。迷途漫漫，终有一归。”

“迷途漫漫，终有一归。”泡泡说，说完她坚定地转过身，昂起头面对深渊，目光中闪出无比恨意，“你湮没了我的家庭，湮没了我的父亲、我的母亲，现在你盯上我，以及我爱的人，也许，我们终于可以做个了断。”这一次泡泡没有哽咽，也没有任何迟疑，但她的声音在停滞的空气里显得沉闷且无力。泡泡身后，侍者的心被看不见的力量撕扯着，而他知道这里已经没有他的容身之地，只好回过身拉起夜班男孩，迅速躲到最近的书架后面蹲下，之后拨开挡住他视线的几本书，从缝隙中看着泡泡的背影以及悬在她头上的深渊。

“这是在干吗？”夜班男孩的疑惑变得更重了。

“嘘……说来话长，可以解释的时候自然会解释给你，现在别说话。”侍者用几乎耳语般的音量说，眼睛始终没有离开过书与书之间的缝隙。

在侍者有限的视野里，泡泡似乎并没做出某些特别的举动，只是像刚才一样站在那里，此时外面已经开始亮起来，第一道钻出阴云的光打在泡泡背上，让她的背影看起来有点刺眼，而随后的一幕才吓坏了侍者，因为那一团茶杯大小的浓重灰色，不知不觉间已经变得如同图书馆里的落地窗般大小，蛮横地遮满了泡泡头顶的空间。空气在它周围微弱震颤，仿佛被无形的力量吸引在图书馆这一空间中动弹不得。声音也消失了，往日这个时间已经可以听到楼下传来汽车驶过的声音、行人说话的声音，还有刚刚在卧室里听到的鸟鸣，此刻全部消失了，这是刚刚发生的？彻底到近乎无可救药的沉默蔓延在这里，侍者感到一丝无法形容的恐怖以及莫名的紧迫，同时又极力克制着心中想要钻出去把泡泡拉回来的冲动。盲目地行动不知道会带来什么后果，他对自己说，这是我无从了解的事情，甚至这个世界还是不是我生活过的世界都未可知，深渊，要不是亲眼看到，谁能相信世上还有这样的东西，它尾随泡泡而来，而泡泡正在尝试杀死它，太不可思议了，如何才能杀死我见都没见过的东西？也许泡泡的办法值得一试，但……泡泡就站在那一动不动，只有深渊在不断变大，这就是杀死深渊的办法？现在我该做什么，难道只有一味等下去？束手无策，这让侍者对自己感到无比愤恨，他知道自己可以为再次回到身边的泡泡做任何事，但那仅限于他的经验范围内，他不知道该如何面对深渊这样的东西，变得冷漠……变成深渊……就可以杀死深渊，泡泡这样说。但人如何能随意变得冷漠，如果不是彻底地绝望，哪怕还有一丝希望，无论谁也不会走上将自己变成深渊的路，而泡泡正在这样做……侍者不敢再继续想下去，他甚至开始怀疑所谓唇印的力量，那到底是什么？我还没来得及搞清楚那到底是什么，就相信了泡泡……

太多无法了解的事情正在令侍者越来越不安，但渐渐地，他开始觉得有件被他忽略的事情正在发生，今天有点过于混乱，疲惫充斥着全身，大脑近乎停摆，连声音也发不出来，但的确有什么正在发生……几近荒芜的意识之中侍者拼命想要看清眼前的事实。这里是叫作图书馆的荒野，金籽的声音传来……哦不，是我梦里的金籽曾经这么说过。什么时候的事情？该死，居然想起这个，莫名其妙，金籽……不不不，思考起来，抛开杂念思考起来！究竟是什么被我忽略了？侍者想不通，混沌之中的侍者努力想要看清存在于他意识深处的那个什么，过于深远，过于暗淡，那是什么？慢慢来，一定可以，再梳理一下。泡泡说变得冷漠，变成深渊，再杀死深渊，好，那么，如果泡泡这个办法可行，又如何变得冷漠？通过彻底的绝望，对，泡泡家庭的破碎，父母的死，接下来还有什么，那到底是什么……是挑战深渊的时机，怎么做，什么时候做？深渊已经到来，泡泡一个人走上了与其对峙的战场，已经彻底绝望的泡泡，释放孤独，变成无以及变成零……才能对抗深渊。如果是这样，不，不可能……难道她已经变成了深渊，回到这里之前泡泡就变成了空壳！母亲的死，花去四年时间孤独地寻找真相，然而泡泡并没有寻得希望，她唯一还记得的只有我，她是因为放弃了才回到这里……而深渊并没有放过她，现在……泡泡只想自杀，那个什么唇印只是个借口，她寻求的只是死亡，其实她并不知道这个办法是否有效，她只能追随她的母亲再一次用死亡挑战深渊，被我忽略的那个什么一定就是这件事！记得她，只要记得她就能带她回来，我是她最后的希望，她不得不回到这里……迷途漫漫，终有一归……但她要去哪……为什么不告诉我……是因为她决定去死。深渊的另一侧……是死亡。想到这，侍者感到极度口渴，频繁地舔着嘴唇，并不自觉地浑身颤抖着，力量从他身体快速流失，只有依靠在书架上才不至于摔倒。时间在流逝，视线逐渐模糊，我该做些什么？

侍者身后的夜班男孩终归不知道正在发生什么，但他至少能看出眼下侍者的状况很不妙，于是他只好靠在侍者身上，尽量让他保持平衡。而当他正在琢磨该如何帮助侍者的时候，侍者猛然用手按住心脏的位置，大颗的汗水从他头上滴下来，打湿了他按住心脏的手。夜班男孩吓坏了，他拼命拉扯侍者的手，拼命想要说点什么，但侍者全身僵硬，夜班男孩无法挪动他的身体，惊慌之中更发不出声音。

“泡泡……泡泡……”侍者紧皱着眉头表情狰狞，每说一个字都令他痛苦，“泡泡的孤独……正在，撕碎我……阻止她，阻止她！”

阻止她？可那个女孩只是站在那里而已，夜班男孩丝毫不理解侍者到底在说什么。

“泡泡……是对的……那个唇印，该死……”侍者似乎马上要昏过去了。夜班男孩紧张地抓住侍者的肩膀，想将他放平在地上，也许能让他舒服点，夜班男孩想。随后他通过书与书的缝隙看向泡泡，可泡泡依旧和刚才一样站在那里。

“什么唇印？馆长？你躺下来。”夜班男孩说……，声音回来了……外面传来的是汽车驶过的声音？有风吹过，哪来的风，不过空气的确再次流动起来，“馆长？你还好么，先躺下来。”

“我不要躺下，我要过去，阻止那个女孩……让我起来！”侍者挣扎着，他用尽全身力量搂住夜班男孩的肩膀，撞翻书架上的书，口水流下来，还有眼泪，和过多的汗水混在一起。等到好歹能站起半个身子，侍者回头望向泡泡，泡泡低着头站在刚才的位置，两手无力地垂在身体两侧，似乎是一座被人遗忘的雕像。这时候侍者也感觉到声音回来了，空气的流动回来了，但泡泡身体散发出来的，只有死一般的沉寂。

“不不不，计划不是这样的……泡泡，不该是这样的。”侍者几乎是完全跨在夜班男孩身上才勉强站起来，他拖着麻木的腿向泡泡身边移动，走了几步，发现不远处熟睡的男女大学生已经醒了过来，他们坐在地上一脸茫然地看着侍者，正试图搞清这里发生了什么。侍者脑海中条件反射般闪过一个念头，他抬起头望向天花板，果然，深渊消失了。泡泡成功了？她是对的，她没有被深渊吞噬，她战胜了深渊！

“泡泡……泡泡！”侍者呼唤着泡泡的名字，每走一步都要摔倒的他依然努力向泡泡靠近，侍者开心极了，也许今后的路依然艰难，但至少眼下泡泡还在这，她没有离开，我不该胡思乱想，我应该相信她。侍者的眼泪不断流下来，打湿他的手，打湿夜班男孩的手，但至少他的力量开始回到身体里，心脏传来的剧痛依然令他痛苦不堪，但与之相比，泡泡依然站在眼前这件事就足够令他坚持下去。终于，侍者艰难地行至泡泡身边，他将一只手慢慢伸向泡泡，温柔地搭在她肩上。

“泡泡，你赢了，深渊消失了！”侍者几乎是哭泣着说。

发现有人将手搭在自己肩上，这时候泡泡终于回过头，她看着被泪水和汗水沁满脸颊的侍者，看着他在忍受巨大痛苦的同时还在拼命试图发笑的脸。

“你是谁？”泡泡用干涩的声音说。说完她用极快的速度左右环顾了一下四周，便迈步走向电梯。

泡泡再度消失，侍者昏倒在地。

Chapter 23

威士忌有话要说

某种低沉而又连绵不断的嗡嗡声环绕在耳边，夹杂着尖锐而又富有节奏的电子音；熟悉的味道传来，在哪里闻到过，与死亡有关，与某段历史有关，是谁……抱怨的声音，争执，随后声音消失了；金属滑轮与木头相摩擦发出的隆隆声盖过了一切声音；谁在碰我？突然间胸很闷，闷到有点恶心，呼吸困难，必须做点什么，啊……

剧烈的咳嗽强迫侍者努力睁开眼，眼泪流下来，他抬起手抹抹眼睛，发现自己躺在一间不怎么宽敞但很明亮的房间里，单调的白色充斥四周，有点像图书馆搬来之前的天堂区，看不明白的仪器立在身边，嗡嗡声和尖锐电子音就是这个家伙发出来的，这里是医院。威士忌？此时威士忌正坐在侍者胸前，一会儿低头看看侍者，闻闻，一会儿又望向窗外。吴为坐在窗边，半开的窗户间一阵青灰色烟雾刚刚散去，他满足地搓搓手，把窗户关上了。

“实在忍不住了，抽了半根儿烟。呛到了？”吴为走过来，好像一片单薄的剪影，视线有点模糊。

“没有……这是医院？是医院。”侍者咕哝道，也许是自言自语，但他努力盯着吴为。

“是医院，不来医院的话你准一命呜呼。夜班男孩和两个大学生送你来的，说你晕倒了。”吴为走到床边，突然而熟练地从床下变出把椅子，之后心不在焉地坐在上面。

“威士忌怎么在这？”

“我带来的，自从你离开，这家伙就疯狂地在图书馆里跑来跑去，一直不安分。”

“下去，下去，喘不过气……”侍者一边说着，一边艰难地挥手轰赶威士忌。威士忌警惕地弓起身子，之后跳下床蹿到窗台上去了。

“你怎么在这？”

“是命运。”

“……”

“你出事以后，确切地说是刚被送到医院不久，我因为一夜失眠正无所事事，就想着好久没和你联系了，所以实属冲动地跑去图书馆。一来可以看看你，聊聊天，你若是在睡觉，我就看书打发时间。本来是这么计划的，结果竟然发现馆里空无一人，只有威士忌在四处疯跑。我正奇怪这么早你能去哪，夜班男孩就回来了，说你凌晨带一个女孩回来，之后发生了奇妙的事情，这是他的原话，是奇妙的事情！然后女孩走了，你昏倒，于是他马上叫了救护车，和两个在图书馆熬夜的大学生把你送来。接着我赶紧跑来，但我来的时候你已经被推出急诊室弄到这里来了。”

“我记得我昏倒了……”

“何止昏倒，是突发心率衰竭。可能是……因为急诊大夫一开始是这么认为的，但后来又查不出个病因，只能让你在这观察。”

“我昏倒了多久？”

“三个多小时，大约。”

“要观察多久？”

“这个倒是没人告诉我。”

“好……不过确实不是什么心率衰竭，是泡泡回来了。”

吴为的表情瞬间定格在他脸上，但他很快就转了转眼睛，假装淡定地放松下来。

“原来如此……”吴为说着从口袋里摸出支烟，转身溜达到窗前，但实际上既没有打开窗户也没有抽，只是站在那儿。侍者搞不清他在想什么，脑袋还很昏沉，思路不够清晰，但其他症状倒是没有。体力已经恢复，也许还有点虚弱，但基本活动想必不会有麻烦，听力呼吸也都没问题，最后他摸了摸心脏，什么也感觉不到，一切如常。

“没什么想说的？”侍者掀开盖在身上的床单坐起来，看了看手上插的点滴针头，又看了看吴为。

“确实……想说点什么，但不知从何谈起。”吴为继续背对着侍者说，“你饿不饿？”

“……饿。”侍者想了想说。

“我去问问你能不能回家吧，要是能回家我们就先离开这。怎么样？我饿死了，本来想在馆里弄些吃的……”吴为转过身，把烟放回兜里。

“我觉得可以。”侍者举起两只胳膊挥了挥，再度确认了一下身体机能。

吴为出去的时间里，侍者坐在床上看着对面的墙，努力回想昨晚都发生了什么，但只能想起几个零星的片段，记忆破碎不堪，远不足以还原整件事，而那几个片段中最鲜明的，就是泡泡回过头的一瞬间。“你是谁？”泡泡说。最终，泡泡连我也忘记了，侍者想。不过比起昨晚侍者已经淡定了不少，似乎这才是预料之中的结果，泡泡失败了，彻底失败，一败涂地的失败，再无挽回余地。并且她又消失了，不可能再回来，她忘了我，忘了威士忌，她曾坚信的思念最终还是被扯断了，侍者继续想着，我该到哪去找她……深渊的另一侧……泡泡是这么形容的，想到这侍者对自己冷笑起来……哪有什么深渊的另一侧，哪有那样的地方，要不要随便找个人问问？您好，能否告诉我深渊的另一侧怎么走？滑稽……夜班男孩说得对，无论由谁来看这都是奇妙的事情，但也只是个奇妙的事情。没人能告诉我泡泡现在的下落，他们也不知道泡泡是如何度过这四年的，在他们眼里这只是个奇妙的事情而已……但不能怪他们，甚至连我也无法确定昨晚发生的一切都是真的，而也许这时候泡泡已经……侍者强迫自己停下思考，两手重重抵在额头上，他拒绝眼泪流下来，拒绝就这么结束，他不甘心，但他依然束手无策。一片荒芜。

过了一会儿，待情绪稳定下来的侍者抬起头看向威士忌，威士忌仍然坐在窗台上，正心无旁骛地观察着什么。侍者看了一会儿威士忌，叫了他两声，可这家伙并未有任何回应，还在忙它自己的事情。侍者叹了口气。这时房间的门被打开，看起来是值班大夫的白袍中年男走进来。这是个有点秃头的中年男，有点心事重重，但当他看到威士忌后，似乎所有的烦恼都不翼而飞了，那会威士忌正老实坐在窗台上无辜地盯着他。

“这是谁弄来的……”他威严地大声说了一句，回头看着后面走进来的吴为。

“是我是我，家里没人照顾……马上就带走，只放在这一瞬间就好，一瞬间就好。”吴为脸上堆满了似是而非的笑容。

“又不是狗……”有点秃头的中年男自言自语了一句，来到侍者床边。

“您好。”侍者说。

“什么都没查出来。”

“原来如此。”

“什么原来如此，你来的时候这边差点下病危通知，急诊室那里也忙翻了天，兵荒马乱的，结果呢，什么都没查出来，是不是很奇怪。”

“对不起。”

“你再确定一次，从没有过这样的发作？家里也没有过类似的病史？”

“确定没有。”

“不用再做点检查？”

“不用。”

“……好吧，毕竟这也不是你的错。你朋友说如果没事的话想回家了？”

“是的，如果可以的话。”

“……那就回家吧，把猫带走。等会护士会来收拾一下。”

“谢谢大夫。”侍者说

“谢谢大夫。”吴为说。

等他们说完，有点秃头的中年男在侍者床边又犹豫了几秒，并没有马上离开，他脸上写满问号，显得有点不太痛快，仿佛度过了一个糟糕的上午，他看着侍者欲言又止，气氛有些尴尬，侍者与吴为则识相的什么也没说。不过最终，秃头的中年男还是在摸了摸他有点稀疏的头发后走掉了。

中午之前，侍者与吴为回到了图书馆，馆里与平时没有太多违和感，只是没有客人，没有阅读者，被侍者撞在地上的书依然散落着。侍者站在电梯口愣愣地看着空旷的图书馆，昨晚的记忆排山倒海般湮没了他的脑袋，这时候他已经完全恢复了精神，于是这些记忆得以更加完整地显现出来，每一个细节都在敲打侍者脆弱的神经，说不清是愤恨还是焦虑的情绪开始蔓延。侍者扶着距离他最近的书架艰难地做了几次深呼吸。吴为默默地站在侍者身后，把威士忌放在地上，随后轻轻拍了拍他的背。

“进去吧。”过了一会儿吴为小声地说。

侍者点点头。

夜班男孩这时候已经回去了，接替他的白班女孩正在吧台里看书，叔本华的《作为意志和表象的世界》，但这次阅读进行得似乎不是很顺利，因为她的眼睛已经眯到快要闭起来了，听见侍者与吴为走过来的脚步声，对白班女孩来讲说不定是种解脱。

“馆长好。”白班女孩啪的合上书与侍者打招呼。

“怎么没有客人？”

“知道馆里出了事，我们擅自商量着今天停业，也许……我们在大厅贴了通告，您没看见？”

“没有注意啊，不过很好……很好，谢谢你们。没事的话你也回家吧，今天的工钱照付，去休息吧。剩下的事情我来做。”

“谢谢馆长……”白班女孩低声说，她从没见过如此失魂落魄的馆长。

“我们进去。”侍者安排完员工回头看了看吴为说。吴为不置可否地笑了笑。

回到居住区，侍者疲惫地坐进沙发里，困倦感袭来，但他还是忍了忍，他知道现在的自己即使躺下也无法顺利入睡，肌肉酸痛，神经也不肯松弛下来，这样睡去只会徒增烦躁与伤感。居住区在他眼里从未显得如此暗淡、如此冷清，他无意识地摸了摸沙发，看着威士忌区里反射出正午耀眼光线的金属猫爬架，忽然间强烈的陌生感由心而生。我不属于这里，他想，泡泡也不属于这里，这里是临时拼凑出来的场所，是用金钱堆砌出来的突发奇想的后果，宽广到不合情理，是为一场没有观众的荒诞剧打造的舞台，而自己就是这场荒诞剧的主角……孤独的人在这里徘徊，泡泡曾这样说……我们命中注定无法战胜深渊，因为这就是我的深渊……

在他发愣的时间里，威士忌不知从哪儿冒出来，它熟练地蹿上沙发，开始坐在侍者身边舔毛，吴为则贴心地端来两个三明治和两杯黑咖啡，一份交给侍者，一份留给自己。直到他们面对面坐下，吴为始终没开口，他点上支烟给侍者递过去，自己也点了一支，之后拿过烟灰缸打量着，还随手擦了擦桌上落的灰。

“现在，也许我们可以谈一谈了。”吴为喝了口咖啡说。

“可以……总之这是我无法回避的事情，就从泡泡为什么离开说起好了，你也一定想知道吧。”侍者闭起眼睛说，既没有抽烟也没有碰咖啡，切实的痛苦如同微弱且不间断的电流般流过他全身，他不想再面对泡泡经受过的痛苦，但他也知道，这将是他在出发寻找泡泡之前要做的第一件事情。吴为没发出声音，只是沉默着点了点头。

于是在接下来的两个多小时里，侍者尽量用平缓的情绪以及稳定的语速，向吴为详细讲述了泡泡当年为何从侍者身边离开，为何现在又返回这里，紧接着是深渊的到来，深渊是什么，唇印是什么，挑战深渊的方法，泡泡一个人的战斗，最后是泡泡的失败以及自己的懊悔。途中因为情绪微微波动，侍者的讲述中断过几次，但吴为都给他充足的时间恢复，还做了新的咖啡。无论如何，侍者能够保持清醒到现在已算是坚韧之人,吴为想，换作他自己，恐怕还在医院里昏睡不醒，而基于吴为对泡泡所怀有的情感，泡泡回归后再度消失这件事也的确令他禁不住伤心。所以当侍者终于把整件事讲述完毕，吴为只是掐灭了手里燃烧殆尽的烟头，同时下意识地咬住嘴唇，能说出口的言语词汇却一个也捕捉不到。于是意料之中的沉默如同轻薄的网缓缓降临，正好笼罩住这两个面面相觑一语不发的男人。只有舔完了毛的威士忌，此刻正卧在侍者身边事不关己地打着呼噜。

“原来如此……”过了大约十五分钟，吴为终于想要说点什么，但语言并未顺利形成。

“我不能坐以待毙。”吴为打破沉默之后，侍者坚定地发表了自己的意见。

“是我们，你别想一个人面对这事儿。”吴为跟上他说。

“我说过了，这是我无法回避的事情，不能再拉你下水。”

“不是为了你，是为了泡泡，我虽然没有那个什么唇印，但是，思念她的人并不止你一个。”

吴为说完，侍者很费力地笑了笑。

“你没有见过深渊，你……”

“深渊早就成为我们的一部分。”

“……”

“自从上次一起被抓进派出所后，我都不好意思再联系你，生怕给你闹出其他麻烦，我自己都有些自顾不暇，但我怎么偏偏就在今天跑来图书馆？你真觉得这是巧合？”

“我不知道……”

“打破孤独的方法唯有奋力拉近我们之间的距离。”

“泡泡最喜欢这么说……”

“思路放开点我的朋友，这是泡泡说给她和你的，也是说给我和你的，是说给所有人的。”

“你什么意思？”

“这就是我们战胜深渊的办法，也许是，我不确定。每个人都有自己的深渊，而我们无法一个人面对它。也许泡泡自己都没有意识到这件事，但也许她早就知道了，只是不愿意拉你下水才……勉强自己独自去挑战它。”

惊愕感瞬间传遍了侍者全身，他僵在沙发里，在他眼里吴为似乎完全变成了另一个人。

“我们可以，甚至有些时候我们宁愿一个人生活下去，但我们不能孤独地一个人生活下去。”吴为继续说，“也许这就是泡泡想要告诉你的，不觉得？”

“你是不是知道些什么……”侍者再也无法掩饰自己对吴为的怀疑，另外还有一点点好奇心。

“其实我也没想到……在你给我讲这个故事之前，我以为只有我一个人见过那东西……”吴为淡淡地说道。这时候侍者的内心已经无法再用惊愕来形容，他没想到会从吴为口中听到这样的答案，现在的他只能用荒唐来形容自己以及眼下所发生的一切。

“算上今天凌晨，已经是我第十几次见到那东西……十几次呢？其实从小我就见过它，我对它并不陌生，或者说我早已习惯了它的存在，只是它从未有过想要吞噬我的任何行动，也许是因为我的懦弱，我从没想过要挑战它。每次它出现在我房间，总是悬浮在某个不太被人注意的角落，就像挂在墙角上的蜘蛛网，没什么存在感，但你总会发现它。我也并不太明白那到底是什么，第一次见到的时候以为自己眼花了，后来才了解到那确实是个什么，超出日常经验的什么。但既然它是无害的，我也就任它存在着，直到今天……有些事情开始不对劲。我经常失眠，尤其是每次它出现的时候我百分之百会失眠，以前的我会躺在床上久久凝视它，直到几个小时后它自行消失——以我的经验来讲，那东西往往只会出现几个小时然后便自行消失——之后我自然能顺利睡去，算是某种意义上的各自相安无事。但今天不一样，今天凌晨的时候，那东西似乎……如果按照人来形容的话，似乎有点慌张……或者说坐立不安？不过它当然不可能如同你我一样真的坐在某处……总之它似乎正在极度渴望什么，并不再隐没在某一个角落，而是大方地出现在我书桌正上方，仿佛在极力吸引我的注意力，这样的情况还是第一次出现。我没有轻举妄动，像往常一样注视着它，但已经困意全无。我第一次有想要看透那家伙的冲动，想知道它到底是什么，那绝非是正常情况下的情绪，我感到自己被它的存在深深诱惑住、被捕捉，于是我渐渐焦躁起来，莫名其妙的不安全感。可就在我努力克制自己想要去触碰它的冲动时，那东西却消失了。你觉得它能去哪儿？”

“……”侍者哑口无言。

“说实话，我第一时间就想起了你，我觉得你一定知道，没有为什么，是那种……上天安排的什么，好像命运，所以我就跑来了。而你与泡泡果真出事了。”

“你的意思是，它……它们为了迎接泡泡的挑战，汇聚在图书馆……”

“就像孙悟空的元气弹。算了，这是我猜的，只是直觉告诉我，这一定与你有关。”

侍者艰难地呼吸着，他努力坐直身体，但肺部似乎正被不知名的力量所挤压，最后他深深叹了口气。吴为没再说什么，他默默地盯着侍者，等待侍者的答案。

“姑且……算你说得对。”过了一会儿，侍者才好歹发出些声音。

“本来我也不太清楚那东西到底是什么，不过总算真相大白了。但是代价太大了……我们弄丢了泡泡。”

“我想泡泡很清楚自己在做什么，当时她的行为近乎挑衅。”

“她是想利用最后的机会，用她所有的愤怒淹没深渊，而她的自信来自你，她相信那个唇印的力量，她相信还活着的你。”

“但是我辜负了她……”

“不，这还不是最后的结局，你还有我。”

“可我真的不知道结果如何，深渊的另一侧……那到底是什么样的地方？世间一定不存在那样的地方，而我没有任何线索。除了直接挑战深渊本身，否则就找不到通向深渊另一侧的入口，但如果直接挑战深渊……也许我会变成一副空壳，那就再也没人能带泡泡回来。”

“我说了，你还有我。”

“可你没有那个唇印，按照泡泡的说法，你没有我和泡泡可以抓住的线索。并且对于你来说，机会也只有一次，过于盲目了……”

“这不就成了无法解锁的死循环？所以我才告诉你，我们要一起对付它才有胜算。”

“如果我们都失败了呢？”

“着火的大山从天而降，波塞冬的洪水淹没整个大地！这就是你要的答案？我说，你就不能积极一点？”

“这与是否积极无关……该死。”

侍者绝望地闭起眼睛，他认为所有的路都已经走到了尽头，吴为的意外出现的确带来了意想不到的转机，但最终，物质世界中无法撼动的事实又将他踢回原点。人生只有一次，而深渊则是如同亘古不变的真理般的存在，那是吾等凡人无法涉足的世界……我们无法从深渊内部获得经验，它超越了物质界的常识，我们该如何在常识以外的场所战斗……侍者感到自己正一步步走进黑暗阴湿的巨大迷宫，那里不存在事实上的出口，只有无穷无尽的徒劳，在所谓终点等待他的将是……

威士忌有话要说。

“什么？”侍者猛地坐起来，正将咖啡送进嘴里的吴为被他吓了一跳，地板瞬间染上几滴暗褐色。

“你怎么了？”吴为擦着嘴问。

“威士忌……”

“在你腿上。”

侍者低下头，这才发现威士忌果然正坐在自己腿上看着他，瞳孔缩成一条细缝。

“威士忌怎么了？”吴为问道。

“没什么……只是我好像刚刚梦到了威士忌。”

“你居然睡着了？”

“我也觉得有点不可思议……”

“你太累了，毕竟一夜没睡，也许真该去睡会儿，然后我们再来谈论……”吴为还没说完，威士忌突然在侍者手腕动脉处咬了一口，但没有流血，只留下两个牙印。威士忌！侍者一边喊一边想要按住它，可威士忌速度更快，它转身从侍者腿上跳到地下，吴为马上伸出手去抓，却也被咬了一口，同样留下两个牙印。吴为大叫着缩回手，威士忌则用力摇着尾巴站在吴为与侍者之间，一边发出低沉的咕噜声，一边抬头盯着天花板。吴为与侍者各自捂着手腕，停止了抓威士忌的动作，因为这时他们也察觉到有什么不对劲。二人一起顺着威士忌的视线望去，果然，一团茶杯大小的浅灰色团块刚好稳稳飘落于一座猫爬架顶端。空气瞬间变得稀薄，声音的质感也逐渐丧失，时间掠过肌肤带来些微刺痛，其流动正在被来自别处的力量所干扰。深渊在正午时分降临。

吴为与侍者慢慢调整呼吸，用尽可能小的动作让身体保持平衡，他们知道，深渊如果只是单纯出现则并无大碍，那是被动捕食的高手，如果猎物不主动刺激它，它只会默默潜伏在那里等人上钩。不过此时的深渊却有点过于招摇，猫爬架顶端算不上是隐秘地方，况且现在还是白天，看来时间与深渊出现的时机并无关系。

“不简单。”吴为小声地说。

“什么意思……”侍者紧张地从沙发上直起上半身。

“第一次见这家伙在白天出现。”

“有备而来？”

“也许……”

“……无论如何，在商量出对策之前我们先返回卧室，至少可以稍微抵挡一下……”侍者的声音已经小到快要听不见了，周围空气压缩得越来越厉害，吴为用力点点头。而就在二人准备移步卧室之前，威士忌却开始伏下身子慢慢接近猫爬架，似乎认定了深渊是它的猎物。

“威士忌！”侍者微微提高自己的音量呼唤威士忌，但威士忌对此充耳不闻，注意力早就不在这里。它夹着耳朵持续向猫爬架前进，躲进阴影，又蹿上某个平台，继而稳步跨过看起来几乎无法立足的转角，只用了大约一分钟时间，威士忌就在距离深渊不足两米远的高台顶端就位了。

“该死……威士忌！”侍者依然不放弃，吴为则向卧室方向挥挥手，示意他不要再管威士忌了，先躲起来。侍者皱起眉犹豫了一下，但还是表示同意。于是他们开始按计划向卧室移动。不要发出声音，侍者想，打起精神，努力让双腿保持平衡，只需几秒钟我就可以打开卧室门，吴为也紧跟在我后面……倒数五秒，不，八秒，时间足够了，近在咫尺，几乎摸到门了，况且……而就在侍者跨进卧室之前，余光中他看到威士忌的残像扑了出去……

接下来侍者眼前——或者说意识中——的景象令他始料未及。黄绿色光带在前面铺开，莫名的巨大吸力引导他急速奔向一片方向感全无的虚幻，时而穿过淡蓝色的雾状团块，无味，也无触感，更无任何声响，只有不安定的空间的震颤，但这也只持续了……时间已无概念，也许几秒钟，也许几个小时，接踵而至的黑暗降临得毫无预兆。纯粹的黑暗，被光摒弃的场所，没有希望也没有绝望，是彻底的无，是空洞，零的世界，物质不复存在，游荡在概念化成的容器中……难道我死了？……可我居然还能对自己发问？逻辑依然存在，意识也可以被表达，我还活着……视野里有什么东西在靠近，大小不一的色块逐渐在四周显现，运动停止了，是照片？十号……老馆长……也许是金籽的背影，还有其他人……泡泡！银白色假发，那是泡泡一闪而过的剪影，抓住她，带她回来！胸前的唇印在发出亮光，穿透衣服，映出更多图像……这是我的记忆，杂乱无章的记忆在这里重组，上下翻飞，仿佛被包围在万花筒的旋转中。等等，这是什么……在意识里若隐若现……缠绕在周围，不，这是从我身体中飘散出来的什么……看到了……这是……思念的线没有断！它正伸向回过头的泡泡，就要触及了……你是谁？泡泡说。是我，我是小杉！你留给我唇印，这是你的线索，你将依靠这线索重返我们的世界，抓住它！

斑斓的万花筒在又一次毫无征兆的黑暗中戛然而止。叫作小杉的侍者耳边传来威士忌的呢喃。